Esmahan Aykol

Istanbul Tango

Ein Fall für Kati Hirschel

Roman

Aus dem Türkischen von Antje Bauer

Diogenes

Titel der 2012 bei Mephisto Kitaplı, Istanbul,
erschienenen Originalausgabe: ›Tango İstanbul‹

Umschlagfoto von Mitchell Funk

www.diogenes.ch
50/16/852/1
ISBN 978 3 257 30036 9

1

Diese Hektik! Er lehnte sich mit dem Oberkörper weit aus dem Fenster und brüllte hinunter: »Wir sind gleich da!«, dann wandte er sich mir zu: »Los, mach schnell, das Taxi wartet!«

Ich schwieg. Was soll man da schon sagen? Seit fünf Minuten stand ich ausgehfertig an der Tür, im Trenchcoat, die Handtasche am Arm, und sah ihm zu, wie er durch die Wohnung rannte.

Jetzt hatte er den petrolfarbenen Pulli aus seinem Zimmer geholt und schwenkte ihn wie eine Fahne. »Der bringt mir Glück, das hast du selbst gesagt.«

»Fofo!!« Das genügte. Der Ton und mein Gesichtsausdruck sagten mehr als tausend Worte.

»In Ordnung! Ist ja gut! Reg dich nicht auf!« Er klopfte nochmals seine Hosentaschen ab, um sicherzugehen, dass er auch nichts vergessen hatte, rief: »Der Schlüssel steckt, oder?«, und hastete die Treppe hinunter. Ich schloss ergeben die Tür ab und folgte ihm.

Als ich unten ankam, hatte Fofo sich bereits auf dem Vordersitz niedergelassen. So affektiert, wie er den Sicherheitsgurt anlegte, musste der Fahrer wohl attraktiv sein, jedenfalls in Fofos Augen. Was Männer angeht, haben wir nicht eben denselben Geschmack.

»Wohin?«

Da Fofo mit dem Fahrer ins Gespräch kommen wollte, antwortete er sofort: »Nach Firuzağa.«

Im Rückspiegel sah ich, wie der Fahrer das Gesicht verzog. Verständlich. Zu Fuß hätten wir höchstens zwanzig Minuten gebraucht. Für so eine kurze Strecke lohnte es sich für einen Taxifahrer nicht, den Platz in der Warteschlange am Taxistand aufzugeben. Und dann hatte er noch minutenlang auf uns gewartet.

»Ich gebe Ihnen ein Trinkgeld«, versprach ich sofort, um keine Missstimmung aufkommen zu lassen. Seit einiger Zeit versuche ich, mich nicht über alles aufzuregen und vor allem keinen Streit mit Taxifahrern anzufangen. Gelassenheit gehört zu den Vorzügen des reiferen Alters.

Fofo steckte den Kopf zwischen die beiden Sitze und flüsterte: »Was sie wohl sagen wird?« Mit »sie« meinte er die Hellseherin, zu der wir gerade fuhren. Mir war es völlig egal, was sie weissagen würde, aber ich wollte meinen armen, liebeskranken Fofo nicht anblaffen.

»Warten wir's ab«, sagte ich deshalb nur ausweichend.

Wie einige von Ihnen wissen, ist Fofo einer meiner engsten Freunde. Und nicht nur das: Wir wohnen und arbeiten auch zusammen. Oder, genauer: Er wohnt und arbeitet bei mir. In einer der angesagtesten Straßen des Galata-Viertels betreibe ich einen Krimibuchladen. Nicht nur die Istanbuler Leser kennen mein Geschäft, sondern auch viele Touristen, die die schönste Stadt der Welt besuchen.

Und – in aller Bescheidenheit – die große Wohnung,

in der wir wohnen, mit den hohen Decken und dem Blick auf die Blaue Moschee und das Topkapı – die gehört ebenfalls mir. Heute könnte ich mir so was nicht mehr leisten – unser Viertel ist mittlerweile schick geworden. Letztes Jahr habe ich meine Schulden abbezahlt, insofern bin ich jetzt entspannt. Den Laden habe ich seither ein bisschen vernachlässigt, aber so langsam spüre ich, wie die Kräfte wiederkommen. Das ist auch gut so, denn ich möchte meinen Laden vergrößern und das Angebot erweitern. Hoffentlich klappt's.

Nach einer langen Phase der Unentschlossenheit habe ich mir kürzlich auch eine neue Frisur zugelegt. Jetzt bin ich blond und trage die Haare kurz. Wenn Sie mich allerdings fragen, ob das was gebracht hat – bislang nicht. Ich habe immer noch keinen Liebhaber, gebe aber die Hoffnung noch nicht auf. Unter den fast drei Milliarden Männern weltweit wird wohl einer für mich dabei sein.

Wir hatten bereits das Italienische Krankenhaus passiert, da trat der Taxifahrer plötzlich auf die Bremse. Ich wurde kräftig nach vorne und dann nach hinten geschleudert. Der hatte seinen Führerschein wohl im Kramladen gekauft!

»Auf dem Firuzağa-Platz gibt es Bauarbeiten, der ist gesperrt. Soll ich die Seitenstraßen nehmen oder wollen Sie lieber laufen?«

»Lass uns laufen. Dann können wir auf dem Weg einen Tee trinken«, schlug Fofo vor.

Eigentlich hatte ich keine Lust auf Tee und außerdem

null Bock auf die Abgase und den Lärm der Planierraupen. Zugegeben, ohne diesen Krach fehlte mir inzwischen etwas. Seit die Baulöwen in Istanbul die Macht an sich gerissen haben, gehören die Planierraupen zur Stadt wie die Dornen zur Rose.

Während wir die Cafés in Firuzağ nach einem freien Platz absuchten, stieß Fofo plötzlich einen kleinen Schrei aus. »Oh, guck mal! Ist das nicht die junge Schauspielerin aus der Fernsehserie auf Star TV?«

»Was für eine Serie?«, fragte ich.

Fofo erstarrte kurz, dann antwortete er ironisch: »Oh, Entschuldigung! Wie konnte ich nur! Da frage ich ausgerechnet den einzigen Menschen weit und breit, der keine Fernsehserien guckt!«

Stimmt schon: Ich gucke keine TV-Serien. Ich sehe gar nicht fern. Sowie Fofo nach der Fernbedienung greift, schnappe ich mir ein Buch und verziehe mich in mein Zimmer. Jetzt fiel mir der Krimi wieder ein, den ich gestern Abend angefangen hatte und der zu Hause auf mich wartete. Heute musste ich nicht mal zum Laden, ich hatte frei. Vor mir lagen Stunden der angenehmsten Versenkung in seitenlange Verbrechen. Und ich wollte keine Minute mehr als nötig von dieser Zeit abzwacken.

»Los«, sagte ich. »Trink deinen Tee aus und lass uns gehen, die Hellseherin erwartet uns.«

Erstaunlich folgsam kippte Fofo seinen schon kalten Tee hinunter und stand auf. Ich kramte in meinem Portemonnaie und legte ein paar Münzen auf den Tisch.

Wir nahmen die Treppe neben dem Café und bogen dann links ein. »Hier irgendwo muss es sein«, sagte Fofo und deutete auf die Häuserreihe vor uns.

Na, klasse! Hoffentlich würde es es in den nächsten Stunden kein Erdbeben geben, denn sonst würden wir keines dieser Häuser lebendig verlassen.

»Tören Appartement, Wohnung 8«, murmelte Fofo und ging auf ein schmutziggelbes Gebäude zu, natürlich das schlimmste von allen. Nein, nicht wegen der Farbe. An mehreren Stellen bröckelte der Beton, dahinter waren verrostete Eisenträger zu sehen. Und wenn ich nicht plötzlich zu schielen begonnen hatte, lehnte dieses Haus leicht an seinem rechten Nachbarn.

Ich packte Fofo am Arm und flehte: »Lass uns bitte gehen. Wir können doch im Internet Tarotkarten legen und uns das Horoskop angucken!«

Fofo sah mich mit unverhohlener Verachtung an – diesen Ausdruck war ich bei ihm nicht gewohnt. »Wir können auch das Blumenorakel befragen«, zischte er. Ich gab klein bei und folgte ihm.

Auf einer engen Treppe ging es hinauf bis in den vierten Stock. Das Geländer wackelte, als ob es sich gleich aus der Verankerung lösen würde. Jede Stufe schien unter meinem Fuß nachzugeben. Was hatte ich hier bloß verloren? Ich klingelte.

Eine junge Frau öffnete die Tür. Über ihrem riesigen T-Shirt hing ein Dreifachkinn. Ich starrte sie kurz an, dann fasste ich mich wieder.

»Wie wollten uns den Kaffeesatz lesen lassen. Wir haben einen Termin.«

Das Mädchen ließ uns nicht aus den Augen, während sie laut in die Wohnung rief: »Muttiii, hast du einen Termin ausgemacht?«

Eine halbe Minute lang warteten wir vergeblich auf eine Antwort, dann sagte das Mädchen: »Ziehen Sie die Schuhe aus und kommen Sie rein.«

Wenn ich bei den Orientalen eine einzige Veränderung herbeiführen dürfte, dann würde ich dafür sorgen, dass man beim Betreten einer Wohnung nicht mehr die Schuhe ausziehen muss, das können Sie mir glauben. Zum einen sind Leute in Strümpfen kein schöner Anblick. Und außerdem verstößt man damit gegen das Recht auf Distanz, denn nicht alle Leute stehen mir so nahe, dass ich ihnen meine Strümpfe zeigen möchte. Fofo zuliebe moserte ich nicht herum, aber ich verzog das Gesicht.

Als ich allerdings der Frau ansichtig wurde, die im Wohnzimmer mit aufgestützten Ellenbogen am Esstisch saß, vergaß ich meinen Orientalismus, meine Erdbebenängste und meine Hello-Kitty-Strümpfe. Sie war interessant. So interessant, dass ich bereit gewesen wäre, allein für ihren Anblick Geld zu bezahlen, auch ohne Weissagung. Eine Riesin aus dem Märchen saß da vor mir: mit riesigen Lippen und einem ausladenden Körper. Bestimmt ließ jeder ihrer Schritte die Erdkugel erzittern. Bei aller Körperfülle war sie aber weder hässlich noch abstoßend, noch ekelerregend.

»Wollen Sie sich beide die Zukunft lesen lassen?«, fragte sie mit harter, keinen Widerspruch duldender Stimme. Fofo überging ihre Frage und schob mich vorwärts.

»Zuerst ist sie dran.«

Wieso lässt sich ein Mensch die Zukunft lesen? Weil er unglücklich verliebt ist oder weil er seine große Liebe verdächtigt, ihn zu betrügen. Das heißt, weil im Liebesleben irgendwas falsch läuft. Wie ich aber vorhin schon erläutert habe, gibt es in meinem Leben nichts, was man als »Liebesleben« bezeichnen könnte. Insofern hatte ich auch keinerlei Absicht, mir die Zukunft deuten zu lassen.

»Zu welcher Frage sollte ich mir weissagen lassen?«, fragte ich ihn scharf. Ich war nur mitgekommen, um ihm Gesellschaft zu leisten. Er hatte mich hereingelegt.

»Du kannst doch fragen, wie es mit dem Laden weitergeht.«

Ich verstummte sofort. Das war eigentlich gar keine schlechte Idee. Schließlich trug ich mich mit dem Gedanken, den Geschenkeladen nebenan zu übernehmen und mein Angebot zu erweitern. Mit einem Büchercafé zum Beispiel. Vor meinem inneren Auge sah ich fröhliche Gäste vor Bücherregalen sitzen und Kaffee schlürfen. Gelächter, Kaffeeduft, Schokokuchen, Biosalate, abends Wein … Vielleicht war es ja nützlich zu erfahren, ob ich diese Träume würde wahrmachen können.

»Das ist eine gute Idee«, erklärte ich deshalb und setzte mich der Frau gegenüber an den Tisch.

»Wie möchten Sie Ihren Kaffee?«, fragte das Mädchen, das uns die Tür geöffnet hatte. Damit wollte sie nicht der berühmten türkischen Gastfreundschaft Genüge tun, sondern sie fragte, weil das Kaffeesatzlesen darauf beruht, dass man aus den Mustern, die der Kaffeesatz in der Tasse hinterlässt, Symbole herausliest und diese interpretiert. Dabei braucht man kein sonderlich ausgeprägtes Abstraktionsvermögen: Ein Herz zum Beispiel bedeutet, dass der Mensch sich verlieben wird. Eine Schlange heißt, dass ein Feind auf der Lauer liegt. Ein Vogel kündigt eine Nachricht an.

»Mit wenig Zucker«, antwortete ich.

Schweigend wartete ich auf meinen Kaffee und beobachtete nur gelegentlich die Hellseherin aus den Augenwinkeln. Am liebsten hätte ich sie stundenlang betrachtet, aber ich nahm mich zusammen. Offen gestanden fühlte ich mich etwas kläglich, wie ich da mit meinen Hello-Kitty-Strümpfen in der Wohnung einer Unbekannten saß, die mir noch dazu die Geheimnisse meines Lebens offenbaren sollte.

Für meinen Geschmack war der Kaffee etwas süß geraten. Aber ich trank ihn schnell aus, ohne mich zu beklagen, um nur möglichst schnell diese Tortur hinter mich zu bringen.

»Überleg dir einen Wunsch, kipp die Tasse in deine Richtung um, stell sie auf die Untertasse und beschreib mit der Untertasse einen waagrechten Kreis«, befahl die Frau und machte mit Gesten vor, was ich zu tun hatte.

»Und jetzt warten wir, dass es abkühlt.« Meine Bemühungen, ihr zu zeigen, dass ich keine Fremde war, fand ich belustigend. Natürlich bin ich hier nicht fremd. Ich bin hier geboren und habe mit Ausnahme von zwanzig Jahren mein gesamtes Leben in diesem Land verbracht, in dem an jedem gottgegebenen Tag Kaffee getrunken und der Kaffeesatz gelesen wird.

»Wie heißt du?«

»Kati Hirschel.«

»Warst du schon mal hier, Kati?«

Ich schüttelte den Kopf.

»Noch nie?«

Ich verneinte erneut.

»Ich würde mich sonst erinnern. Wie heißt deine Mutter, Kati?«

Entsetzt schrak ich zusammen. Seit zehn Tagen hatte ich meine Mutter nicht angerufen. Das würde sie mir ewig vorwerfen. Ich fühlte mich plötzlich bleischwer.

»Rosalie«, murmelte ich.

Mit der Behutsamkeit eines Forschers berührte sie die Tasse, um zu sehen, ob der Kaffeesatz abgekühlt war. »Warten wir noch ein bisschen.« Mir gefiel, dass sie ihre Arbeit so ernst nahm. Ihr so stumm gegenüberzusitzen, gefiel mir weniger. Fofo hatte sich in eine Ecke des Schlafsofas geflätzt und starrte auf den Boden. Mein Blick fiel auf den Teppich. Es war ein billiger, maschinengewebter Teppich in Bordeaux- und Grautönen. Aus lauter Langeweile begann ich, die Blumenmotive zu zählen. Mit irgendwas musste ich mich schließlich beschäftigen. Als ich alle Motive zusammengezählt hatte, ergriff mich Entsetzen. Das konnte doch nicht sein! Ich versuchte, mich zu beruhigen, und zählte noch einmal. Nein, ich hatte mich nicht geirrt! Es waren genau 22 Motive in den Teppich eingewebt. Doppelzahlen bedeuten nichts Gutes. Wirklich. Probieren Sie es aus, wenn Sie mir nicht glauben. Primzahlen zum Beispiel sind großartig. Das sind die besten Zahlen überhaupt. Sehr stark. Können sich gegen alle Zahlen der Welt durchsetzen, denn man kann sie nur durch sich selbst und durch eins teilen. Doppelzahlen hingegen sind übel. Wirklich übel.

Nicht eine Sekunde länger hielt es mich an einem Ort, wo ein Teppich mit zweiundzwanzig Motiven lag. Fofo und Kaffeesatzleserei hin oder her, ich musste sofort von hier verschwinden. Doch kaum hatte ich die Hand nach meiner Tasche ausgestreckt, da überfiel mich wieder ein Zweifel. »Moment«, sagte ich zu mir selbst. »Schau doch erst mal genau hin.« Das tat ich. Fast ein Viertel des Blumenmotivs am Rand des Teppichs ging in die Fransen über. Wenn es nur 21 ¾ Blumen waren, war es vielleicht nicht so schlimm. Teilweise jedenfalls. Während ich so dasaß, von Zweifeln geplagt, meine Handtasche umklammernd, murmelte die Wahrsagerin plötzlich in feierlichem Ton: »Kati Hirschel.« Sie hatte den Kaffee für kalt befunden und die Tasse aufgestellt. Eine ganze Weile starrte sie auf die Muster, die der Kaffeesatz gebildet hatte. Währenddessen betrachtete ich sie und versuchte, die unglückbringende Anzahl der Teppichmotive zu vergessen. Die Frau verzog das Gesicht, runzelte die Stirn und sah mich dann ratlos an.

»Diesen Kaffeesatz kann man nicht lesen!«, rief sie und hielt dabei die Tasse mit den Fingerspitzen hoch, als handele es sich um etwas Ekliges.

»Was soll das heißen?«

»Den kann man nicht lesen«, wiederholte sie, stellte

dabei die Tasse umgedreht auf den Unterteller und schob beides an die entfernteste Ecke des Tisches.

»Wieso denn nicht?«

Sie antwortete nicht. Ich blickte fragend Fofo an, der in den letzten Monaten bei Wahrsagerinnen ein und aus gegangen war. »Sie hat was Schlimmes gesehen«, antwortete er mit gesenktem Kopf.

»Was heißt hier: etwas Schlimmes?«

»Woher soll ich das wissen?«, gab Fofo gereizt zurück.

»Könnten Sie mir bitte sagen, was Sie gesehen haben?«, fragte ich diesmal die Wahrsagerin. Sie wirkte ernsthaft verstört. Wenn das nur Theater war, dann hätten die Filmregisseure vor dem Haus dieser fabelhaften Schauspielerin Schlange stehen müssen. Sie war echt gut.

»Was haben Sie denn gesehen?«, fragte ich nochmals – meine Stimme klang streng. Sie reagierte nicht.

Wie kam es nur, dass diese Frau plötzlich schwieg wie eine Nachtigall, die sich an Maulbeeren überfressen hat? Dass sie meine sexuellen Phantasien im Kaffeesatz gelesen hatte, war wohl nicht anzunehmen.

»Einen Toten?«, rief ich, erkannte jedoch sofort an ihrem Gesichtsausdruck, dass ich den absolut falschen Ausdruck gewählt hatte. »Also, ich meine – einen Leichnam?«

Was sollte denn sonst im Kaffeesatz von jemandem auftauchen, der wie ich einen Krimibuchladen besitzt und jede Woche zwei Krimis verschlingt? Blonde, schnuckelige Kinder etwa, die auf einem Rasen mit herzförmigen Luftballons spielen?

»Und was ist das für ein Leichnam?«, fragte ich weiter. »Jung, alt, Frau oder Mann? Das könnten Sie mir doch zumindest sagen.«

»Eine junge Frau. Sehr schön.« Sie sprach, als ob sie gleich den Geist aufgeben würde.

»Wann wird sie sterben?«

Nun warf die Frau den Kopf zurück, wobei ihr Mund einen Spalt geöffnet blieb. Es sah ziemlich schrecklich aus. Sie legte die Hand auf ihr Herz und rief: »Huriyeee!«

Ich nahm ihren Arm. »Ist Ihnen nicht gut?«

Sie hatte noch immer die Hand auf dem Herzen und röchelte: »Hu-ri---yeee!«

Fofo war aufgestanden, aber kümmern musste ich mich mal wieder. Ich rief nun meinerseits: »Fräulein Huriye!«

»Was ist?« Das Mädchen erschien auf der Türschwelle und knetete ihre nassen Hände. Als sie ihre Mutter sah, stürzte sie zu ihr hin.

»Sie braucht ihre Medikamente.«

Was immer das für Medikamente waren – sowie sie sie eingenommen hatte, beruhigte sich die Wahrsagerin ein wenig – ein Placebo-Effekt, vermutete ich, denn keine Pille kann so schnell wirken.

»Heute werde ich nicht mehr wahrsagen«, sagte sie zu ihrer Tochter. Uns ignorierte sie, aber ich nahm es ihr nicht übel.

»Und was wird mit meinem Freund?«, fragte ich trotzdem, denn Fofo lebte schon seit Tagen auf diesen Termin hin.

»Sie kommen eben ein andermal wieder«, entgegnete Huriye naseweis. »Mutter, streck dich ein bisschen auf dem Sofa aus.« Sie reichte ihrer Mutter den Arm, um ihr beim Aufstehen zu helfen. Ich wagte nicht, mich anzubieten.

Fofo hatte sich bereits in sein Schicksal gefügt und wiederholte, was die junge Frau gesagt hatte: »Wir kommen eben ein andermal wieder.«

»Ich nicht!«, entgegnete ich. Vor allem würde ich nicht noch einmal meine Schuhe ausziehen. Aber das führte ich jetzt nicht weiter aus. Für diesmal hatte ich den Damen des Hauses einen Skandal geliefert, an dem sie noch ein paar Tage zu nagen haben würden. »Geh schon, Fofo!«

Wir zogen die Schuhe an und stiegen die Treppe wieder hinunter – das Treppengeländer wackelte so stark wie zuvor, aber wenigstens mussten wir jetzt nicht mehr befürchten, bei einem Erdbeben zu den ersten Toten zu gehören. Wie Sie sehen, bin ich ein Champion in der Kunst, jeder Situation das Beste abzugewinnen.

Draußen auf der Straße holte ich tief Luft. Offen gestanden laugt es mich aus, mit solchen Leuten in Kontakt zu kommen, und sei es nur marginal. Schiefe Treppen, vollgepfropfte Drei-Zimmer-Wohnungen mit kitschigen Bildern von der Kaaba in Mekka, Buffets aus Kiefernholz, Schlafsofas und bodenlange Stores – das macht mich fertig. Und dann noch die Blumen in dem maschinengeknüpften Teppich. Ich hätte sofort weggehen sollen, nachdem ich das bemerkt hatte. Aus dieser Sache konnte einfach nichts Gutes werden.

»Komm, lass uns hier noch was trinken«, schlug ich Fofo vor. Ich brauchte frische Luft. Wir bestellten Tee und schwiegen.

In solchen Momenten würde ich gern eine rauchen. Ich stelle mir vor, wie ich mir die Zigarette anzünde und zum Mund führe, dann den Rauch tief einziehe, genussvoll wieder ausstoße und zusehe, wie er vom Wind zerstoben wird. So wie der Zigarettenrauch bin auch ich dann von der Erdanziehung befreit, fliege still, lasse mich auf Ästen nieder.

Allerdings muss ich mir immer wieder selbst klarmachen, dass eine Zigarette nichts an der Schwerkraft ändert. So ist das eben. Eine Zigarette ist keine Lösung. Sie befreit niemanden von der Schwerkraft und der Banalität des Lebens.

»Gehen wir eben ein andermal wieder hin, was soll's«, sagte Fofo.

»Ja, klar. Am besten hättest du gleich einen neuen Termin ausgemacht«, antwortete ich spöttisch. Dabei war mir eigentlich gar nicht nach Spott zumute. Der Zustand der Frau hatte mich nicht unberührt gelassen. »Was glaubst du, wer sterben wird?«

»Mensch, vergiss es! Bestimmt hat sie nur einen deiner Romanhelden im Kaffeesatz gesehen. Wir kennen doch gar keine junge, schöne Frau, die sterben könnte.«

Eine junge Frau kannten wir in der Tat nicht, wohl aber eine »ziemlich junge«: Pelin. Jahrgang 1976. Als schön konnte man sie zwar nicht bezeichnen, trotzdem ließ mir die Sache keine Ruhe. Viele Leute finden magere, große Frauen schön.

Die Tote in dem Krimi, dessen erste hundert Seiten ich bereits gelesen hatte und dem ich mich so schnell wie möglich wieder zuwenden wollte, war hingegen mit ihren fünfundzwanzig Jahren nicht nur tatsächlich jung, sondern der Beschreibung des Autors nach auch wirklich schön. Ida Smith hatte man in einer videoüberwachten, hochgesicherten Luxusresidenz in der Badewanne tot aufgefunden.

Sie war die Leiche im Kaffeesatz, ganz sicher.

Zu Hause angekommen, krallte ich mir meinen Roman und verkroch mich aufs Sofa. Ich war fest entschlossen, die Vorgänge bei der Wahrsagerin zu vergessen.

Aber keine Chance! Da über jedem Buchstaben Pelins lächelndes Gesicht auftauchte, gab ich auf der dritten Seite auf und suchte stattdessen in der Küche nach etwas, was ich saubermachen könnte. Einen angebrannten Topf zum Beispiel. Den hätte ich jetzt mit großer Inbrunst saubergekratzt. Aber nichts. Auch die Fenster glänzten. Wann Fatma die wohl geputzt hatte? Gestern. Stimmt ja, gestern war sie da gewesen. Wann immer mich der Putzfimmel packt, hat Fatma am Vortag alles auf Hochglanz poliert. Die Ironie des Schicksals.

Ich hätte ja auch shoppen gehen können. Irgendetwas findet man immer. Aber in dieser Hinsicht ist mir nicht zu trauen. Für ein Seidenkleid, von dem ich nicht mal weiß, wann und zu welcher Gelegenheit ich es tragen werde, mache ich jederzeit bereitwillig Schulden, die ich danach mühsam in Raten begleichen muss. Der Tag war gelaufen.

Am besten, ich ging zum Laden. Zwar war ich nicht eben stolz darauf, meinen freien Nachmittag dort zu verbringen, aber wenigstens konnte ich dort Pelin im Auge behalten, und das war die preiswerteste Art, mich zu beruhigen.

Im Teegarten am Galata-Platz legte ich einen Zwischenhalt ein und bestellte einen Kaffee mit wenig Zucker. Kein Vergleich zu dem vom Morgen: die richtige Menge Kaffee und die richtige Menge Zucker, ein Genuss. Ich sah das sofort als gutes Zeichen an. Daraufhin beschloss ich kurzerhand, meine Mutter auf Mallorca zu besuchen. Es war sicher schon recht warm dort, und die Flüge kosteten derzeit nicht so viel. Ich würde erst den Flug buchen und dann meiner Mutter Bescheid sagen. Dadurch nahm ich ihr den Wind aus den Segeln und ersparte mir eine Strafpredigt. Eine großartige Idee.

Vor dem Laden angelangt, spähte ich durch das Schaufenster. Ein Kunde las mit seitlich geneigtem Kopf die Titel auf den Buchrücken in den Regalen. Ein anderer saß in meinem Schaukelstuhl und versuchte, einen Roman im Backsteinformat durchzublättern.

Fofo saß vor dem Computer. Irgendwie war ich mir sicher, dass er keiner sinnvollen Beschäftigung wie etwa der Kontrolle der Lagerbestände nachging. Von Pelin hingegen keine Spur. Unwillkürlich runzelte ich die Stirn. Wahrscheinlich ist sie einen Toast essen gegangen, redete ich mir zur Beruhigung ein. Oder sie holt ein Buch aus dem Lager. Ich betrat den Laden. Drei Augenpaare richteten den Blick auf mich. Ich nickte ihnen allen zu.

Mein Laden ist zwar keine Bibliothek, aber trotzdem spricht man dort immer leise – wahrscheinlich aus Respekt vor den Büchern. Deswegen fragte ich jetzt Fofo im Flüsterton: »Wo ist Pelin?«

»Eine Freundin von ihr ist ohnmächtig geworden und ins Krankenhaus gekommen. Pelin ist hin, um nach ihr zu sehen«, antwortete er.

»Du machst wohl Witze?«

»Nein. Sie hat einen Anruf gekriegt und ist sofort losgestürzt.«

Manchmal verstehe ich Fofo nicht. Ist er blöd oder nur naiv? Oder ist das dasselbe?

»Mein lieber Fofo«, zischte ich. Es kostete mich Mühe, ihn nicht anzubrüllen. »Haben wir das nicht im Kaffeesatz gesehen? Wieso sagst du mir nicht Bescheid?«

»Die Person, die in deinem Kaffeesatz aufgetaucht ist, muss jemand sein, der dir nahesteht. Du wirst dich doch jetzt nicht um jeden kümmern, der in Istanbul ohnmächtig wird.«

Er hätte sicher noch lange so weitergelabert, wenn ich ihn nicht mit einer rabiaten Geste zum Schweigen gebracht hätte. Das fehlte noch, dass wir uns jetzt im Laden im Beisein von Kunden stritten.

Ich wies drohend mit dem Zeigefinger auf ihn und befahl: »Du bleibst hier!«

»Was sollte ich denn sonst tun?«, fragte er.

»Und hör bitte auf, dir im Internet das Tarot zu legen!«

Als ich den Laden verließ, brabbelte er immer noch irgendwelche Widerworte. Ich hörte gar nicht zu. Wie leicht könnte man zum Mörder werden. Und zwar zu einem der blutrünstigen Sorte.

Auf dem Weg zum Galata-Platz rief ich Pelin an. Es klingelte ein paarmal, dann ertönte das Besetztzeichen. Ich wählte die Nummer erneut. Diesmal hörte ich eine Ansage, das Telefon sei ausgeschaltet, ich solle später nochmals anrufen. Versuchten die gerade mit vereinten Kräften, mich in den Wahnsinn zu treiben? Wenn ich je das Bedürfnis verspürt hätte, lebenslang für jemanden verantwortlich zu sein, dann hätte ich das getan, was alle tun, nämlich Kinder bekommen. Wenn ich mich jetzt ärgerte, war ich selbst dran schuld.

Ich rief Fofo an und fragte ihn, in welches Krankenhaus Pelin gegangen sei.

»Ins Taksim-Krankenhaus.«

Ich nahm das erste Taxi, das vorbeikam. Unter normalen Umständen würde ich so etwas nie tun. Meistens rufe ich direkt an der Taxihaltestelle an. Oder aber ich mustere zumindest den Fahrer, bevor ich einsteige: Ist es ein Rüpel oder ein höflicher Mensch? Wobei man sich heutzutage allerdings nur noch bedingt auf den äußeren Eindruck verlassen kann.

Ich schaute dem Fahrer direkt in die Augen. Sollte er eine falsche Bewegung machen, würde ich ihm mein Pfefferspray direkt ins Gesicht sprühen. Dann konnte ich wenigstens meinen Ärger loswerden. Mit meiner rechten Hand hielt ich in der Handtasche schon das Pfefferspray umklammert, um gerüstet zu sein. Aber ich hatte Pech: Ich hatte eines der wenigen höflichen Exemplare erwischt, die als Taxifahrer im Großraum Istanbul unterwegs sind. Obwohl ich ununterbrochen meckerte, ließ sich der Mann zu keinem Widerwort hinreißen.

An der Sıraselviler-Straße stieg ich aus, durchquerte den Vorgarten des Krankenhauses und drängte mich durch die Besucher zur Information. Eine junge Frau sei hier ohnmächtig eingeliefert worden, wo sie sich befinde, fragte ich.

»Eine ohnmächtige Frau?«, wiederholte der Mann am Empfang.

»Die Freundin einer Freundin«, erklärte ich.

Der Rezeptionist sah mich ausdruckslos an und erklärte: »Wir geben keine Informationen über unsere Patienten heraus. Nur gegenüber den Angehörigen.«

Na, großartig! Ich war also umsonst hierhergekommen!

»Sie haben ja recht, keine Informationen herauszugeben. Eigentlich suche ich auch nicht die Patientin, sondern meine Freundin, die ist wie eine Verwandte für mich.« Dann verstummte ich. Was war das denn für ein Unsinn. Und wenn ich das sogar selbst bemerkte, dann hatte ich ihn sicher nicht überzeugt. Kleinlaut wandte ich mich dem Ausgang zu, da hörte ich plötzlich, wie jemand meinen Namen rief. Pelin.

Ich drehte mich um. Pelin machte ein höchst erstauntes Gesicht.

»Was ist denn los? Wieso machst du dein Handy aus, wenn du meine Nummer siehst?«, brüllte ich. »Kannst du dir nicht denken, dass ich mir Sorgen mache?«

Ich packte sie am Arm und zog sie hinaus. Hinter

einem der Krankenwagen, die vor dem Gebäude parkten, blieben wir stehen. Sie senkte den Kopf und murmelte: »Ich dachte, du bist sauer, weil ich nicht im Laden bin.«

Manchmal fehlen mir die Worte. So auch jetzt. Das Brüllen hatte mir aber gutgetan, immerhin.

»Was ist denn passiert?«, fragte ich. »Wen haben sie hier eingeliefert? Und woher kennst du diese Person? Wer hat dich angerufen?« Ich hatte noch mehr Fragen auf Lager, aber die behielt ich mir für später auf.

»Eine Schulfreundin aus Izmir, Nil heißt sie. Sie war auch schon mal im Laden. Ihr habt festgestellt, dass ihr beide George R. R. Martin mögt, erinnerst du dich?«

Wie könnte ich das vergessen haben! Bekanntermaßen bin ich nicht gerade ein Fan von Science Fiction. Aber George R. R. Martin – das ist etwas anderes. Und wenn ich dann mal jemanden treffe, der diesen Autor ebenso schätzt wie ich …

»Ja, klar erinnere ich mich. Sie sieht aus wie Kate Winslet im Film *Little Children,* oder?«

»Das ist doch nicht dein Ernst!«

»Wieso?«

»Du kannst doch meine Freundin nicht mit Kate Winslet in dem Film vergleichen!«

Na ja, vielleicht hatte ich ein bisschen übertrieben. In dem Film spielt Kate Winslet eine verwahrloste Mittelschichtsmutter. Trotzdem sah sie hübsch aus, jedenfalls für eine bedingungslose Anhängerin wie mich.

»Aber sicher kann ich das. Du weißt doch, dass sie meine Lieblingsschauspielerin ist.«

»Lass uns darüber jetzt nicht streiten, okay?«

Sie hatte recht. »Was ist denn mit Nil?«, fragte ich deshalb.

»Sie hat in einem Café gesessen, ist urplötzlich umgekippt und auf den Boden gefallen und hat dabei furchtbar gezittert wie bei einem epileptischen Anfall. Aber soweit ich weiß, leidet sie nicht unter Epilepsie. Kann man so eine Krankheit auch in späteren Jahren noch kriegen?«

»Keine Ahnung. Ja, und dann?«

»Dann haben sie sie ins Krankenhaus gebracht.«

»Und wie ist man auf deine Telefonnummer gekommen?«

»Sie haben einfach auf die Wiederholtaste ihres Handys gedrückt. Wir hatten mittags miteinander telefoniert und uns für morgen für die Edward-Hopper-Ausstellung in der Istanbul Modern verabredet. Ab und zu gehen wir zusammen ins Theater oder in Ausstellungen. Für Hopper haben wir uns schon vor einer Weile verabredet, die Ausstellung geht ja nächste Woche zu Ende.«

»Und wer hat dich angerufen? Die Kellner?«

»Nein, eine Frau, mit der sie offenbar im Café gesessen hat. Offenbar keine enge Freundin von ihr, eher eine entfernte Bekannte. Die hat mich angerufen, weil sie nicht wusste, was sie sonst hätte tun können. Sie hat hier im Krankenhaus auf mich gewartet und ist dann gegangen.« Pelin schnaubte gereizt. »Hast du noch mehr Fragen? Sonst könnten wir einen Tee trinken gehen. Eigentlich wollte ich auf den Arzt warten. Aber wir könnten was trinken, und danach komme ich wieder hierher. Ich habe einen ganz trockenen Mund.«

Zunächst wollte ich eins der Cafés in Firuzağa vorschlagen, aber dann fielen mir die Straßenarbeiten am Platz ein.

»Gab es nicht gleich hier gegenüber eine Börekbude?«, fragte Pelin.

»Stimmt, und die Böreks sind gut dort«, erwiderte ich. Ich hatte mich beruhigt. Nil war nur ohnmächtig geworden. Die Leiche im Kaffeesatz hatte mit uns nichts zu tun. Jedenfalls nicht direkt. Arme Ida Smith.

2

Wir bestellten Börek mit viel Puderzucker und Tee. Die Luft war zwar noch nicht besonders warm, aber früher oder später würde der Sommer kommen. Bislang hatte ich allerdings noch rein gar nichts unternommen, um die vier Kilo loszuwerden, die ich im Winter zugenommen hatte. Und jetzt stürzte ich mich auf mein Börek, als ob ich ewig nichts zu essen bekommen hätte. Pelin saß mir bedrückt schweigend gegenüber. Ich verputzte die letzten Krümel auf meinem Teller und schlug ihr selig lächelnd vor: »Am besten, wir gehen gleich ins Krankenhaus. Nicht dass sie dort auf uns wartet.«

Pelin richtete sich auf und reckte ihr Gesicht über den Tisch: »Was heißt hier, sie wartet? Du hast offenbar nicht verstanden. Nil liegt auf der Intensivstation!«

»Wie bitte?«, fragte ich erstaunt. »Wieso denn das? Nur wegen dieses Anfalls? Erzähl doch mal ausführlich, was passiert ist!«

»Woher soll ich das wissen? Es ist eben so. Ich habe dir alles gesagt, was ich von der Frau, die bei ihr war, erfahren habe. Mit dem Arzt konnte ich noch gar nicht sprechen. Dauernd kommen neue Notfallpatienten an. Und wenn du die siehst, wird's dir ganz anders – schrecklich!« Ein Schatten huschte über Pelins Gesicht.

»Aber wegen zu niedrigem Blutdruck verlegt man doch niemanden auf die Intensivstation«, wandte ich ein. »Und wegen eines epileptischen Anfalls auch nicht.« Da sich meine Kenntnisse hinsichtlich Epilepsie auf eine Dostojewski-Biographie und das Werk *Der Idiot* beschränken, in dem Fürst Myschkin epileptische Anfälle hat, führte ich das nicht weiter aus.

»Sie leidet bestimmt nicht unter Epilepsie, es sei denn, man kann diese Krankheit auch erst mit fünfunddreißig bekommen. Es muss etwas anderes sein. Ich habe ihren Bruder in Izmir angerufen, er hat sich gleich auf den Weg hierher gemacht. Aber ich weiß nicht, wann er ankommt. Ich warte hier auf ihn. Du kannst ja gehen.«

Bisher hatte ich Pelin nur ein einziges Mal so traurig gesehen wie jetzt – das war, als sie festgestellt hatte, dass ihr Freund sie betrog. Sie redete wie benommen: »Erst vor einem Jahr haben die beiden ihre Eltern bei einem Verkehrsunfall verloren. Und jetzt das noch!« Sie schlug die Hände vors Gesicht.

»Du meinst, Nil liegt im Sterben?«

Pelin löste ihre Hände und sah mich an.

»Kati, geht's dir noch gut?« Ihre Augen waren schreckgeweitet.

Nein, es ging mir nicht gut. Wirklich nicht. Sonst würde ich doch nicht so brutal offen zu Pelin sein, oder?

»Es ist bestimmt nichts Ernstes«, murmelte ich, um die Sache herunterzuspielen. Jetzt war nicht der Moment, den Teufel an die Wand zu malen.

»Aber würde sie denn auf der Intensivstation liegen, wenn's nichts Ernstes wäre?«

Ich zuckte mit den Schultern.

Pelin waren Tränen in die Augen gestiegen. »Wir müssen sehen, was der Arzt meint.«

Mir war bewusst, dass ich jetzt irgendetwas Tröstliches zu ihr sagen musste, aber mir fiel nichts ein. Also versuchte ich, das Thema zu wechseln.

»Ihr kennt euch von der Schule her?«, fragte ich. Gut, ich weiß, das war jetzt kein extrem gelungener Themenwechsel, aber immer noch besser, als weiter über Nils Krankheit zu spekulieren.

»Wir sind seit der Kindheit befreundet. Sie wohnte im Sommer direkt neben uns in der Ferienhaussiedlung. Und nach der Grundschule wurden wir ins selbe Gymnasium aufgenommen. Wir verbrachten Tag und Nacht zusammen. Sie war meine beste Freundin.«

»Und später?«

»Später bin ich nach Istanbul gezogen, und Nil ist in Izmir geblieben und hat dort Journalismus studiert. Da haben wir natürlich den Kontakt verloren. Und mit der Zeit … Wenn man sich nicht sieht, lebt man sich auseinander. Trotzdem trafen wir uns ab und zu. Aber es war nicht so wie früher.«

»Sie hat als Modejournalistin gearbeitet, oder?«

Pelin nickte. »Nach dem Studium hat sie in Izmir bei einer Zeitung angefangen.«

»Wieso ist sie überhaupt in Izmir geblieben?« Das hört sich vielleicht komisch an, ist aber eine berechtigte Frage. Ein ehrgeiziger junger Mensch, der was werden will, bleibt nicht in Izmir, sondern zieht so schnell wie möglich nach Istanbul, wo die Chancen auf der Straße liegen. »Hat sie vielleicht geheiratet?«

»Nein, das nicht. Ihre Mutter war herzkrank, die wollte sie nicht allein lassen. Vor zwei Jahren ist sie dann hierhergekommen.«

Die junge Frau, die ihre Mutter nicht allein lassen wollte, war trotzdem plötzlich hierher gezogen. Ich konnte nicht anders, ich musste weiterfragen. »Moment mal, wann sind ihre Eltern bei dem Verkehrsunfall umgekommen? War das nicht letztes Jahr?«

»Doch. Ihr Vater hat auf einer frisch asphaltierten Straße die Herrschaft über das Auto verloren. Da stand noch nicht mal ein Warnschild, stell dir vor!«

»Als das passierte, hatte Nil also längst ihre Mutter im Stich gelassen und lebte in Istanbul.«

Pelin guckte mich wütend an. Wie süß. Sie hatte ja wohl nicht geglaubt, dass mir dieses Detail entgehen würde, oder?

»Ja, das stimmt wohl«, räumte sie ein.

»Pelin!«, rief ich. »Was sollen denn diese Spielchen?«

»Was für Spielchen?« Pelins Stimme überschlug sich.

»Erzählst du mal bitte genau, was passiert ist?«

»Mehr weiß ich auch nicht.«

Normalerweise muss man Pelin nicht alles aus der Nase ziehen. So langsam verlor ich die Geduld.

»Ihr habt euch doch getroffen! Du bist die Letzte, mit der sie telefoniert hat.«

»Zufall«, sagte Pelin und starrte ins Leere.

»Es war Zufall, echt.«

»Jetzt hör mal zu, meine Liebe.« Mein Ton ließ sie aufhorchen. Ich legte eine bedeutungsvolle Pause ein und erzielte damit den gewünschten Effekt.

»Ja?«, fragte sie neugierig.

»Niemand fällt einfach zu Boden, während er im Café sitzt und sich mit jemandem unterhält. Haben die beiden sich vielleicht gestritten? War sie wegen irgendetwas besorgt? Ist am Morgen vielleicht etwas Unerfreuliches geschehen? Oder gestern Abend? Und wieso hat sie dich plötzlich angerufen, obwohl ihr euch sonst eher selten gesehen habt?«

»Kati«, rief Pelin, »wir sind doch hier nicht im Krimi!« Der ältere Herr, der am Nachbartisch Börek mit Hackfleisch aß, hob den Kopf und sah zu uns herüber. »Wir sind hier immer noch in der Realität, merkst du das denn nicht? Wir leben hier im richtigen Leben. Da gibt es all diese unglaublichen Intrigen, Komplotte, Andeutungen und ungeklärten Dinge nicht. Alles ist ganz normal und einfach, da steckt nichts dahinter. Außerdem hat mich Nil nicht einfach so angerufen. Ich habe dir doch gesagt, dass wir zusammen in die Edward-Hopper-Ausstellung gehen wollten, und die geht nächste Woche zu Ende.«

Im realen Leben sollte also alles ganz normal und einfach sein und nichts dahinterstecken? Das war ja zum Totlachen! Kaum zu glauben, dass eine erwachsene Frau so etwas allen Ernstes behauptete!

»Im wahren Leben ist längst nicht alles so, wie es scheint, meine Süße«, antwortete ich. »Das wäre ja zu schön, um wahr zu sein.« Den letzten Satz hatte ich nur so dahergesagt. Aber eigentlich bin ich mir nicht sicher, ob ich ein langweiliges Leben ohne jegliche Intrigen wirklich schöner fände.

Pelins Smartphone, das sie sich erst letzten Monat zugelegt hatte, begann zu klingeln. »Ich bin beim Krankenhaus, und du? Ja, gut, dann komm her«, sagte sie. »Ich warte hier auf dich. Du biegst vom Taksim-Platz aus in die Sıraselviler-Straße ein, fährst die runter, und dann liegt es rechts. Der Taxifahrer weiß bestimmt, wo es ist.«

Sie legte auf und wandte sich mir zu. »Das war Nils Bruder Hakan. Er sitzt im Taxi auf dem Weg vom Flughafen hierher.«

Hakan war ein sehr gutaussehender Mann. Wenn ich ihm im Traum begegnet wäre, hätte ich nie mehr aufwachen wollen. Hellbraunes, welliges Haar, lange Wimpern, riesige braune Augen, groß und breitschultrig. Mehr konnte man nicht wollen.

Die beiden küssten sich auf die Wangen, dann deutete Pelin auf mich und sagte: »Meine Chefin.«

Da diese Bezeichnung meine Anwesenheit dort nicht wirklich erklärte, fügte ich hinzu: »Außerdem sind wir befreundet.«

»Was ist denn passiert mit Nil?«, fragte Hakan.

Stockend antwortete Pelin: »Ich weiß es auch nicht genau. Ich konnte noch mit keinem Arzt sprechen. Sie liegt auf der Intensivstation.«

Ganz offensichtlich hatte sie die Sache mit der Intensivstation am Telefon nicht erwähnt. Der junge Mann wurde blass, lehnte sich an die Wand und fragte: »Das heißt wohl, dass es sehr ernst ist?«

Pelin berichtete Hakan, was ich schon wusste. »Die Krankenschwester hat gesagt, der Arzt wolle mit einem nahen Angehörigen von Nil sprechen. Wahrscheinlich will er wissen, ob sie irgendwelche Vorerkrankungen hatte.«

Wir kehrten ins Krankenhaus zurück. Pelin wandte sich an den Rezeptionisten, der mich kurz zuvor abgewiesen hatte, und fragte ihn nach der Krankenschwester Nesrin von der Intensivstation. Der Mann machte ein paar Telefonanrufe, und gleich darauf stand eine Krankenschwester vor uns, mit einer Mappe in der Hand, vermutlich Nils Krankenakte. Sie war eine hübsche Frau. Sie begrüßte uns beide mit einer Kopfbewegung, dann ließ sie den Blick eine Weile auf Hakan ruhen – ein bisschen unprofessionell, meinen Sie nicht? Ich nahm ihr das nicht übel, nicht dass Sie mich falsch verstehen, ich hätte das genauso gemacht. Hakan zuckte nicht mit der Wimper. Wäre ja auch ganz schön daneben, mit einer Krankenschwester zu flirten, während die eigene Schwester auf der Intensivstation liegt. Wir folgten Nesrin über den Flur.

Vor einer Tür mit der Aufschrift »Intensivstation« wies Nesrin uns an zu warten. Pelin zog aus ihrem sackähnlichen Beutel eine schicke Handtasche in Preußischblau heraus. »Die Frau, die bei Nil war, als sie zusammengeklappt ist, hat Nils Ausweis und Versichertenkarte hier abgegeben. Und mir hat sie diese Tasche in die Hand gedrückt.«

»Behalte sie fürs Erste, ich nehme sie später an mich«, sagte Hakan, ohne Pelin auch nur anzusehen.

Der Formolgestank war beißend. Ich zwang mich, durch den Mund zu atmen. Die Tür zur Intensivstation ging auf, und Nesrin erschien. »Hier sind die Habseligkeiten der Patientin«, sagte sie und hielt Hakan eine Tüte hin.

»Hat sie ein Nachthemd? Sollen wir irgendwas für sie kaufen?«, fragte dieser.

»Nein, das ist nicht nötig«, antwortete Nesrin, »wir ziehen unseren Patienten auf der Intensivstation einen Kittel über.« Just als ich fragen wollte, wann wir wohl den Arzt sehen könnten, fügte Nesrin hinzu: »Doktor Fatih kommt gleich«, und entfernte sich über den Flur.

Wir warteten schweigend, bis sich die Tür zur Intensivstation erneut öffnete. Fatih Bayram war ein athletischer Mann in den Vierzigern. Er besaß die für einen Arzt wichtigste Gabe: Er wirkte vertrauenerweckend. »Sind Sie Angehörige der Patientin?«, fragte er, während er uns allen die Hand schüttelte.

»Ich bin ihr Bruder«, antwortete Hakan.

»Und ich ihre Freundin«, sagte Pelin.

Ich schwieg.

»Wer war bei ihr, als sie hier eingeliefert wurde?«

»Die Person, die bei ihr war, ist weg.«

Während der Arzt mit uns sprach, sah er nebenbei die Krankenakte durch, hob dann den Kopf und sagte, an Hakan gewandt: »Die Patientin hatte einen Herzstillstand, als sie hierher gebracht wurde. Es ist uns gelungen, sie wiederzubeleben. Jetzt liegt sie auf der Intensivstation. Wenn sich ihr Zustand stabilisiert, werden wir versuchen herauszubekommen, woran sie leidet.«

»Kann ich meine Schwester sehen?«, fragte Hakan.

»Auf der Intensivstation dürfen die Patienten leider keinen Besuch empfangen.«

Ich war verwirrt. Und was war mit der Epilepsie und dem Blutdruckabfall? Ich konnte mich nicht beherrschen und nahm in Kauf, eine dumme Frage zu stellen.

»Es war also kein epileptischer Anfall?«

»Nein, sie hatte, wie gesagt, einen Herzstillstand.«

Das hörte sich an, als sei es die normalste Sache der Welt, als hätte Nil Kopfschmerzen oder so ähnlich. Dabei sterben Leute an Herzstillstand, oder? Sie war gestorben und wieder zurückgeholt worden.

»Hat die Patientin irgendetwas genommen?«

Erschreckt sah ich Pelin an. War die arme Nil womöglich drogensüchtig? War es das, was Pelin mir nicht erzählen wollte?

»Wie kommen Sie denn darauf?«, fragte Hakan beleidigt.

Der Arzt ließ sich keinen Ärger anmerken. Wahrscheinlich war er es gewohnt, dass Angehörige heftig reagieren konnten. »Ich frage wegen ihres Alters«, antwortete er. »Wenn eine junge Frau Herzprobleme hat, ziehen wir immer auch das in Betracht.«

»Ich glaube nicht, dass sie Drogen nahm. Bestimmt nicht. Oder, Pelin?«

»Keine Ahnung. Ich glaube nicht.«

Hakan unterbrach die Stille, die plötzlich eingetreten war. »Kann ich hier im Krankenhaus bleiben?«

Der kam vielleicht auf Ideen. Ein Krankenhaus ist doch kein Hotel!

»Das geht leider nicht. Es ist auch gar nicht nötig. Sie können morgen wiederkommen«, erwiderte der Arzt.

»Wann wird sie denn von der Intensivstation verlegt? Morgen?«

»Es ist zu früh, um etwas Genaueres zu sagen.« Aus der Art und dem Benehmen des Doktors schloss ich, dass es gar nicht gut aussah für Nil.

Keine Sekunde länger hielt es mich an diesem Ort, wo mich jeder Atemzug an den Tod denken ließ. Ich floh in den Vorgarten und fühlte mich gleich ein bisschen besser. Kurz darauf kamen auch Pelin und Hakan. Die Ratlosigkeit stand ihnen ins Gesicht geschrieben.

»Wie bist du bloß auf die Idee mit dem epileptischen Anfall gekommen?«, fragte ich Pelin sofort.

»Handan, die Frau, die bei ihr war, hat gesagt, sie hätte Schaum vor dem Mund gehabt. Und das ist doch ein Anzeichen für einen epileptischen Anfall, oder? Ich kenne mich bei so was doch nicht aus.«

Auf einmal fühlte ich mich furchtbar hilflos. Geht es uns nicht allen so angesichts einer schlimmen Krankheit? Und Pelin und Hakan ging es bestimmt noch mehr an die Nieren als mir. Mit dem Kinn deutete ich auf ein paar Bänke in der Nähe.

»Die Nacht werde ich auf dieser Bank verbringen«, kündigte Hakan an und setzte sich. Offenbar hatte er gerade seine Liebe zu Parkbänken entdeckt.

»Daran kann dich keiner hindern. Aber wieso solltest du das tun? Nil bleibt zumindest bis morgen früh auf der Intensivstation. Sie hat nichts davon, wenn du hier auf dieser Bank schläfst.«

Er dachte kurz nach und sagte dann: »Du hast recht. Ich suche mir ein Hotel hier in der Umgebung.«

»Du kannst bei mir übernachten. Ich wohne ganz in der Nähe.«

Pelins Augen weiteten sich, als hätte ich einen obszönen Vorschlag gemacht. Was war schon dabei? Als ob ich nie jemanden zu mir nach Hause einladen würde. Dabei ruht sich ebendiese junge Dame, die weit vom Stadtzentrum entfernt wohnt, sehr gern bei mir aus, bevor sie sich ins Nachtleben von Beyoğlu stürzt.

»Ich möchte nicht stören«, murmelte Hakan, um der Höflichkeit Genüge zu tun. Er hatte sichtlich keine Lust, in einem Hotel mit seinen Sorgen allein zu bleiben.

»Du störst nicht«, erklärte ich.

Ich war schon wieder hungrig. Dabei hatte ich gehofft, dass mich das Börek mit Puderzucker für ein paar Tage sattmachen würde. Wenn man dick ist, plagt einen leider ständig der Hunger. Es ist ein Teufelskreis: Man kriegt Hunger, isst, und vom vielen Essen weitet sich der Magen, und man kriegt wieder Hunger. Essen wird so zur wichtigsten Beschäftigung des Tages.

»Lasst uns Fofo anrufen und essen gehen«, schlug ich vor.

Ich sagte Fofo, er solle ein Taxi nehmen und zum Fischrestaurant Savoy Balık in der Sıraselviler-Straße kommen. Seiner einsilbigen Antwort entnahm ich, dass irgendetwas nicht stimmte mit ihm. Aber ich fragte nicht nach – ich würde ohnehin gleich erfahren, was los war.

»Lasst uns gehen«, rief ich. »Fofo kommt direkt dorthin.«

Alle Tische auf der Terrasse des Savoy Balık waren von Rauchern besetzt, die dem kühlen Wetter trotzten. Aber ich musste ja nicht mehr unbedingt draußen sitzen. Mit dem Rauchen aufzuhören war auch in dieser Hinsicht eine Befreiung.

Der Kellner stellte ein großes Tablett voller Vorspeisen auf den Tisch. Ich hatte das Gefühl, die Welt verschlingen zu können und doch nicht satt zu werden. Vom Tablett wählte ich scharfe Paprikapaste, Auberginensalat, Auberginenauflauf, Schafkäse und Zuckermelone. Vernünftig und bescheiden, wie sie waren, begnügten sich die beiden anderen mit gefüllten Weinblättern und eingelegten Rüben.

Wir hatten noch nicht mal unsere Rakıgläser gehoben, da tauchte schon Fofo auf. Das ging aber schnell! Ich hatte erwartet, dass er frühestens zum Dessert zu uns stoßen würde. Normalerweise dauert es Stunden, bis er sich fertiggemacht, Parfum aufgetragen und sich entschieden hat, was er anziehen soll. Irgendwas musste passiert sein.

Als er Hakan sah, machte er ein gekränktes Gesicht, weil er über die neuesten Ereignisse nicht informiert worden war. Erstaunlicherweise fielen ihm bei Hakans Anblick nicht die Augen aus dem Kopf. Wir fahren zwar, wie gesagt, nicht auf denselben Typ Mann ab, aber einer wie Hakan gefällt jedem. Irgendetwas schien Fofo umzutreiben, dessen war ich mir inzwischen ganz sicher.

Er ließ sich auf einen Stuhl neben mir fallen und starrte dann auf den Teller vor sich.

»Sagst du nicht guten Tag?«

»Ich bin müde. Seit heute Mittag war ich allein im Laden. Und da ging's zu wie in einem Bienenkorb.« Der Seitenhieb ging an Pelin, aber die gab sich ungerührt. Bravo! So viel Reife findet man selten.

Es freute mich zu hören, dass die Geschäfte gut liefen. Darauf einen großen Schluck Rakı! Aaaahh. Früher fand ich schon allein den Geruch von Rakı unerträglich. Wie Sie wissen, rann nur Whisky meine Kehle hinunter. Meine Vorliebe für Rakı ist neu, aber so stark, dass sie alle früheren Vorlieben in den Schatten stellt. Möge der Erfinder des Rakı in Frieden ruhen!

Während ich noch meine albernen Selbstgespräche führte, entschloss ich mich plötzlich, Fofo anzuschnauzen, und hörte mich sagen: »Du Ärmster, wenn der Laden so voll ist, denn dann kannst du dir nicht mal die Tarotkarten im Internet ansehen.« Du lieber Himmel! Hätte ich das bloß nicht gesagt! Fofo brach plötzlich in Tränen aus. Mittlerweile kennen Sie mich gut genug, um zu wissen, dass ich ein weiches Herz habe. Fofos Tränen machten mich völlig wehrlos. Ich streichelte sein Haar. »Was ist denn? Irgendetwas hat mein Kleiner doch. Komm, erzähl!«

»Es ist nichts«, schniefte Fofo. Hakan musterte uns erstaunt. Pelin war unsere rührseligen B-Movie-Szenen längst gewohnt, jedenfalls tunkte sie ungerührt weiter Brotstücke in die Joghurtsauce des Auberginenauflaufs und verschlang sie.

»Komm, sag schon, was ist dir über die Leber gelaufen?«, fragte ich nochmals, wobei ich mich allerdings zügeln musste, um nicht ebenfalls die Gabel in den Auberginenauflauf zu spießen. Es handelte sich mit Sicherheit um ein völlig belangloses Problem.

Er zuckte mit den Schultern und sagte: »Fikret geht nicht ans Telefon.«

Ach du lieber Himmel! Das war nicht nur belanglos, sondern schlicht banal!

Fikret war der Typ, um dessentwillen Fofo die Wahrsagerinnen abklapperte. Und nicht nur das: Manchmal suchte Fofo die orthodoxe Blachernenkirche auf, um dort einen Wunsch zu äußern, und ich hegte den Verdacht, dass er sogar zum Mausoleum des Telli Baba, des »Vaters Lametta«, gefahren war, damit sein Wunsch in Erfüllung ging. Dabei ist dieser Fikret so was von unsympathisch! Der färbt sich sogar die Haare. Fofo meint, ich würde das nur behaupten, um Fikret zu diffamieren, aber das stimmt nicht: Er färbt. Ganz bestimmt.

»Der hat das Klingeln bloß überhört«, beschwichtigte ich.

»Ich habe ein Dutzend Mal angerufen. Irgendwann mal muss er es doch gehört haben.«

»Vielleicht ist er in einer Sitzung und hat sein Telefon stumm gestellt.« Das glaubte ich allerdings selbst nicht: Ein arbeitsloser Herumtreiber hat doch keine Sitzungen!

»Oder er ist einfach im Kino«, fuhr ich fort. Das konnte schon eher sein. Aber gibt es heutzutage überhaupt noch Leute, die ins Kino gehen, statt sich die Filme direkt aus dem Netz herunterzuladen?

»Seit sieben Stunden rufe ich ihn ständig an. Selbst wenn er sich alle Folgen des *Paten* hintereinander anschauen würde, wäre er inzwischen damit durch.«

»Vielleicht hat er sein Handy einfach zu Hause vergessen. So was kommt vor.«

»So was passiert nur dir«, gab Fofo zurück. »Sonst habe ich noch nie von jemandem gehört, dass er sein Handy zu Hause vergessen hätte, oder, Pelin?«

Pelin hob abwehrend die Hände. »Zieht mich da nicht mit rein!«

Kluges Mädchen. Ihr war klar, dass sie alles abkriegen würde, wenn sie sich jetzt einmischte.

Ich sah Fofo mit Unschuldsmiene an. Was jetzt kam, hatte er sich selbst und seiner spitzen Zunge zuzuschreiben.

»Vermutest du, dass er nicht rangeht, weil er deine Telefonnummer sieht, Schätzchen?«, fragte ich. »Dann nimm doch einfach mein Handy, dann weißt du's.« Sprach's und legte mein Handy auf den noch leeren Teller vor ihm.

Die Wirkung war heftiger, als ich erwartet hatte. Die Atmosphäre wurde plötzlich eisig. Pelin und Hakan – ja, wirklich, beide! – guckten mich böse an. Fofo ließ den Kopf hängen. Ich nahm noch einen großen Schluck Rakı. Das Glas war schon fast leer.

Fofo schneuzte sich mit einer Papierserviette die Nase. Seine Tränen machten ein leises Geräusch, wenn sie auf den Tellerrand fielen. In mir schmolz etwas. Plötzlich schämte ich mich.

»Ich trau mich nicht«, schluchzte Fofo. »Wenn er

nicht rangeht, weil er meine Nummer erkennt, dann will ich das jetzt nicht wissen. Ich ruf ihn morgen früh an.«

»Ist gut, mein Lieber. Geh dir das Gesicht waschen.« Tröstend nahm ich seine Hand.

»Ich begleite dich«, kündigte Pelin an. Ein Wunder war geschehen: Sie hatte zu mampfen aufgehört. Offenbar hatte sie Fofo wirklich gern.

Als die beiden zurückkamen, stellte ich Fofo und Hakan einander vor. Aber Fofo interessierte sich für nichts und niemanden. Seine Gedanken kreisten unaufhörlich um das Problem mit dem Telefon. Selbst als Pelin von Nil erzählte, schaffte er es nicht, sein Desinteresse zu verbergen. Den Rest des Abends verbrachten wir mit Essen und Trinken, wobei jeder seinen eigenen Sorgen nachhing.

Am nächsten Morgen erwachte ich vom Duft nach Kaffee und getoastetem Brot, der in mein Zimmer drang. Ohne die Migräne, die über meinem linken Auge saß und sich von dort aus wellenartig ausbreitete, hätte mich das in beste Laune versetzt. So aber machte mir der Geruch schlagartig klar, dass ich mich gleich unter Menschen begeben musste – ein schrecklicher Gedanke. Mürrisch wanderte ich zum Bad, verschloss die Tür und stellte mich unter die Dusche.

Migräne ist was Schreckliches – das weiß jeder, der davon betroffen ist. Sie nimmt einem die Lebensfreude. Nach der Dusche zog ich mir den Morgenmantel an und schleppte mich in die Küche. Hakan leerte gerade die

Spülmaschine. Ich lehnte mich an die Tür und sah ihm zu, wie er die Teller mit unglaublicher Sorgfalt auf der Spülablage stapelte. Die Bewegung seiner Hände, das eintätowierte Seepferdchen, das unter dem Ärmel seines T-Shirts hervorlugte …

Das hatte ich vermisst: Mehr oder weniger unbekannte Männer, die morgens barfuß in meiner Wohnung umherliefen. Was heißt hier vermisst: Seit zwanzig Jahren war das nicht mehr passiert. Die Sache heute hatte auch nicht viel gemein mit dem, was vor zwanzig Jahren gewesen war, aber dennoch erinnerte es mich an meine Jugend. Trotz – oder vielleicht wegen – der Migräne, die mein Hirn vernebelte, hätte ich stundenlang dort stehen und Hakan zusehen können.

Er drehte sich um, und unsere Blicke trafen sich. »Guten Morgen«, sagte er fröhlich.

»Guten Morgen. Sind Pelin und Fofo schon weg?«, fragte ich.

»Ja. Ich gehe auch gleich. Ich will Nil besuchen.«

»Du willst also zum Krankenhaus?«

»Ja, und danach zu Nil nach Hause.«

»Wo wohnt sie denn?« In dem Moment, in dem ich das fragte, schreckte ich zusammen. Unmöglich! Zwölf Stunden waren bereits vergangen, seit ich Hakan kennengelernt hatte, und jetzt erst stellte ich ihm die erste Frage über seine Schwester. Was war denn mit mir los? Hatte ich über meinen Spießerträumen von einer Eigentumswohnung auf Kredit, einer Spülmaschine und einem LCD-Fernseher etwa meine Neugier eingebüßt, die mich doch immer ausgemacht hatte?

Nein, so weit war es noch nicht. Das lag alles nur an Fofo, der machte mich mit seinen Liebesproblemen noch verrückt.

»Sie wohnt in der Hüsrev-Gerede-Straße«, sagte Hakan in meine Gedanken hinein.

Ich war so überrascht, dass ich darüber fast meine Migräne vergessen hätte. Woher nahm die junge Frau das Geld, um in einem der schicksten Viertel Istanbuls zu wohnen? Zwar muss nicht jeder so schlecht verdienen wie Pelin, aber trotzdem ... Wie viel bekam man wohl für Zeitungsartikel über Mode?

»Sie arbeitet doch bei einer Zeitung, oder?«

»Nicht mehr. Seit einem halben Jahr ist sie arbeitslos.«

Ich kommentierte das nicht und hob nur skeptisch die Augenbrauen. Dann öffnete ich den Kühlschrank und warf einen Blick auf die halbleeren Fächer. »Ich sollte was essen, damit ich eine Tablette gegen meine Kopfschmerzen nehmen kann«, murmelte ich.

»Wenn du willst, mach ich dir einen Toast.«

Ich musste lächeln. »Gern, das fände ich großartig«, sagte ich.

»Gut, dann geh dich anziehen.«

Wie grausam das Leben doch ist! Vor ein paar Jahren haben die Männer noch danach gelechzt, mich auszuziehen.

Als ich in die Küche zurückkehrte, hatte ich zwar nicht mehr am Leib als zuvor mit dem Morgenmantel, aber ich sah mit Sicherheit hübscher aus. Ich hatte mich geschminkt, mir die Haare geföhnt, Parfum aufgetragen und eins der beiden Kleider angezogen, in die ich trotz meiner zusätzlichen Kilos immer noch reinpasse.

Hakan saß auf dem Sofa und blätterte im deutschen GQ, das schon seit Monaten auf dem Sofatisch herumlag. Jetzt klappte er die Zeitschrift zusammen und fragte: »Toast mit Schafkäse und Tomaten, okay?«

»Wunderbar!« Ein doppelt belegter Käsetoast wäre mir zwar wesentlich lieber gewesen, doch ich wollte jetzt nicht kompliziert tun.

»Setz dich schon mal an den Tisch, der Toast kommt gleich.«

»Wunderbar!«, sagte ich erneut. Dabei fiel mein Blick auf etwas Glänzendes auf dem Sofa: das Logo von Chanel.

»Was ist das denn?«

»Nils Handtasche. Die hat Pelin mir gegeben.«

Na, so was! Nil trug also Chanel! Ich fand es ja schon seltsam genug, dass in einem Land, in dem Leute zu einem Mindestlohn von 700 Lira arbeiten müssen, andere Leute 7000 Lira für eine Handtasche ausgeben konnten. Aber dann sagte ich mir selbst: Hör auf mit dem Populismus, vielleicht ist es ja eine Fälschung. Die Türken stellen bestimmt nicht nur gefälschte Louis-Vuitton-Artikel her, sondern auch solche von Chanel.

Der Toast war gut. Nachdem ich ihn aufgegessen hatte, nahm ich, zusammen mit dem Kaffee, die Migränetablette ein, in der Hoffnung auf schnelle Wirkung.

Hakan stand schon mit geschultertem Rucksack in der Wohnzimmertür. »Ich gehe«, sagte er und sah mich an. »Vielen Dank für alles.«

»Lass deine Sachen ruhig hier. Du kannst bleiben, so lange du willst. Wir haben kein Platzproblem, wie du siehst, die Wohnung ist groß genug.«

»Ich möchte aber nicht stören.«

»Du störst bestimmt nicht. Bleib hier, bis Nil aus dem Krankenhaus kommt. Außerdem ist dein Toast sehr gut«, sagte ich und zwinkerte ihm zu. Offen gestanden wundere ich mich selbst manchmal über die in mir schlummernden Potentiale.

Er hob die Hand zur Schulter, als ob er den Rucksack absetzen wollte, dann zögerte er und sagte: »Ich gehe besser.«

»Wie du meinst. Willst du sofort ins Krankenhaus?«

Er nickte.

»Ich begleite dich. Besser, du bist dort nicht allein«, sagte ich so nett wie möglich.

Sie haben bestimmt verstanden. Diese Sache begann mich zu interessieren. Wie wenn sich im Frühling die Mimosen öffnen – so hatte sich in meinem Inneren etwas geregt.

»Und die Arbeit? Musst du nicht zur Arbeit?«

»Es macht nichts, wenn ich mal einen Tag nicht im Laden bin. Die kommen schon ohne mich klar.«

Das stimmte zwar, allerdings hatte Pelin heute frei. Vielleicht plagte sie ja das schlechte Gewissen und sie war trotzdem zur Arbeit gegangen, aber wenn nicht, würde Fofo schon wieder allein sein. Na, egal, dann strengte er sich eben mal ein bisschen an. Das war auch gut gegen Liebeskummer.

»Ja, klar, du kannst tun und lassen, was du willst, schließlich bist du die Chefin.«

Ich bin immer wieder begeistert, wenn Leute, die keine Chefs sind, mir ihre Ansichten über die Arbeit von Chefs mitteilen. Aber das habe ich bestimmt schon mal erwähnt. Vielleicht können mir diese Schlaumeier auch mal erklären, wie man sich auf die faule Haut legt und dabei Chef bleibt.

3

Der Angestellte an der Rezeption fragte mehrmals nach Nils Namen, schaute in verschiedenen Dateien seines Computers nach, bis er schließlich mit verkniffener Miene murmelte: »Die Patientin liegt immer noch auf der Intensivstation.«

»Können wir mit Doktor Fatih sprechen?«, fragte Hakan.

»Der ist gerade im Wiederbelebungsraum«, erklärte der Rezeptionist, »aber Sie können einen der Ärzte der Intensivstation sprechen.«

Hakan sah mich unentschlossen an. »Was sollen wir tun? Wollen wir auf Doktor Fatih warten?«

»Nein«, antwortete ich. »Nil liegt ja immer noch auf der Intensivstation.« Mir wurde plötzlich klar, dass ich ganz und gar nicht glaubte, dass Nil die Intensivstation jemals wieder verlassen würde. Ein tiefes Schuldgefühl erfüllte mich. Als ob die junge Frau mit dem Tod ränge, weil ich nicht an ihre Genesung glaubte.

Wir kehrten zu der Bank zurück, die wir schon gestern belegt hatten. »Du bist umsonst mitgekommen«, sagte Hakan verlegen.

»Das macht nichts. Ich wollte dich ja begleiten. Gehst

du jetzt zu Nils Wohnung?« Es ist klar, worauf ich mit dieser Frage abzielte: Ich versuchte, mich ihm anzuschließen. Wer würde sich schon freiwillig eine Geschichte entgehen lassen, in der eine feuchte Kellerwohnung in der Hüsrev-Gerede-Straße sowie eine gefälschte Chanel-Tasche vorkamen?

»Ja, schon …« Hakan zögerte. »Wie soll ich sagen … Eine Sache ist da seltsam.«

»Was meinst du damit?«

»Nil …« – Hakan sah mich aus den Augenwinkeln an – »na, egal, ist nicht wichtig.«

»Sag doch!«

»Versteh mich bitte nicht falsch!«

»Wieso sollte ich dich falsch verstehen?« Wir sahen einander an. Was für eine Art Missverständnis könnte es zwischen uns wohl geben? Pelin! Aber in was für eine seltsame Sache konnte Pelin wohl verwickelt sein? Sowie ich mir diese Frage gestellt hatte, kam die Antwort wie von selbst. So unüberschaubar war die Sache dann doch nicht.

»Ist irgendwas mit Nils Handtasche?«

Er tat, was alle türkischen Männer gern tun: Er runzelte die Stirn. »Woher weißt du das?«

Es war unter meiner Würde, darauf zu antworten. »Was fehlt denn in der Tasche?«, fragte ich stattdessen. Und bei mir dachte ich, woher er wissen wollte, was in der Tasche »fehlte«.

»Die Hausschlüssel.«

Wenn Sie gestatten, nehme ich die Frage, die ich eben wortlos gestellt hatte, wieder zurück. Wenn sich in der

Tasche keine Hausschlüssel befanden, dann konnte man tatsächlich sagen, dass etwas »fehlte«.

»Fehlt der Hausschlüssel oder der ganze Schlüsselbund?«

»Der Schlüsselbund. Aber was ist denn der Unterschied?«

»An einem Schlüsselbund hängen mehrere Schlüssel. Der Autoschlüssel ...«

»Als ich sie das letzte Mal gesehen habe, besaß Nil kein Auto.«

»Was heißt: das letzte Mal?«

Er senkte den Kopf. »Wir haben einander seit fast einem Jahr nicht gesehen. Seit genau elf Monaten.«

Jetzt war's so weit! Er fing an zu singen. Eine solche Gelegenheit konnte ich mir nicht entgehen lassen. Man weiß nie, wann sie sich wieder bietet. »Komm«, sagte ich zu ihm, »hier in der Nähe gibt es ein paar Cafés, lass uns einen Tee trinken.« Ich hoffte, dass der laute Teil der Straßenbauarbeiten vorbei war.

Während der fünf Minuten Spaziergang zum Café machte ich Pelin innerlich Vorhaltungen. Okay, deine Freundin ist ins Krankenhaus eingeliefert worden, und du bist sofort hingerannt. Aber wieso nimmst du dann einfach von einer unbekannten Frau eine Tasche an, obwohl du nicht weißt, was drin ist und was fehlt?

Sobald wir saßen, bat ich Hakan, mir die Tasche zu geben. Es war eine großartige Clutch, das muss an dieser Stelle betont werden. Ich sah sofort, dass es sich nicht um eine Fälschung handelte. Wenn man in Istanbul lebt, wird man ganz von selbst zur Fachfrau in diesen Belangen. Überall und jederzeit werden die unterschiedlichsten gefälschten Produkte zur Schau getragen: Sei es in der U-Bahn oder am Nachbartisch im Café – die Waren, die die ambulanten Verkäufer auf dem Boden ausbreiten, finden ihre Käufer. Selbst gutsituierte Leute tragen sie; deren Fälschungen sind zwar besser gemacht und aus teurerem Material als die der Armen, aber echt werden sie dadurch auch nicht.

Ich hätte nicht sagen können, ob diese Tasche in dieser Saison erst herausgekommen war, aber selbst wenn Nil sie im Ausverkauf erstanden oder sogar wenn sie sie gebraucht gekauft hätte – Chanel bleibt Chanel. Das Futter aus feinstem Ziegenleder, die perfekte Verarbeitung und das Blitzen der Steinchen im Logo riefen: Ich bin echt!

Ich kippte den Inhalt der Tasche auf den Tisch. Eine Puderdose von Sisley, ein Lippenstift von Chanel, eine rosa Brieftasche von Prada (wer sich diese Tasche leisten konnte, hatte auch dafür genug Geld), ein halbvolles Päckchen Papiertaschentücher, ein Bleistift.

»Hatte sie kein Handy?«

»Das ist hier.« Hakan zog ein iPhone aus der Vordertasche seines Rucksacks und guckte auf den Bildschirm. »Da sind zwei Anrufe in Abwesenheit. Habe ich offenbar überhört. Was soll ich tun? Soll ich zurückrufen?«

»Das entscheiden wir später. Lass uns erst mal das Schlüsselproblem lösen«, schlug ich vor. Dabei gab es bei dem Schlüsselproblem nichts zu lösen. Wir wussten ja noch nicht mal, ob sich in Nils Tasche ein Schlüssel befunden hatte, als sie ohnmächtig geworden war. Vielleicht hatte sie den Schlüssel auch in ihre Jackentasche gesteckt. Oh!

»Gestern hat die Krankenschwester dir doch Nils Sachen gegeben …«

»Da habe ich schon nachgeguckt, dort ist er nicht.«

»Lieber Hakan«, sagte ich und legte meine Hand zärtlich auf seinen Arm. Wirklich zärtlich. »Vielleicht könntest du ja mal eure gemeinsamen Freunde anrufen und dich erkundigen, ob Nil ein Auto hat. Und ob sie immer noch in derselben Wohnung wohnt wie vor elf Monaten.«

»Welche gemeinsamen Freunde?«

»Die, von denen du erfahren hast, dass Nil seit sechs Monaten arbeitslos ist.«

Er guckte mich mit glanzlosen Augen an.

»Ich könnte Pelin anrufen.«

Pelin wollte ich, so gut es ging, aus dieser Sache mit den Schlüsseln heraushalten.

»Hattet ihr denn keine anderen Freunde?«

»Schon, aber ich möchte niemandem sagen, dass Nil im Krankenhaus liegt. Außerdem verstehe ich gar nicht, warum die Sache mit dem Auto so wichtig ist.«

»Weil sie ihren Schlüssel vielleicht dem Parkhauswächter überlassen hat, deshalb.«

Er verzog das Gesicht. »Vergiss das mal mit dem Auto, Nil hatte noch nicht mal den Führerschein. Das ist sehr unwahrscheinlich.«

»Immer noch wahrscheinlicher, als dass Pelin den Schlüssel an sich genommen hat«, wandte ich ein.

»Das habe ich doch gar nicht behauptet«, belferte

Hakan, als ob nun ich ihm Unrecht getan hätte – eine reichlich übertriebene Reaktion.

»Auch wenn du es nicht offen aussprichst, steht Pelin für dich doch unter Verdacht.«

»Ich wusste, dass du das in den falschen Hals kriegen würdest«, antwortete er gekränkt.

»Ich habe das nicht in den falschen Hals bekommen. Wir versuchen hier nur, ein Problem zu lösen. Rufst du jetzt an?«

Er wählte eine Nummer, die auf seinem Handy gespeichert war. Als jemand antwortete, sagte er: »Liebe Aslı«, und stand auf. Ich versperrte ihm mit dem Arm den Weg und bedeutete ihm, sich wieder hinzusetzen – ich wollte nach Möglichkeit kein Wort verpassen.

»Nein, nein, ich bin in Izmir. Diesmal bist du dran, nach Çeşme zu kommen. – Nein, die Saison hat noch nicht begonnen. – Mit wem? Mit Birhan? – Wenn ihr kommt, sagt mir Bescheid. Was ich noch sagen wollte: Weißt du zufällig, ob Nil sich ein Auto gekauft hat? – Ich habe gehört, sie hätte Fahrstunden genommen. – Hat sie nicht? Bist du sicher? Das hat mir jemand neulich Abend erzählt, ich weiß aber nicht mehr, wer. – Ach was! Ein Tangokurs! – Da haben die Trottel also Tangokurs und Fahrstunden durcheinandergebracht. Ich verstehe. Und wohnt Nil immer noch in derselben Wohnung? – Nein, ich frage nur so. – Sie ist also nicht umgezogen? Ja, gut, ich will dich nicht aufhalten, wir reden später. Bis dann, meine Liebe.«

Er zuckte mit den Schultern und wandte sich an mich: »Du hast ja gehört.«

Hatte ich. Wie ungeniert er gelogen hatte, ohne mit der Wimper zu zucken. Das ist der Menschentyp, den die neue Weltordnung hervorbringt: unverfrorene Lügner.

»Die Sache mit dem Parkhaus können wir also abhaken«, sagte ich. »Der Schlüssel könnte aber in dem Café, in dem sie mit ihrer Freundin gesessen hat, zu Boden gefallen sein, als sie ohnmächtig wurde. Oder sie hatte ihn auf den Tisch gelegt, und in der Aufregung wurde er dann übersehen.«

»Das ist unsere letzte Chance, den Schlüssel zu finden.«

Unsere letzte Chance? Ach was! Ihre Tasche konnte im Krankenwagen aufgegangen sein und der Inhalt sich auf den Boden ergossen haben. Wahrscheinlich hatte sie auch eine Putzfrau, und da hatte sie beim Verlassen des Hauses gedacht, dass die Putzfrau bei ihrer Rückkehr immer noch da sei, und war deshalb ohne Schlüssel losgezogen. Vielleicht hatte sie ihn dem Hausmeister gegeben, weil ein Handwerker kommen sollte …

»Es gibt noch jede Menge anderer Möglichkeiten, wo der Schlüssel sein könnte, und nur diese können wir bislang ausschließen«, sagte ich deshalb.

»Am besten, wir vergessen die Sache mit dem Schlüssel«, sagte Hakan mit Unschuldsmiene.

Aha, so war das jetzt also? Mein Ärger darüber, dass er Pelin verdächtigt hatte, war ihm zweifellos aufgefallen, aber er hatte nun mal damit angefangen.

»Das können wir nicht so einfach vergessen, das ist ein wichtiges Problem. Und wie willst du sonst in die Wohnung kommen?«

Er zuckte erneut mit den Schultern. »Ich habe einen Ersatzschlüssel.«

»Und wenn sie im Lauf der letzten elf Monate das Schloss ausgewechselt hat?«

»Hat sie nicht.« Er stockte. Wie einfach es doch ist, bei Menschen Zweifel zu wecken. Und wie lustig. »Wieso hätte sie das Schloss auswechseln sollen?«

Diesmal war es an mir, mit den Schultern zu zucken.

»Das kommt eben manchmal vor.« Es blieb mir nichts anderes übrig, als Pelin anzurufen, ich konnte sie aus der Sache nicht mehr heraushalten. Beim ersten Klingelton ging sie ran. Meine Standpauke in Sachen Handybenutzung hatte also gewirkt.

»Hat die Bekannte von Nil gesagt, in welchem Café sie gesessen haben?«

»Das hat sie mir nicht erzählt. Wieso fragst du?«

»Hast du ihre Telefonnummer? Wie heißt sie?«

»Handan. Wieso brauchst du die Nummer?«

»Hör auf, Fragen zu stellen. Such die Nummer unter deinen empfangenen Anrufen heraus, ruf sie an und frag sie, in welchem Café sie gesessen haben.«

»Zu Befehl!«

»Pelin!«, rief ich mit meiner autoritärsten Stimme, um ihr klarzumachen, dass das hier kein Scherz war. Ich wurde sowieso immer wütender, weil sie sich selbst in eine so blöde Lage gebracht hatte. Im Übrigen gibt es zwischen Fofo, Pelin und mir eine unausgesprochene Abmachung: Wenn einer sauer ist, bleibt der andere friedlich.

Jetzt piepste sie: »Handan hat mich doch nicht von ihrem eigenen Handy aus angerufen. Sie hat einfach den Letzten angerufen, der Nil …«

Stimmt, das hatte sie mir schon mal gesagt.

Ich schnitt ihr das Wort ab. »Gut, gut. Wie läuft das Geschäft?«

»Ich habe heute frei. Hast du das vergessen? Es ist Freitag.«

Nein, das hatte ich nicht vergessen. Ich hatte nur nicht erwartet, dass sie es wagen würde, tatsächlich wegzubleiben.

»Du hast doch gestern schon freigenommen. Ist Fofo schon wieder allein im Laden?«

»Heute wolltest du doch gehen!« Sie hatte schon wieder diesen Babytonfall, den junge Mädchen ihren Jungs gegenüber anschlagen.

»Okay«, sagte ich, »bis bald.«

Hakan sah mich erstaunt an. »Was ist los?«

»Die Bekannte von Nil heißt Handan. Kennst du sie?«

»Nie gehört. Aus Izmir ist sie nicht.«

Ich deutete auf Nils Handy. »Könntest du mir mal Handans Nummer heraussuchen?«

»Hat die auch einen Nachnamen?«

»Ich habe dir nicht gesagt, du sollst die Auskunft anrufen«, antwortete ich mit eisiger Stimme. Sowie dieser Satz meinen Mund verlassen hatte, wurde ich Zeugin einer Veränderung: Der harmlose Ausdruck auf Hakans Gesicht verschwand, er kniff die Augen zusammen, presste die Lippen aufeinander, und sein Kinn zuckte nach vorn. Wie ein Wolfsmensch sah er plötzlich aus.

»Pass auf, wie du mit mir sprichst, ich bin nicht dein Angestellter«, zischte er.

Auweia! Dieser Typ war echt erstaunlich, oder? Bislang hatte ich noch keine Gelegenheit gehabt, mich auch nur eine Sekunde lang zu langweilen.

Schnell überschlug ich meine Handlungsmöglichkeiten: Ich konnte ihm jetzt ordentlich Bescheid sagen, ihn seinem Schicksal überlassen und mich wieder meiner Arbeit und meinem Laden zuwenden. Aber dazu hatte ich nicht die geringste Lust. Viel lieber wollte ich Nils Wohnung sehen. Meine Neugierde hatte jahrelang in einer Höhle überwintert und war nun brüllend in den Wald gerast. Wie finden Sie diesen Vergleich? Wenn Sie mir zu dieser oder anderen Fragen etwas mitteilen wollen, können Sie das jederzeit gern unter katihirschel@web.de tun.

Ich überspielte die Sache also und bat: »Gibst du mir jetzt bitte Handans Telefonnummer?«

Auch er tat so, als sei nichts geschehen. Ich wählte die Nummer, die er mir ansagte, zögerte jedoch im letzten Moment. »Vielleicht solltest besser du sie anrufen. Wie soll ich mich denn vorstellen?« Es gab definitiv keine einleuchtende Bezeichnung für meine Rolle in dieser Geschichte.

»Puh«, sagte er. »Na gut, dann rufe eben ich an. Einer von den Anrufen in Abwesenheit war ohnehin von Handan. Sie hat um 10.40 Uhr angerufen.«

»Na klasse!«, schrie ich. »Und das sagst du jetzt?«

O Gott! Jetzt kam bestimmt wieder der Wolfsmensch zum Vorschein. Aber nein, diesmal lachte er nur spöttisch: »Dazu hatte ich noch keine Gelegenheit.«

Dreißig Sekunden später hatte er sich Handan vorgestellt und sprach mit ihr. Nachdem er aufgelegt hatte, verschränkte er die Arme vor der Brust und sah mich bedrückt an.

»Sie kennen sich aus dem Tangokurs. Alle reden von diesem Tangokurs. Aslı hat eben auch gesagt, dass Nil einen Tangokurs besuchte.«

Und wieso machte er dann so ein trauriges Gesicht? Entpuppte der sich jetzt womöglich noch als Konservativer?

»Und? Was ist dabei?«, fragte ich.

»Nichts«, sagte er ausweichend.

Irgendwas war da, aber ich bohrte nicht weiter. Im Moment gab es Wichtigeres.

»In welchem Café haben sie sich denn getroffen?«

»Es war gut, dass ich angerufen habe. Die Frau hat sich Sorgen gemacht.«

Na, und wie! Die hatte bestimmt die ganze Nacht kein Auge zugetan!

»Hakan«, sagte ich, »welches Café?«

Er richtete sich in seinem Stuhl auf. »Gestern haben sie sich um halb drei im Smyrna getroffen, in der Akarsu-Straße. Weißt du, wo das ist?«

Ich antwortete nicht. Sollte doch er mir mal die Informationen aus der Nase ziehen.

»Von wem waren die anderen Anrufe in Abwesenheit?«

Er krempelte die Ärmel hoch und stützte sich breit auf den Tisch. »Hör mal! Ich brauch bloß zu sagen, dass keine Schlüssel in der Handtasche waren, und schon tust du so, als wären wir bei CSI.«

Dass ich den Rest meines Lebens mit diesem jungen Mann befreundet sein wollte, war eher nicht anzunehmen. Aber ich war entschlossen, ihn ein paar Tage oder wenigstens ein paar Stunden lang zu ertragen. Also machte auch ich mich über dem Tisch breit, sodass unsere Nasen sich fast berührten. War mir das unangenehm? Inzwischen ja. Trotzdem behielt ich meine Körperhaltung bei und sagte zu ihm: »Mein lieber Hakan, hier geht es nicht nur um den Schlüssel. Wir versuchen herauszubekommen, was deiner Schwester, die auf der Intensivstation liegt, zugestoßen ist. Niemand fällt einfach so in Ohnmacht und kommt auf die Intensivstation.«

Hakan guckte inzwischen wieder unschuldig. »Nil wird bestimmt wieder gesund.«

Das war ein Wunsch.

»Klar wird sie wieder gesund«, bestätigte ich, obwohl ich kein bisschen daran glaubte. Sie meinen, ich hätte gelogen? Stimmt, habe ich. Ich versuche eben, mich in einer Welt von Lügnern durchzuschlagen.

Ich wusste tatsächlich, wo das Smyrna lag: Es war nur zwei Minuten Fußweg von dem Café, in dem wir gerade gesessen hatten, entfernt. Aber diese zwei Minütchen wurden mir lang und länger. Wie sehr bedauerte ich es jetzt, diese hohen Hacken angezogen zu haben! Hunderte Male hatte meine Mutter mir eingeschärft, keine

Schuhe zu tragen, in denen ich nicht rennen könne. Dabei fiel mir ein, dass ich meine Mutter noch immer nicht angerufen hatte. Sie würde mich fertigmachen. Wenn nicht jetzt, dann später. Angesichts dessen konnte ich die Idee auch gleich aufgeben, nach Mallorca zu fliegen, um sie zu beruhigen.

Als ich Hakan auf dem Gehsteig vor dem Smyrna auf den erstbesten freien Tisch zusteuern sah, vergaß ich meine Mutter sofort wieder. Es kam überhaupt nicht in Frage, in diesem Stammcafé von Möchtegern-TV-Sternchen und ihren Bewunderern Platz zu nehmen. Ich zog Hakan am Ärmel: »Was machst du denn da? Wir wollen hier doch nicht bleiben. Wir fragen was und gehen gleich wieder.«

Ich betrat das Café und wandte mich an den Kellner, der am Tresen stand und, den rechten Ellenbogen aufgestützt, seinen Blick schweifen ließ. Ich fragte ihn, ob er am Vortag um halb drei Uhr gearbeitet habe.

Sofort fragte er zurück: »Ist es wegen der Frau, die ohnmächtig geworden ist?«

»Ich wollte mich erkundigen, ob sie hier etwas vergessen hat«, erklärte ich.

Der Kellner murmelte, er hole den Chef, und verschwand durch eine Tür, hinter der ich die Küche vermutete.

Der Chef konnte vor lauter Muskelpaketen nicht laufen, war etwa 35 Jahre alt und ein Typ Mann, den ich nicht ausstehen kann. Die Wirkung des Schmerzmittels ließ langsam nach, und die Migräne machte sich wieder bemerkbar. Es wurde mir alles zu viel. »Rede du mit ihm«, sagte ich deshalb zu Hakan. Seine Augen verengten sich, und zwischen den Zähnen zischte er mir zu: »Hör auf, mich herumzukommandieren!«

Ach, du lieber Himmel! Mit übertriebener Höflichkeit wiederholte ich: »Könntest du bitte mit ihm reden?«

Diesmal zeigte er durch ein leichtes Kopfnicken, dass meine Formulierung ihm zugesagt hatte. »Ich bin ...«, hob er an, entschloss sich dann aber, die Einführung kurz zu halten. »Meine Schwester ist gestern hier in Ohnmacht gefallen. Wir wollten ein paar Dinge erfahren.«

Ich bat den Barmann, der gerade Gläser abtrocknete, um ein Glas Wasser. Am besten nahm ich sofort noch eine Schmerztablette.

»Wie geht es Ihrer Schwester?«, fragte der Chef der Form halber. Typen wie der interessieren sich sowieso für nichts außer sich selbst.

»Vielen Dank. Besser. Könnte es sein, dass die Schlüssel meiner Schwester noch hier sind?«

»Was für Schlüssel?«

»Ein Schlüsselbund.«

»Ich habe nichts gesehen, aber ich frage mal.« Der Mann wandte sich an den Kellner, den ich zuvor angesprochen hatte.

»Nihat, ist gestern auf dem Tisch was liegen geblieben?«

»Zigaretten und ein Feuerzeug. Und die Rechnung ist noch offen.«

»Die Rechnung geht aufs Haus. Wo habt ihr die Zigaretten und das Feuerzeug hingetan?«

»Eigentlich suchen wir einen Schlüsselbund«, warf ich ein.

Nihat hatte begonnen, die Schubladen unter der Kasse herauszuziehen und wieder zu schließen. »Da war kein Schlüsselbund«, sagte er. Aus der untersten Schublade nahm er ein Päckchen Zigaretten und ein Feuerzeug und reichte es Hakan.

»Waren Sie gestern hier, als das passiert ist, Herr Nihat?«

»Ich habe die Bestellung aufgenommen.«

Na, großartig!

»Sie wissen bestimmt noch, was sie bestellt haben?«

»Die Frau, die ohnmächtig geworden ist, einen doppelten Espresso und die andere ein Mineralwasser. Hier ist die Rechnung.« Er reichte mir die Rechnung.

»Ist sie ohnmächtig geworden, während sie den Espresso getrunken hat?«

»Zuerst hat sie – bitte verzeihen Sie den Ausdruck – sich erbrochen.«

»Dann hat sie vielleicht etwas Falsches gegessen.«

Der Chef lief rot an. »Hier hat sie nichts gegessen, oder, Nihat?«

»Das wollte ich damit nicht behaupten«, sagte ich und wandte mich erneut an den Kellner. »An welchem Tisch haben sie gesessen?«

Er deutete auf einen Tisch auf dem Bürgersteig.

»Sie sagen, dass sie sich erbrochen hat. Und dann?«

»Sie wollte aufstehen und hat sich am Tisch festgehalten. Ich bin hingelaufen, um ihr zu helfen, aber noch bevor ich bei ihr war, ist sie hingefallen.«

»Haben Sie gesehen, ob sie sich beim Fallen den Kopf angeschlagen hat?«

Nihat runzelte nachdenklich die Stirn. »Gesehen habe ich nichts. Es war jedenfalls kein Blut auf dem Asphalt. Ich habe gestern Abend dort gewischt.«

»Und nachdem sie hingefallen ist?«

»Hat sie angefangen zu zittern wie Espenlaub. Meine Kollegen haben ihr Kölnisch Wasser gebracht. Sie war auf den Arm gefallen, wir haben sie auf den Rücken gedreht und ihr Kölnisch Wasser auf die Stirn gerieben. Als dann Schaum aus ihrem Mund kam, haben wir den Krankenwagen gerufen. Wir haben gedacht, Kölnisch Wasser allein tut's hier nicht.«

Toll, mit welchem Eifer er das größte Abenteuer seines bisherigen Lebens geschildert hatte.

»Und die Bekannte, die bei ihr war?«

»Die hat danebengestanden. Hatte wohl Panik.«

Jetzt mischte sich der Chef wieder ein. »Da es gedauert hat, bis der Krankenwagen kam, haben die Kellner ein paar Stühle zusammengeschoben und sie daraufgelegt.«

»Moment, Moment. Der Krankenwagen ist nicht gleich gekommen? Aber das Krankenhaus ist doch hier um die Ecke.«

»Stimmt. Aber wie Ihnen vielleicht aufgefallen ist, gibt es am Firuzağa-Platz Bauarbeiten. Und deshalb musste der Krankenwagen einen Umweg fahren.«

»Sie reden, als ob der eine Weltreise gemacht hätte«, wandte ich ein. »Wie lange kann so was denn maximal dauern?«

»Wie lange habt ihr auf den Krankenwagen gewartet, Nihat?«

Nihat reagierte, als habe man ihm eine Frage zur Quantenphysik gestellt: Er starrte in die Ferne und dachte nach.

»Mir kam es sehr lang vor, Chef. Fünf Minuten vielleicht.«

Er schien alles noch mal durchzumachen.

»Sie haben sie in den Krankenwagen gelegt und sind sofort losgefahren. Und ihre Bekannte ist mit.«

»Hatte sie sich mit ihrer Bekannten gestritten? Oder gab es irgendetwas anderes, das Ihnen aufgefallen ist?«

»Nein.« Wieder dachte er angestrengt nach. Wir alle warteten gespannt auf seine Antwort. »Aber irgendwas war mit der Frau, die in Ohnmacht gefallen ist, nicht in Ordnung. Bei der Bestellung hat sie gesagt: ›Heute fühle ich mich gar nicht gut. Ich trinke mal einen doppelten Espresso, dann geht's mir vielleicht besser.‹«

Meine Augenbrauen hoben sich. Das war aber jetzt mal interessant! Der Chef platzte fast vor Nervosität. Für den Ruf eines Cafés ist es bestimmt nicht förderlich, wenn die Kellner dort die Kundengespräche mitanhören. Auf die Gefahr hin, dass die Nervosität des Chefs noch weiter zunahm, wiederholte ich meine Frage von eben.

»Haben die beiden sich gestritten?«

»Nein. Sie haben sich ganz ruhig unterhalten.«

»Vielen Dank«, sagte ich. »Sie haben uns sehr geholfen.«

Da die Straßenbauarbeiten das gesamte Leben in Cihangir lahmlegten, warteten wir gar nicht erst vor dem Smyrna auf ein Taxi, sondern gingen zu Fuß zum Taxistand.

Die Hüsrev-Gerede-Straße 44 war ein weißes Gebäude, vermutlich in den zwanziger Jahren erbaut und erst kürzlich aufwendig restauriert. Selbst eine Kellerwohnung war dort sicher gar nicht übel. Ich drückte meine Nase an das Glas der Eingangstür. Nach dem Bürotisch am Eingang zu urteilen musste es hier, wie in den meisten Gebäuden dieses Viertels, einen Portier geben, aber er war nicht an seinem Platz. Hakan zog einen Schlüsselbund aus der Tasche, an dem ein Anhänger mit einem Bild von Che Guevara baumelte. Ein Glück, dass Che nicht sehen kann, welche Typen sein Foto in der Tasche oder vorn auf ihrem T-Shirt tragen.

Es gelang uns, unbemerkt hineinzuschlüpfen. Hakan steuerte auf den Lift zu, ich hinterher. Nil wohnte keineswegs in einer Kellerwohnung: Hakan drückte auf den obersten Knopf.

Als der Aufzug mit einem Zittern stehen blieb, wurde mir schwindlig, ich musste mich an der Kabinenwand abstützen. Ich bedeutete Hakan, vor mir auszusteigen. Auf der Etage gab es zwei Wohnungstüren. Er blieb vor der rechten stehen.

»So, jetzt wollen wir mal sehen, ob sie das Schloss ausgewechselt hat.«

Der Schlüssel drehte sich zweimal im Schloss, und die Tür ging auf. Er warf mir einen triumphierenden Blick zu und trat dann zur Seite, um mich hereinzulassen.

Ich war sprachlos. Hohe Decken, hell, freundlich – ein wunderschönes Appartement. Ich gebe zu: Es kann sich mit meinem messen. Nur einen schönen Ausblick hatte es leider nicht. Im Entree und im Korridor, der zu den Zimmern führte, lag glänzender schwarzer Marmor. Mich überfiel eine unwiderstehliche Lust, die schmerzlindernde Kühle dieses Marmors unter meinen Fußsohlen zu spüren. Da mich niemand auffordern würde, die Schuhe auszuziehen, nahm ich sie und pfefferte sie erleichtert in eine Ecke.

Hakan war vom Entree ein paar Stufen zum Wohnzimmer hinaufgegangen, ich folgte ihm. Die Luft war stickig. Fast war ich schon an der Balkontür angelangt, um sie zu öffnen, da fiel mir plötzlich etwas ein, und ich blieb wie vom Donner gerührt stehen. Was hätte ich beinahe getan?

»Nichts berühren!«, rief ich – wie im Film.

Hakan brach in Gelächter aus, sagte: »Hör auf damit!«, und öffnete die Balkontür sperrangelweit. »Dies ist die Wohnung meiner Schwester. Ich kann hier Türen öffnen und zumachen, wie ich will. Und du bist meine Freundin.« Welch interessante Entwicklung: Nun waren wir also Freunde geworden.

Der Salon war phantastisch eingerichtet. Sehr geschmackvoll, sehr schick, sehr teuer. Hinter dem L-förmigen, riesigen roten Ledersofa hing ein Bild von Julian Opie. Ich konnte meinen Augen kaum trauen, aber es bestand kein Zweifel: Eine typische Julian-Opie-Frau auf einem Thonet-Stuhl, den Rock zwischen die Beine geklemmt. Die Wand gegenüber belegte ein Fernseher mit riesigem Bildschirm. Und der rechtwinklige Glastisch vor dem Sofa war offenbar ein Designerstück. Die junge Frau wusste, wie man Geld ausgibt.

Auf einem Sideboard lagen Bücher des Modeverlags Assouline, ein Osmanisch-Türkisch-Wörterbuch und ein paar Romane, die sie vermutlich in den letzten Tagen gelesen hatte. Vor dem Fenster standen ein grauer und ein türkisfarbener Ledersessel. Ein Esstisch aus Mahagoni und Stühle unterschiedlicher Epochen und Stilrichtungen vervollständigten das Mobiliar. Mir wurde schon wieder schwindelig, diesmal angesichts der stylischen Inneneinrichtung. Eigentlich hätte ich mich schämen müssen, dass ich so ins Privatleben eines Menschen eindrang und mir das sogar noch Spaß machte. Aber für diesen Einblick hatte es sich sogar gelohnt, Hakan zu ertragen. Auf der Stelle wollte ich auch die anderen Zimmer sehen.

Auf dem Weg in den hinteren Teil der Wohnung warf ich einen kurzen Blick in die Küche. Gab es im Kühlschrank vielleicht Pâté und Krug-Champagner? Ich weiß nicht, wie es Ihnen geht, aber mich hätte inzwischen nichts mehr gewundert. Ich hatte schon die Hand ausgestreckt, um den Kühlschrank zu öffnen, da klebten meine Füße fest, und ich blieb stehen wie angenagelt. Mein erster Gedanke war – verstärkt durch mein schlechtes Gewissen –, dass mich der Zorn Gottes ereilt hatte, da ich Nils Privatsphäre verletzt hatte.

Kleine Sünden straft der liebe Gott sofort!

Red keinen Unsinn, sagte ich zu mir selbst. Es gibt viele kleine Sünden, die nicht bestraft werden.

Irgendetwas war heruntergetropft: Honig, Marmelade, eingekochter Traubenmost – irgendetwas Klebriges.

»Was ist denn los?«, fragte Hakan, als er mich reglos wie eine Sphinx in der Küche stehen sah. Er hatte den Kopf durch die Küchentür gestreckt.

»Irgendwas ist auf den Boden getropft, meine Füße sind ganz klebrig. Wo ist das Bad?«

»Am Flurende die letzte Tür rechts. Wieso hast du überhaupt die Schuhe ausgezogen?« Ich antwortete nicht. Wie hätte ich das auch begründen sollen?

Ich löste meine Fußsohlen vom Boden und ging auf Zehenspitzen zum Bad. Dort schaltete ich das Licht an und erlitt sofort einen weiteren kleinen Schock: Bidet, Toilette und Waschbecken stammten aus der Freedom-Serie von Ross Lovegrove. Ich sag jetzt mal ganz offen: Ein neidischer Mensch würde es in dieser Wohnung keine Minute aushalten. Gott sei Dank habe ich meinen Neid aber unter Kontrolle.

Meine klebrigen Füße und sogar Gottes Zorn waren vergessen – ich versenkte mich in den Anblick der Cremes, Parfums, Lotions und Schminkutensilien auf dem Regal. Lauter Markenprodukte. Die Fragezeichen in meinem Kopf mehrten sich zusehends.

Zunächst zupfte ich vor dem Spiegel mein Haar zurecht, um meinem Selbstwertgefühl ein bisschen nachzuhelfen. Dann stieg ich in die Dusche aus rauchfarbenem Marmor und begann, mir mit einem nach Rosen duftenden Duschgel die Füße zu waschen. In diesem Moment grummelte mein Magen gereizt. Ohne Erlaubnis die Wohnung eines Menschen zu betreten, der auf der Intensivstation mit dem Tod rang, konnte vielleicht noch angehen, aber dessen Dusche zu benutzen, ging offenbar zu weit. Mit noch nassen Füßen floh ich aus dem Bad.

Hakan saß auf dem Bett und fixierte im Halbdunkel eine Schwarz-Weiß-Fotografie, die an der Wand hing. Das Bild zeigte eine blonde Frau, die bäuchlings auf einem Sofa lag. Zwischen den Schnüren des Lederkorsetts schimmerte die helle Haut ihres Rückens. Ihre Hände waren über ihrem Kopf mit einem Seil zusammengebunden, und ihr Blick sagte etwas, was ich mir in dem Moment nicht anhören wollte. Ein andermal hätte ich das gern getan …

»Gehen wir?«, fragte ich. Wozu war ich überhaupt hierhergekommen? Was hatte ich in dieser Wohnung zu suchen? Oh, diese unerschöpfliche, grenzenlose Neugier! Ich hätte bei meinen Spießerträumen bleiben sollen. Im Ernst. Immerhin haben sie mir in den letzten Jahren zu einem ruhigen Leben verholfen.

»Wieso sollen wir gehen? Haben wir's eilig?«

»Weiß nicht. Lass uns einfach gehen.«

Meine Anspannung war offensichtlich unübersehbar. Er kam zu mir und begann beruhigend meinen Arm zu streicheln. Die Geste war nett gemeint, bewirkte aber nur, dass meine Nervosität noch weiter stieg. Ich entzog ihm meinen Arm, ging zum Fenster und öffnete die dicken Samtvorhänge.

Kaum strömte das Tageslicht ins Zimmer, verstummte die Stimme meines gesunden Menschenverstandes, die mir eben noch geraten hatte, sofort diese Wohnung zu verlassen und mich nicht dauernd in die Angelegenheiten wildfremder Menschen einzumischen. Stattdessen begannen die Raupen der Neugier erneut, an mir zu nagen. Ich sah mich um. Das Zimmer war ziemlich leer: ein Bett, in dem drei Leute bequem Platz hatten, gegenüber ein Fernseher mit riesigem Bildschirm, Regale, auf denen sich DVDs stapelten, links vom Bett ein Nachttisch und das erotische Schwarz-Weiß-Foto an der Wand. Das war alles.

Ich persönlich finde leere Räume, vor allem leere Schlafzimmer, auch schön. Verstehen Sie mich nicht falsch, aber das erhöht die Bewegungsfreiheit. Die Frage ist allerdings, ob eine Frau, neben deren Bett nur ein Nachttischchen steht, so viel Bewegungsfreiheit braucht. Erst recht, wenn auf diesem Nachttisch der erste Band von *Hyperion* steht …

»Ja, vergiss nur, dass es Menschen gibt, darbendes, angefochtenes, tausendfach geärgertes Herz! und kehre wieder dahin, wo du ausgingst, in die Arme der Natur, der wandellosen, stillen und schönen«, sagt Hölderlin schließlich in seinem großartigen *Hyperion*.

Ich setzte mich aufs Bett, schlug das purpurfarbene Satinbetttuch zurück und vergrub das Gesicht in das linke Kopfkissen. Ich sagte ja, dass die Raupen der Neugierde wieder an mir nagten. Schutzlos war ich ihnen ausgeliefert. Hakan sah mir erstaunt zu, griff aber nicht ein. Das Kissen duftete nach *In the mood for love* – den Flakon hatte ich eben im Bad gesehen. Aus dem rechten Kissen stieg mir dagegen ein starker Männerduft in die Nase. Ein verführerischer Duft. Zwar stand an dieser Seite des Betts kein Nachttisch, aber es gab hier offensichtlich einen Liebhaber.

»Nil hat einen Liebhaber«, sagte ich.

»Na, so was! Was du nicht sagst! Und ich dachte, sie führt das Leben einer Nonne«, entgegnete er spöttisch. »Seit ihrem fünfzehnten Lebensjahr hat Nil immer Liebhaber gehabt.«

Ich runzelte die Stirn. Was für widersprüchliche Botschaften dieses Zimmer enthielt! Eine Frau, die vor dem Schlafen Hölderlin las, das Foto an der Wand …

Die DVD-Sammlung bestand aus einem bunten Durcheinander von billigen Hollywood-Komödien und Actionfilmen bis hin zu Filmen von Hitchcock und sogar Ingmar Bergman. Angesichts so unterschiedlicher Geschmacksrichtungen waren keine Rückschlüsse möglich. Ich öffnete den DVD-Player und lächelte erfreut beim Anblick des eingelegten Films.

»Als Letztes hat sie *9½ Wochen* gesehen.«

»Was ist das?«

»Ein Film, den man am besten im Bett sieht«, antwortete ich ausweichend. Dass er noch nie von *9½ Wochen* mit Mickey Rourke und Kim Basinger in den Hauptrollen gehört hatte, schrieb ich am besten seiner Jugend zu, ohne mich weiter aufzuregen. Auch wenn dieser Film kein Meisterwerk ist, so hat sich in meiner Generation doch fast jeder einmal davon zu ein paar Phantasien inspirieren lassen. Und man kann durchaus behaupten, dass dieser Film uns vor sterilen Phantasien über Sex in Aufzügen bewahrt hat.

Direkt neben dem Schlafzimmer lag ein Ankleideraum. Ich öffnete nur kurz die Tür und warf einen Blick hinein.

Ein breites Bett und ein kleiner Kleiderschrank – offenbar war der Raum als Gästezimmer gedacht, aber in der Zimmermitte standen Putzeimer, ein Wischmopp mit Zubehör und ein Staubsauger. Ganz offensichtlich kamen nicht viele Gäste. Mein Gästezimmer konnte ich nicht als Abstellkammer für Haushaltsgerät verwenden.

Als Nächstes öffnete ich die Tür zu einem riesigen, hellen Arbeitszimmer und musste sofort einräumen, dass hier jeder Widerstand zwecklos war. Demütig stand ich vor den vollen Bücherregalen. Erst nach ein paar Minuten erwachte ich aus meiner Versunkenheit. Wie interessant! Sie hatte die Romane nach den Herkunftsländern ihrer Autoren geordnet. Eine wirklich interessante, aber meiner Ansicht nach unmögliche Ordnungsmethode. Ebenso lachhaft, wie sie der Größe nach einzusortieren.

Wo hatte sie beispielsweise Nabokov und wo Kafka hingestellt? Und die Emigranten der zweiten Generation, die nicht in der Heimatsprache ihrer Eltern, sondern in der Sprache des Einwanderungslandes schrieben? Da ich die Bücher so interessiert betrachtete, sah Hakan sich genötigt zu erklären: »Nil liest viel.«

»Das sieht man«, kommentierte ich. Inzwischen hatte ich Kafka auf dem Regal der deutschen Literatur entdeckt und war etwas beruhigt. Während ich noch die Einreihung der Autoren auf den Regalen kontrollierte, guckte Hakan in die Schubladen des Schreibtischs und warf einen Blick in die Ordner, die im Bücherschrank neben dem Schreibtisch aufgereiht standen. Ich fragte nicht, wonach er suchte.

Schließlich rieb er sich den Bauch und meinte: »Ich habe furchtbaren Hunger, sollen wir gehen?« Auch mir knurrte der Magen schon wieder. »Los«, sagte ich.

Ich zog die Schuhe an, und wir verließen die Wohnung.

4

Wir setzten uns in den Garten des House Cafés, mit Blick auf die Teşvikiye-Moschee. Ich warf einen kurzen Blick auf die Speisekarte und bestellte dann das, was vermutlich am schnellsten kam: Penne all'arrabbiata.

Hakan schloss sich mir an. Kaum war der Kellner wieder verschwunden, stützte er die Ellenbogen auf den Tisch, beugte sich zu mir herüber und flüsterte: »Und, was haben wir in Nils Wohnung Neues erfahren?«

Er wollte sich offenbar über mich lustig machen. Dass die junge Frau in Sachen Innenarchitektur einen sehr guten Geschmack hatte beziehungsweise dass sie genug Geld und Eleganz besaß, um sich einen Innenarchitekten zu leisten, dass sie eine Leseratte war, aber ihre Bücher auf sonderbare Weise ordnete … in Wahrheit wusste ich nicht so recht, wem außer mir alle diese Informationen nützlich sein könnten. Was mich anbelangte, so konnte ich feststellen, dass Nil in meinen Augen zu einer interessanten Person geworden war. Noch hatte ich es nicht eine Sekunde lang bereut, sie mit Kate Winslet verglichen zu haben.

»Wir haben erfahren, dass sie einen Liebhaber hat, der aber seit gestern nichts von sich hören lässt«, antwortete ich, und um niemanden grundlos zu beschuldigen, fügte ich hinzu: »Vielleicht ist er ja krank, auf einer Geschäftsreise oder, was weiß ich, sie haben sich gestritten.«

Er grinste. »Meinst du, sie haben sich gestritten, während sie gemeinsam einen Pornofilm angeguckt haben?«

»*9 ½ Wochen* kann man nicht als Pornofilm bezeichnen.«

»Meinetwegen. Ich werde mir den Film demnächst mal ansehen und dir dann mitteilen, was ich davon halte … Was machst du, wenn wir hier fertig sind?«

»Ich gehe zum Laden. Auch eine Chefin muss ab und zu arbeiten.«

Er schien kurz mit sich zu ringen und sagte dann: »Heute Morgen habe ich ein bisschen mit Pelin geplaudert. Sie meinte, dass du schon mehrere Kriminalfälle gelöst hast … Du hast sogar mit der Polizei zusammengearbeitet.«

»Stimmt«, murmelte ich bescheiden. »Das ist allerdings lange her.«

»Ich wollte eigentlich …« Er zögerte, schien dann aber seine Bedenken zu überwinden und sagte: »Ich muss herausfinden, was mit Nil geschehen ist. Schließlich ist sie meine Schwester, auch wenn wir zerstritten sind. Außer mir hat sie niemanden mehr in der Familie.«

»Ja, klar, eine Schwester lässt man nicht hängen«, sagte ich.

»Denkst du, dass ich zur Polizei gehen sollte?«

»Zur Polizei gehen? Was willst du denn der erzählen?«

Er antwortete nicht, stattdessen fragte er: »Du denkst

aber schon auch, dass da was faul ist, oder? Sonst wärst du heute nicht mitgekommen … Ich meine, du hast Erfahrung bei solchen …« Er sah mich hilflos an und sagte endlich: »Ich kann es mir leisten, einen Detektiv einzustellen …«

Ich schwieg.

Er sah mich schon fast flehend an. »Würdest du …«

»Du meinst, ob ich mich professionell als Detektivin um den Fall kümmern würde?«

Er nickte.

Warum eigentlich nicht, dachte ich. Ich interessierte mich sowieso für Nils Schicksal, und wenn ich den Laden vergrößern wollte, brauchte ich Geld.

»Ich kann es mir leisten«, sagte er noch mal, als ob er meine Gedanken gelesen hätte.

Ich wurde rot. Wie konnte ich jetzt ans Geld denken, wo sich mir doch die einmalige Chance bot, einen Fall zu lösen und als Detektivin aufzutreten.

»Übers Honorar reden wir später«, sagte ich.

»Sicher? Na gut. Wie du willst … Darf ich dich noch um etwas bitten?«

»Was denn?«

»Ich wäre froh, wenn niemand von unserer Abmachung erfahren würde.«

»Aber klar doch! Wir bewahren beide hundertprozentige Diskretion.«

Er sah erleichtert aus.

»Und du sollst mir assistieren.«

»Das tue ich doch längst! Ich habe ja sogar schon mit einer Unbekannten telefoniert … Ach! Siehst du, das hatte ich völlig vergessen. Heute Morgen hat außer Handan noch jemand auf Nils Handy angerufen. Ein gewisser Emir. Möglicherweise ihr Liebhaber.«

»Was heißt hier möglicherweise? Hast du eure gemeinsamen Freunde nie gefragt, ob Nil einen Freund hat, wie er heißt und was er macht?«

Das konnte er nicht auf sich sitzenlassen.

»Ich weiß, dass sie einen Freund hat. Einer im Textilsektor. Ich weiß nur seinen Namen nicht.«

»Wenn du ans Telefon gegangen wärst, wüssten wir ihn jetzt.«

»Was hätte ich denn sagen sollen? Außerdem habe ich es zu spät gesehen.«

»Dann ruf eben zurück. Du sagst ihm, dass Nil im Krankenhaus liegt, und fragst ihn, wer er ist.«

»Ich möchte ihm nicht sagen, dass sie im Krankenhaus liegt.«

»Davon erfährt er doch sowieso. Außerdem ist es doch nicht peinlich, im Krankenhaus zu liegen.«

Das überzeugte ihn. Während er Nils Handy hervorzog, kam mein Mineralwasser. Meine Laune war hervorragend.

Das Gespräch dauerte nicht lange.

»Er kommt hierher«, sagte Hakan, nachdem er geendet hatte. »Wir müssen vor allem herauskriegen, ob er Nils Freund ist oder nicht. Vielleicht ist er es gar nicht.«

»Als du Nil das letzte Mal gesehen hast, vor elf Monaten, da gab es ihn also noch nicht?«

»Ein paar Monate, nachdem sie nach Istanbul gezogen ist, hat sie sich einen Freund zugelegt.« Hakan überlegte ein bisschen. »Ich habe ihn einmal gesehen, dann hat Nil ihn in die Wüste geschickt. Ich erinnere mich nicht an seinen Namen, aber Emir war es bestimmt nicht.«

»Was machte der beruflich?«

»Der hatte eine Börsenfirma. War stinkreich.« Hakan nahm einen Schluck von seiner Cola. »Wie hieß der bloß noch?«

»Nil ist vor zwei Jahren hierhergekommen, oder?«

»Letzten Monat waren es genau zwei Jahre.«

»Und sie ist sofort in diese Wohnung gezogen?«

»Ach was.« Hakan lachte. »Dafür hat sie doch gar nicht genug verdient! Erst nach etwa fünf Monaten. Eine Weile hat sie bei Aslı gewohnt, unserer gemeinsamen Freundin, die ich heute Morgen angerufen habe. Die hatte sich kurz zuvor scheiden lassen. Dann hat sie diesen Börsentypen kennengelernt und ist hierher gezogen. Ich habe natürlich nicht nachgefragt, aber ich vermute, dass der Typ was beisteuerte.«

»War der verheiratet? Was sagtest du, wie er hieß?«

»Ich habe seinen Namen nicht gesagt. Jetzt fällt er mir wieder ein: Mithat. Ich weiß nicht, ob er verheiratet war. Ich habe ihn sowieso nur einmal gesehen. Wir haben uns nicht gut genug gekannt, als dass ich so was hätte fragen können.«

Er fasste sich an die Nase. Dann an die Haare. »So alt war er nicht. Fünfundvierzig oder so.«

Ich lachte. »Das nennt man: im mittleren Alter.«

»Genau. Ich habe gesagt: nicht so alt.«

»Wieso ist Nil überhaupt nach Istanbul gekommen?«

»Aus demselben Grund wie alle anderen auch. Sie hat Arbeit gefunden. Mehr Geld, eine Karriere …«

Jetzt hätte ich fragen können, warum sie ihre kranke Mutter zurückgelassen hatte. Nur dass leider in dem Moment das Handy auf dem Tisch zu klingeln begann.

»Das ist Emir«, sagte Hakan mit einem Blick auf den Bildschirm. Der war schneller als unsere Nudeln. Unglaublich!

Ich drehte mich zur Tür. Dort stand ein Mann mit einem Handy am Ohr und drückte sich an die Wand, um den Kellner vorbeizulassen. Als er Hakan winken sah, kam er zu unserem Tisch. »Ich bin Emir«, sagte er. »Sie sind bestimmt Hakan.«

Sie schüttelten einander die Hände. Ich nannte ebenfalls meinen Namen.

»Und Sie gehören zur Familie?«

»Nein … Ich bin eine Freundin«, antwortete ich und wechselte einen Blick mit Hakan. Emir zog einen Stuhl heran, setzte sich neben mich und griff sofort nach der Speisekarte. »Habt ihr schon was bestellt?«, fragte er.

»Penne all'arrabbiata«, antwortete ich, »aber die sind noch nicht gekommen.«

»Gut. Dann werde ich auch einen Happen zu mir nehmen. Seit heute Morgen bin ich nicht dazu gekommen.«

Er hob den Finger, um den Kellner zu rufen.

»Was darf es denn sein, Herr Emir?«, sagte dieser. Emir bestellte Schnitzel. In puncto Originalität bei der Speisenwahl waren wir einander ebenbürtig.

»Sie kommen wohl oft hierher?«

»Auf dem Weg zur oder von der Arbeit schaue ich regelmäßig hier herein. Ich bin in diesem Viertel geboren und aufgewachsen. Sehen Sie das blaue Gebäude dort? Wir haben im obersten Stock gewohnt. Meine Mutter lebt immer noch dort.«

Er versuchte erst gar nicht, seinen Stolz zu verbergen. Während er sprach, hatte er sich aufgerichtet. Ich nickte verständnisvoll. Jeder, der aus Nişantaşı stammt, ist stolz darauf, denn das bedeutet, dass man einer großbürgerlichen Familie angehört.

Er wandte sich an Hakan. »Sie sagten am Telefon, dass Nil krank ist. Was hat sie denn?«

»Sie ist gestern in einem Café ohnmächtig geworden und wurde ins Krankenhaus gebracht.«

»Du lieber Gott«, sagte er und zog die Lippen zusammen. Er sah wirklich besorgt aus. »Ist es was Ernstes?«

»Das Herz«, sagte ich.

Emir hob erstaunt die Augenbrauen. »Sie hat ein Herzproblem? Das wusste ich gar nicht.«

»Meine Mutter war herzkrank. Das ist wohl genetisch«, warf Hakan ein.

»Nil hatte gesagt, sie sei bei einem Verkehrsunfall ums Leben gekommen.«

»Ja, aber sie war trotzdem herzkrank.«

»Du lieber Gott«, sagte Emir erneut. »In welchem Krankenhaus liegt sie denn?«

»Im Taksim.«

Er guckte bedrückt. »Haben Sie erwogen, sie in eine Privatklinik zu verlegen?«

Ich hatte den Mann offenbar so seltsam angestarrt,

dass er sich bemüßigt fühlte, mich zu fragen: »Was ist denn, mein Fräulein?«

»Wir sind nicht mal auf die Idee gekommen«, antwortete ich. »Vielleicht haben Sie recht.« Das Image der staatlichen Krankenhäuser war miserabel. Noch schlechter als die Krankenhäuser selbst.

»Sprechen Sie doch mal mit Nil darüber.«

»Das geht nicht«, sagte ich. »Nil liegt auf der Intensivstation. Man darf sie nicht besuchen.«

»Oh!« Emir erschrak sichtlich.

»Sie hatte einen Herzstillstand.«

»Oh«, machte Emir erneut und guckte betrübt. »Das heißt also, es ist was Ernstes.«

»Das wissen wir eben nicht. Es heißt, sie hätte einen Herzstillstand gehabt und sei wiederbelebt worden. Trotzdem liegt sie immer noch auf der Intensivstation. Immerhin ist der Arzt, mit dem wir gesprochen haben, vertrauenerweckend.«

»Ärzte an staatlichen Krankenhäusern müssen natürlich nicht zwangsläufig schlecht sein.«

»Am besten fragen wir den Arzt, ob wir sie besser in eine Privatklinik verlegen sollten«, sagte ich zu Hakan.

Emir zog eine Visitenkarte aus der Tasche und reichte sie mir. »Falls Sie sich entscheiden, sie woanders unterzubringen, sagen Sie mir Bescheid. Ich bin mit vielen Ärzten befreundet.«

»Vielen Dank«, antwortete ich. »Was machen Sie beruflich?«

»Es gibt eine Kette namens Heaven's Kingdom. Eine

englische Marke … Ich bin verantwortlich für die Ware, die hier durch Zulieferfirmen hergestellt wird. Kurz gesagt, ich bin im Textilsektor tätig.« Hakan und ich sahen uns verstohlen an. Das war also der Liebhaber aus dem Textilbereich! Aber irgendetwas war da seltsam, meinen Sie nicht auch? Wenn jemand erfährt, dass seine Freundin im Krankenhaus liegt, sollte er mehr tun, als nur seine Visitenkarte zu zücken. Warum rannte er nicht gleich ins Krankenhaus?

»Sie«, hob ich an, »Sie sind offenbar mit Nil zusammen, oder?« Ich konnte gar nicht glauben, dass ich tatsächlich so eine Frage gestellt hatte. Schließlich kannte ich den Mann noch keine zehn Minuten.

»War ich.«

War ich?

»Wir …« – er strich sich mit der Hand über den bärtigen Hals – »wir haben uns vor zehn Tagen getrennt.«

Das war also der Grund dafür, dass er nicht sofort losgestürzt war. Aber hatte sich Nil innerhalb dieser zehn Tage einen neuen Liebhaber zugelegt oder hatte sie das Bettzeug nicht gewechselt? Ich konnte ja jetzt nicht einfach an dem Mann schnüffeln, um herauszufinden, ob er die After-Shave-Marke benutzte, die ich auf dem Kissen gerochen hatte. Nicht mal meine Rolle als Detektivin würde das rechtfertigen.

»O Gott, das tut mir leid«, faselte ich und setzte dann zögernd hinzu: »Darf ich fragen, wieso?«

»Bitte sehr. Ob es allerdings richtig ist, wenn ich darüber rede …«

Die Nudeln waren noch immer nicht gekommen, und

vor lauter Hunger wurde mir schon schwarz vor Augen, aber trotzdem war ich ganz Ohr.

»Ich bin in ihrem Handy auf eine SMS gestoßen. Und die hat bei mir einen Verdacht aufkommen lassen.«

Aus den Augenwinkeln beobachtete ich Hakan. Das Thema schien ihm nicht so recht zu gefallen, deshalb versuchte ich Emir zu bremsen. »Daraufhin haben Sie einander zehn Tage lang nicht gesehen.«

»Und heute habe ich angerufen. Als ob ich es geahnt hätte …«, sagte er und schüttelte betrübt den Kopf. »Wie traurig!« Nil schien ihm echt leidzutun. Andererseits rührte er keinen Finger – außer seine Visitenkarte zu überreichen. Schon sehr verdächtig.

Als der Kellner mit zwei dampfenden Tellern an den Tisch kam, atmete ich auf. Endlich hatte ich meine Nudeln! Ich hoffe, niemand nimmt es mir übel, dass mir in diesem Moment meine Nudeln wichtiger waren als Nils Liebesleben und ein ehemaliger Liebhaber, der vielleicht auf Rache sann. Ich packte sofort meine Gabel, hielt mich dann aber doch zurück. Schließlich merkt man in solchen Notsituationen, aus welchem Holz Leute geschnitzt sind.

»Dürfen wir schon anfangen?«, fragte ich, in der Hoffnung, dass er verstand, dass es sich um eine reine Höflichkeitsfloskel handelte. Um sicherzugehen, fügte ich hinzu: »Wenn wir auf Ihr Essen warten, wird unseres kalt.«

»Aber bitte sehr«, sagte er. »Fangen Sie doch an. Ich geh mal kurz auf die Toilette.«

Hatte seine Stimme eben gezittert? Ich sah ihn aufmerksam an. Er wandte den Blick ab. Hatte er Tränen in den Augen? Na, so was! Das war aber ein seltsamer Kerl!

Sowie Emir verschwunden war, sagte ich zu Hakan: »Wenn er zurückkommt, verschwindest du unter einem Vorwand. Solange du dabei bist, kann ich nicht mit ihm reden. Ich muss ihn ein paar Sachen fragen.«

Hakan hob protestierend die Hände und jammerte: »Wo soll ich denn hin?«

Als ob wir hier auf einem Alpengipfel wären und nicht im großen Nişantaşı!

»Wenn du hier nichts zu tun findest ...«, hob ich an.

Dann dachte ich nach. Was unternimmt man eigentlich in Nişantaşı? Man klappert die Cafés ab, oder man geht einkaufen. Es gab jede Menge Galerien hier in der Umgebung, aber ich konnte mir nicht vorstellen, dass Hakan sich für Gemälde interessierte. Wie erklärte sich sonst seine Gleichgültigkeit gegenüber dem Julian Opie?

»Geh Zigaretten kaufen.«

»Ich rauche aber nicht.«

Herr, wirf Hirn vom Himmel!

»Du kannst doch trotzdem behaupten, du gehst Zigaretten holen und dann ein bisschen spazieren. Wie alt bist du?«

»Im Januar werde ich neunundzwanzig.«

Wie konnte man nur so blöd sein.

Kurz darauf kam Emir zurück, gefolgt vom Kellner mit dem Schnitzel. Ich fragte mich, ob er auf der Toilette wohl geweint hatte. Anzusehen war ihm nichts. Kaum hatte sich Hakan die letzten Penne einverleibt, sprang er auf, obwohl er noch nicht mal seine Cola getrunken hatte. Einer, der sofort mordet, wenn er einen Schießbefehl erhält!

»Ich gehe Zigaretten kaufen«, sagte er und warf mir einen bedeutungsvollen Blick zu.

Da ich nicht wusste, wie schnell er beim Zigarettenkauf sein würde, kam ich sofort nach Hakans Abgang zum Thema.

»Sie sagten, Sie hätten auf Nils Handy eine SMS gefunden?«, fragte ich. Ein bisschen peinlich war es mir doch. Zwar hatte ich schon oft gehört, dass Leute die Handys ihrer Geliebten durchgucken und dabei entdecken, dass sie betrogen werden, aber nun saß so einer in Fleisch und Blut vor mir. Und irgendwie störte es mich, in so ein Klischee gewissermaßen involviert zu sein.

»Wenn ich etwas fragen darf … Von wem war denn die SMS?«

Er griff sich erneut an den Hals. Es sah aus, als ob er sich gegen die Schwerkraft massieren würde. Ein Tick? Was auch immer es war, schön sah es jedenfalls nicht aus.

»Fragen Sie ruhig. Das Thema habe ich ja selbst angeschnitten.« Tat es ihm vielleicht leid, das Thema angeschnitten zu haben? Selbst wenn dem so war, konnte ich darauf keine Rücksicht nehmen. Man sollte nie vergessen, dass eine der Grundvoraussetzungen für Detektive eine erkleckliche Dosis Unverschämtheit ist.

»Also – von wem war die SMS?«

»Von jemandem namens Papi. Das war der im Handy gespeicherte Name. Allein der Name hört sich schon ziemlich verdächtig an, oder?«

»Papi?«, fragte ich ungläubig.

Er nickte.

Mir fiel sofort Boney M's berühmtes Lied ein: *She is crazy like a fool / What about it Daddy cool ...*

Daddys sind cool, schon wahr.

»Es hängt vom Inhalt einer SMS ab, ob man Verdacht schöpft oder nicht«, wandte ich ein.

»Dann erzähle ich Ihnen auch, wie sie lautete. Da stand, er stecke in einer Besprechung und warte ungeduldig darauf, sie wiederzusehen.«

Um ehrlich zu sein, war ich ein bisschen enttäuscht. So eine SMS musste einen doch nicht automatisch mit Zweifeln erfüllen. Jedenfalls nach meinen Maßstäben.

»Wahrscheinlich war es nicht nur diese SMS, sondern es sind auch noch andere Dinge vorgefallen. Haben Sie Nil darauf angesprochen? Oder haben Sie Papi zurückgerufen?« An seinem Gesichtsausdruck konnte ich sofort erkennen, dass ich zu weit gegangen war, und hielt sofort die Klappe.

Er stieß ein nervöses Lachen aus.

»Ich habe Papi nicht angerufen, wenn Sie es genau wissen wollen.«

»Ist also noch was anderes vorgefallen?«

»Ja, schon«, antwortete er und atmete tief ein. »Aber solange Nil im Krankenhaus liegt, möchte ich nicht darüber reden.«

Sofort wechselte ich das Thema. Wenn ich auf dem

Thema Papi beharrte, würde sich seine Stimmung verschlechtern, und das lag nicht in meinem Interesse.

»Nil war seit sechs Monaten arbeitslos. Wovon hat sie gelebt?«

Er sah mich lange an. Auf diese Weise konnte ich sein Gesicht studieren. Unmöglich, sein Alter zu erraten, denn er hatte keine einzige Falte im Gesicht.

»Nach ihrer Kündigung hat sie eine Abfindung bekommen. Ich habe mich ein bisschen an ihren Kosten beteiligt. Und ich habe ihr eine Summe Geld geliehen. Das wollte sie mir zurückzahlen, sobald ihr Roman erscheinen würde.«

»Ein Roman? Was für ein Roman?«, rief ich mit einem kleinen hysterischen Aufschrei. Sie sah aus wie Kate Winslet, die Liebhaber kamen und gingen, sie lebte in einer großartigen Wohnung, und nun schrieb sie noch dazu an einem Roman? Das war zu viel des Guten!

»Wussten Sie nicht, dass sie an einem Roman schrieb? Hat Hakan Ihnen das nicht erzählt?«

»Sie und Hakan haben sich seit einem Jahr nicht gesehen«, sagte ich, um zu zeigen, dass ich wenigstens über die anderen Angelegenheiten im Bilde war, wenn ich schon von dem Roman nichts wusste.

»Deshalb hat sie ihren Bruder nie erwähnt. Jetzt verstehe ich das.«

»Haben Sie den Roman gelesen?«

»Nein, sie hat ihn niemandem zu lesen gegeben. Sie sagte immer: ›Du kannst ihn lesen, wenn er fertig ist.‹ Es fehlte nicht mehr viel. Vielleicht hat sie ihn in den letzten zehn Tagen zu Ende geschrieben.«

»Und über das Thema hat sie auch nicht gesprochen?«

»Doch, hat sie.« Seine Wangen glühten jetzt. Nett zu sehen, wie so ein Textilheini über einen Roman in Wallung geriet!

»Das Thema war sehr interessant. Wie Sie wissen, hat Mustafa Kemal Atatürk in den ersten Jahren nach der Gründung der modernen Türkei sogenannte Republikbälle abhalten lassen und dabei den Tango in der Türkei eingeführt, damit Männer und Frauen zusammenkommen.«

»Das wusste ich nicht«, gab ich zu. Er verzog den Mund, um sein Missfallen zu zeigen, aber dann erzählte er weiter.

»In dieser Zeit wurden sogar neue Tangostücke komponiert. 1928 entstand das erste Tangostück mit Gesang. Der Komponist war Necip Celal Andal. Sie haben bestimmt schon türkischen Tango gehört. Manche Stücke sind sehr bekannt.«

An dieser Stelle räusperte er sich, kam ein bisschen näher und begann leise zu singen: »Ich liiiebte eine junge Frau, ihren Naaamen weiß ich genau. In aaaallem seh ich nur sie, mein Heeeerz weint ohne sie …« Seine Stimme zitterte. Er wandte den Blick ab, aber ich sah die Tränen in seinen Augen.

»Sie lieben Nil noch immer«, sagte ich leise.

Er ging darauf nicht ein, sondern schob seinen Teller von sich weg, faltete die Hände im Schoß und fuhr mit gesenktem Blick fort: »In den Jahren nach der Gründung der Republik wurde der Tango immer populärer. Nils Romanhelden sind ein Paar, das sich 1944 in Istanbul im Ballsaal des Hotels Pera Palas kennenlernt. Die Frau, Eleni, ist eine Istanbuler Griechin, und Naci, der Mann, stammt aus einer Familie, die während der Balkankriege aus Mazedonien geflüchtet ist. Sie lernen einander also in Istanbul kennen und wandern dann zusammen aus in die Heimat des Tangos, nach Argentinien. In Buenos Aires lassen sie sich nieder. Dort gibt es eine armenische und eine kleine griechische Diaspora, alles Leute, die in der Übergangszeit vom Osmanischen Reich zur Türkischen Republik dorthin geflüchtet sind. Die Geschichte dieser Leute ist noch nie aufgeschrieben worden. In ihrem Roman beschreibt Nil anhand dieser beiden Tangotänzer auch die Menschen in der Diaspora.«

Ohne zu ahnen, dass mich das gleich reuen würde, fragte ich: »Onassis ist auch nach Buenos Aires gegangen, oder?«

»Ja, Onassis gehörte auch zu den Emigranten dort. Und was hat man uns im Geschichtsunterricht beigebracht? Was stand in den offiziellen Geschichtsbüchern?«

»Keine Ahnung«, sagte ich. »Ich bin nicht in der Türkei zur Schule gegangen.«

Er fragte nicht nach, wo – ihn hatte die Lust am Erzählen gepackt.

»In den Schulbüchern stand, dass wir die Griechen in Izmir ins Meer getrieben hätten. Zumindest während meiner Schulzeit war das die Lesart – vielleicht hat sich das ja inzwischen geändert. Und keiner von uns ist aufgestanden und hat gesagt: ›He, Staat! He, offizielle

Ideologie! Was ist denn aus den Griechen geworden, auf deren Vertreibung du so stolz bist?‹«

Er machte eine Atempause und sah mich an, offenbar in Erwartung einer Frage. Als ich nichts sagte, fuhr er fort: »Was wird schon aus ihnen geworden sein. Ertrunken sind sie. Und ich rede nicht von griechischen Soldaten, sondern von den Leuten. Von der dortigen Bevölkerung. Vom Volk! Wie viele Leute haben das wie Onassis überlebt? Der Vater von Onassis war ein reicher Händler, der hatte genügend Geld, um die Obrigkeit zu bestechen und die Familie in Sicherheit zu bringen. Und weiter: Wer hat denn beispielsweise ganz Izmir in Brand gesetzt? Wir müssen anfangen, uns mit unserer jüngeren Vergangenheit auseinanderzusetzen, mit allen ihren guten und schlechten Seiten.«

Ging's dem Mann noch gut? Er brüllte geradezu. Die stylischen Typen an den Nebentischen sahen zu uns herüber mit einer Mischung aus Herablassung und Spott. Wie furchtbar, in einer Welt zu leben, in der ein bisschen Überschwang auf völliges Unverständnis stößt!

»Sie haben völlig recht«, sagte ich. »Aber vielleicht geht's auch ein bisschen leiser?« Ich musste das sagen. Wenn Sie den Gesichtsausdruck dieser Schickimickis gesehen hätten, würden Sie mir recht geben.

»Bitte entschuldigen Sie, junge Dame, ich rede mich bei diesem Thema immer in Rage. Einwohner dieses Landes werden einfach so ins Meer getrieben, in die Wüste geschickt, und man lässt sie nicht leben und nicht sterben. Und dann diskutieren wir darüber, warum aus unserem Volk nichts wird. Sei ein Henker, schneide

Kehlen durch, quäle, vertreibe und foltere – und dann sieh dir an, was übrigbleibt.«

Den letzten Satz begleitete er durch eine Handbewegung in Richtung der Typen an den Nachbartischen. Das kam sogar mir übertrieben vor.

»Wir kennen diese Leute doch gar nicht. Vielleicht sind sie ja nett und intelligent«, wandte ich ein.

»Kann sein. Ich meinte ja nicht konkret diese Leute hier. Aber haben Sie verstanden, was ich meine?«

Um die Stimmung aufzulockern, versuchte ich das Gespräch auf einen anderen Aspekt zu lenken. »Nil schreibt also einen historischen Roman.«

»Nein, der Roman spielt sich in der Jetztzeit ab. Was ich Ihnen erzählt habe, ist der Hintergrund zu der Geschichte.«

»Es geht also um die Kinder ...«, ich rechnete kurz nach, »nein, um die Enkelkinder des Paars, das nach Buenos Aires ausgewandert ist?«

»Es handelt sich um eine Familiengeschichte über drei Generationen. Isadora, die Tochter von Eleni und Naci, wird 1976, einige Monate nach dem Militärputsch, zusammen mit ihrem Mann in Buenos Aires verhaftet. Der Mann verschwindet, und es gibt Zeugen, die sagen, er sei unter der Folter gestorben. Isadora hingegen wird im Januar 1977 in der ESMA ...« Er sah mich an. Ich guckte offenbar etwas dümmlich, während ich ihm zuhörte, jedenfalls führte er aus: »Die ESMA war eins der Folterzentren des Militärregimes.«

Ich nickte.

»Es gibt Leute, die Isadora in der ESMA gesehen haben und versichern, dass sie hochschwanger war und im Februar ein Mädchen zur Welt gebracht hat.«

Nachdem er mich nochmals prüfend angesehen hatte, holte er erneut zu Erklärungen aus. Offenbar hatte sich der dümmliche Ausdruck auf meinem Gesicht festgesetzt.

»In Argentinien sind, wie Sie wissen, nach dem Militärputsch mehr als 30000 Menschen verschwunden. Diese Zahl ist natürlich umstritten. Das Militär setzt sie niedriger an – logisch, in der Zeit zwischen 1976 und 1983 war Argentinien eine Militärdiktatur.«

Ich nickte wieder. Wer weiß, in was für Schwierigkeiten die arme Nil geraten war, weil sie über dieses Thema einen Roman schrieb. Leider hatte allerdings mein andauerndes Kopfnicken einen erneuten Migräneschub zur Folge – möge Gott Sie verschonen. Ich versuchte, tief durch die Nase in mein Zwerchfell zu atmen, durch den Mund auszuatmen und mich durch die Konzentration auf meinen Atem zu beruhigen.

Er bemerkte den Ausdruck, den mein Gesicht angenommen hatte, und sagte: »Sehr erfreuliche Themen sind das nicht.«

Ich enthielt mich vorsichtshalber eines Kommentars, denn womöglich wäre meine Stimme nicht einmal zu hören gewesen.

»Die Mütter der Verschwundenen, der Desaparecidos, gründeten im April 1977 eine Vereinigung. Jeden Donnerstagnachmittag demonstrierten sie auf der Plaza de Mayo, vor dem Präsidentenpalast. Jede Frau trug dabei ein weißes Kopftuch, auf dem der Name ihres verschwundenen Kindes stand. Seither heißen sie die Mütter der Plaza de Mayo.«

»Ja«, sagte ich. Meine Stimme war zwar hörbar, klang aber, als ob ich in den letzten Zügen läge.

»Der Albaner Naci stirbt wenige Monate nach dem Putsch an einem Herzinfarkt. Eleni fängt dann ganz alleine an, ihre Tochter und ihren Schwiegersohn zu suchen.«

Er machte eine kleine Pause.

»Stellen Sie sich eine 52-jährige Frau aus der Mittelschicht vor, die sich ihr Leben lang nicht für Politik interessiert hat. Diese naive Frau, die noch nie den Schutz ihres Heims verlassen hat, muss sich plötzlich der Realität stellen und schließt sich in ihrer Verzweiflung den Aktivistinnen der Plaza de Mayo an. Sie lernt die Frauen kennen und schätzen. Später werden einige der Gründerinnen der Organisation gefoltert und umgebracht. Und aufgrund dieser neuen Erfahrungen verändert sich Elenis Einstellung zum Leben und zum Regime.«

»Moment mal«, warf ich ein und räusperte mich. »Sind Sie sicher, dass Sie Nils Roman nicht gelesen haben?«

Er lachte.

»Habe ich nicht, aber während Nil an dem Roman schrieb, haben wir viel darüber diskutiert. Ich interessiere mich sehr für Geschichte und konsultiere gern unterschiedliche Quellen. Hobbyhistoriker nennt man so einen wie mich. Und wieso sollte ich es Ihnen verschweigen, wenn ich den Roman gelesen hätte?«

Das stimmte eigentlich. Es fiel mir kein triftiger Grund

ein. Allerdings bin ich alt genug, um zu wissen, dass die Leute oft aus den seltsamsten Beweggründen heraus die Wahrheit verschweigen.

»Eleni politisiert sich also«, sagte ich. »Und weiter?«

»Als Eleni von jemandem, der die ESMA lebend verlassen konnte, erfährt, dass ihre Tochter ein Baby geboren hat, macht sie sich mit neuem Mut auf die Suche nach Tochter und Enkelin. Zusammengefasst ist es die Geschichte einer Frau, die im Alter von fünfzig Jahren wirklich erwachsen wird.«

»Findet sie ihre Enkelin am Ende?«

»Um das zu erfahren, müssen Sie den Roman lesen«, antwortete Emir lachend. »Aber wieso fragen Sie nicht, was aus der Tochter geworden ist?«

»Die Tochter ist wahrscheinlich umgebracht worden. Eine Zwanzigjährige, die verschwindet … Wenn sie am Leben geblieben wäre, hätte sie Kontakt mit ihrer Mutter aufgenommen.« Ich dachte nach. »Sie könnte natürlich das Gedächtnis verloren haben. Ihr Mann ist umgebracht und sie selber gefoltert worden, man hat ihr das Baby weggenommen.«

Emir stimmte mir zu. »Viele haben aufgrund der Folter das Gedächtnis verloren. Oder wollten es verlieren.« Ich sah ihn mit ganz neuen Augen. Nicht dass ich Vorurteile gegenüber Textilheinis gehabt hätte, aber auf so was war ich dann doch nicht gefasst. Neben ihm fühlte ich mich schon fast reaktionär.

»Stimmt es, dass hochgestellte Militärs, regimenahe Bürokraten und Anwälte während der Diktatur viele Kinder von Verschwundenen adoptiert haben?«

»Ja, das ist leider richtig. Wie viele es sind, weiß man nicht, aber Schätzungen sprechen von 500 bis 2000. Was in Argentinien geschah, war ein Genozid nicht auf ethnischer Grundlage, sondern aufgrund der Gesinnung.«

»Wollen Sie mir wirklich nicht sagen, wie der Roman endet? Was aus Elenis Enkel geworden ist?«

»Das Ende kenne ich selber nicht. Sie hat es mehrfach verändert und mir nicht gesagt, zu welchem Schluss sie sich letztendlich durchgerungen hat. Meine Lieblingsversion endet, wo alles angefangen hat: in Istanbul. Eleni und ihre Enkelin kommen zu Besuch … Aber Sie sollten das Buch unbedingt lesen.«

»Hm«, sagte ich. Das würde ich wohl tun. »Und mit dem Honorar wollte Nil die Schulden, die sie bei Ihnen hat, zurückzahlen.«

»Es ging ihr nicht nur ums Geld, sondern vor allem um den Erfolg. Und um die Geschichte Argentiniens. Es ist doch hochinteressant, wie aus dem Argentinien der siebziger und achtziger Jahre ein demokratisches Land geworden ist. Besonders aus türkischer Sicht, denn Argentinien hat wie die Türkei mehrere brutale Militärdiktaturen hintereinander erlebt. Da Sie ja offensichtlich nicht hier aufgewachsen sind, wissen Sie womöglich nicht, dass wir hier 1971 und 1980 einen Putsch hatten … Und in Diyarbakır ein Gefängnis, das dem der ESMA glich. Es war das Folterzentrum des Militärs … Viele junge Menschen wurden hingerichtet, selbst Siebzehnjährige waren unter den Hinrichtungsopfern. Die blutige Diktatur löschte eine Generation Linke, Kurden und Regimekritiker aus. Im Gegensatz zu Argentinien haben wir uns jedoch mit unserer jüngeren Vergangenheit nicht auseinandergesetzt. Die Macht der Armee, der Tiefe Staat, die korrupten Politiker, der Überwachungsstaat – all das sind die Folgen davon.«

Er wiegte den Kopf und schwieg. Dann klopfte er die Taschen seines Jacketts ab. »O Mann! Vor einem Monat habe ich zu rauchen aufgehört, aber manchmal suche ich unwillkürlich immer noch nach Zigaretten. Und ständig taucht ein neuer Grund auf, um wieder zu rauchen. Wie lange ich wohl noch durchhalte?«

Ich lachte. »Ich habe schon vor sieben Jahren damit aufgehört, und trotzdem durchsuche ich manchmal noch meine Handtasche nach Zigaretten.«

»Endlich mal jemand, der mich versteht«, antwortete er mit einem Lächeln. »Eben sind wir nicht näher darauf eingegangen: Sie sagten, Sie haben nicht in der Türkei die Schule besucht?« Ich hatte gedacht, er habe das überhört, aber es schien doch sein Interesse geweckt zu haben.

»Wir sind in dem Jahr, in dem ich eingeschult wurde, nach Deutschland zurückgekehrt. Ich war hier nie auf der Schule.«

»Das heißt, Sie kommen aus Deutschland?«

»Mein Vater ist Jude. Er war einer der Wissenschaftler, die einen Ruf hierher bekamen, als die Istanbul-Universität gegründet wurde.«

»Von der osmanischen Hochschule Darülfünun zur Istanbul-Universität – das ist auch eine interessante Geschichte, nicht? Mit dem Material, das da drinsteckt, könnte Nil einen zweiten Roman schreiben.«

»Aber das Thema Argentinien ist auch sehr gut. Als Deutsche weiß ich, wie wichtig kollektive Vergangenheitsbewältigung ist. Sicher hat sie dafür sehr viel recherchieren müssen.« Ja, klar! Mir fiel es wie Schuppen von den Augen: Dass in Nils Bücherschrank so viele Werke argentinischer Autoren herumstanden, von Ernesto Sabato über Julio Cortázar bis Manuel Puig, lag am Roman, den sie schrieb. Wahrscheinlich war das auch der Grund für ihren Tangounterricht.

»Warum sie Ihnen wohl nicht erzählt hat, dass sie an einem Roman schrieb?«, fragte Emir und sah mich prüfend an.

Ich zögerte.

Die kleine Pause nutzte Emir, um zu sagen: »Sie kennen Nil offenbar nicht so gut.«

»Genau genommen habe ich sie nur einmal gesehen. Sie ist die Freundin einer Freundin von mir. Aber seit sie gestern ins Krankenhaus eingeliefert wurde, bin ich –«

Er unterbrach mich mit einer Handbewegung, als ob er nicht dauernd daran erinnert werden wolle, dass Nil im Krankenhaus lag. »Sie hat sehr gut recherchiert. Auch sonst liest sie viel. Sie hat so halbwegs Spanisch gelernt, ist nach Argentinien geflogen, hat die Mütter und Großmütter der Plaza de Mayo aufgesucht … Sogar einen Tangokurs hat sie angefangen. Sie meinte, sie müsse wissen, was die Leute fühlen, wenn sie Tango tanzen.«

»Ich habe es auch probiert mit dem Tango«, sagte ich. »Aber ich kann es nicht ertragen, dass mein Tanzpartner bestimmt, was für Schritte ich mache. Ich fühle mich dabei wie eine Marionette.«

»So sehen Sie das? Dabei führen beide Partner einander gegenseitig. Zumindest habe ich das so gehört. Ich selbst habe es nie versucht, deshalb weiß ich nicht, wie das Verhältnis von Tanzpartnern untereinander ist. Das ist womöglich ähnlich wie in der Ehe: Das innere Kräfteverhältnis lässt sich von außen nicht erkennen. In Nils Roman ist der Tango ohnehin nicht nur ein Tanz, den die Protagonisten lieben: Der Aufbau des Romans folgt den Tangoschritten, die Teile sind zeitlich versetzt. Es gibt zwölf Kapitel, jeweils sechs nach vorne gerichtet und sechs rückwärts. Das heißt, sechs Kapitel spielen in der Gegenwart und sechs in der Vergangenheit. Der Roman ist nicht chronologisch aufgebaut.«

»Aha«, sagte ich. »Dafür gibt es ein Vorbild.«

»Zeigen Sie mir etwas Neues unter dem Himmel! Ich meine: Die Menschheit hat eine Geschichte von sechs Millionen Jahren.«

»Ja, sicher. Ich meinte das nicht als Kritik, sondern weil es sich dabei um einen Film handelt, der mir sehr gefallen hat.«

»Bravo! Sie meinen *Satantango!* Sie haben ihn also gesehen. Eine Meisterleistung.«

»Meinen Sie meine Leistung als Zuschauerin?«

Da es sich um einen Film von siebeneinhalb Stunden Länge handelt, war das Wort »Leistung« wirklich angebracht.

Er lachte laut auf. »Und was machst du beruflich?«

Liebe Leser, auch ich hatte bemerkt, dass wir uns plötzlich duzten.

»Ich bin Buchhändlerin.«

»Ach so? Du hast einen Buchladen? Wo?«

»Am Fuß des Galata-Turms. In der Lokum-Straße, die auf den Platz mündet. Ich verkaufe nur Krimis.«

»Den kenne ich!«, rief er. »Und der Laden gehört also dir?«

Ich nickte.

»Kann man mit Büchern Geld verdienen? Noch dazu in einem Land, in dem so wenig gelesen wird?« Seine Backen zitterten, wenn er lachte. Das sah nett aus.

»Man kann davon halbwegs leben«, antwortete ich.

Er lachte wieder.

»Die e-Books wirken sich bestimmt negativ aufs Geschäft aus.«

Sie können sich vielleicht vorstellen, dass ich nicht darauf brannte, mit ihm über die Probleme des Buchhandels zu diskutieren. Ich sah auf die Uhr, um das Thema zu wechseln, und sagte: »Wo ist bloß Hakan abgeblieben?«

»Hast du es eilig? Wir unterhalten uns doch nett miteinander, der kommt bestimmt gleich wieder.«

»Du hast recht«, antwortete ich. Und da ich fand, dass wir genügend über Gott und die Welt geredet hatten, fragte ich ihn, ob Nil Rauschgift nahm.

5

Unter Verweis darauf, dass wir uns auf seinem Terrain befänden, bezahlte Emir die Rechnung und kam noch mit auf die Straße. Während er den Wagenschlag des Taxis für mich öffnete, murmelte er, er werde heute leider keine Zeit haben, Nil zu besuchen, das aber nachholen, sobald es ginge.

An der Rezeption des Krankenhauses fragten wir nach Nil Hatay. Der Angestellte suchte eine Weile im Computer nach dem Namen und erklärte dann: »Sie liegt auf der Intensivstation. Man darf sie nicht besuchen.«

Das wussten wir auch schon.

»Hat sich ihr Zustand irgendwie verändert? Wer kann uns da Auskunft geben?«

»Ich hole einen Arzt, der sagt Ihnen mehr. Einen Moment.«

Also warteten wir. Wobei sich das Warten nicht lohnte, denn wir sollten nichts Neues erfahren.

Als wir wieder vor dem Krankenhaus standen, begann ein Handy zu klingeln. Die Melodie kannte ich inzwischen: Es war Nils Handy. Er machte keinerlei Anstalten dranzugehen.

»Willst du nicht antworten?«

»Meinst du nicht, dass es sich nicht gehört, so sehr in ihr Privatleben einzudringen?«

Hörte ich recht? Ihr »Privatleben«? Hatte Nil noch ein Privatleben? Waren wir in unserer Würdelosigkeit nicht so weit gegangen, den ganzen Tag lang alles zu durchwühlen und sogar an ihren Kissen zu schnuppern?

»Ihre Freunde machen sich bestimmt Sorgen, wenn niemand drangeht. Willst du, dass sie die Polizei anrufen, weil sie meinen, dass Nil verschwunden ist?«

Das Telefon klingelte durchdringend immer weiter. Hakan schien überredet. Wie Sie wissen, verfüge ich über eine hohe Überzeugungskraft. Als er den Namen auf dem Handybildschirm sah, hellte sich sein Gesicht auf. »Das ist Tuna.«

Er beendete das Gespräch und erklärte: »War gut, dass ich rangegangen bin. Nil hatte eine Verabredung mit Tuna. Die wartet schon seit einer halben Stunde auf sie, im Kitchenette am Taksim-Platz. Ich habe ihr gesagt, sie soll dort auf mich warten. Na ja, du hast ja sowieso gehört, was ich gesagt habe. Weißt du, wo das Kitchenette ist?«

»Ja, klar. Ich zeig's dir.«

Es war ihm deutlich anzusehen, dass ihm mein Vorschlag nicht gefiel und er Tuna viel lieber allein getroffen hätte, aber er begehrte nicht auf. Wir gingen zu Fuß zum Taksim-Platz. Das heißt, meine Aktivität konnte man nicht wirklich als Gehen bezeichnen, ich schleppte mich vorwärts. Meine Füße schmerzten wie verrückt, als ich sie über die holprigen Bürgersteige zwang.

Tuna saß an einem Tisch mit Blick auf den Platz und

trank eiskaltes Bier. Falls Sie denken, liebe Leser, ich könne die Temperatur des Bieres nicht beurteilen, solange ich das Glas nicht anfasse, dann irren Sie sich: An der Außenwand des Glases hingen Wassertropfen.

Tuna umarmte Hakan und gab dann mir die Hand. Sie sah hübsch aus. Ihre schulterlangen dunkelblonden Haare trug sie vorne lang und hinten kürzer. Sie hatte roten Lippenstift aufgetragen, ansonsten war sie ungeschminkt. Ich konnte den Blick nicht von ihren kurzen, bunt lackierten Fingernägeln wenden. Je nach Handbewegung changierten die Farben von Petrol zu Türkis und von Türkis zu Hellgrün. Dass sie lispelte, verlieh ihr etwas Romantisches.

»Seit einer halben Stunde sitze ich hier schon. Und überhaupt, wieso hast du Nils Handy? Hast du ihr das iPhone abgeluchst, kaum dass ihr euch wieder vertragen habt?«

»Komm, setzen wir uns erst einmal, und dann erzähle ich dir alles«, sagte Hakan. Die junge Frau gefiel ihm ganz offensichtlich, aber ihre Frage hatte ihn gekränkt. Wir zwängten uns an den engen Tisch.

Sofort kamen zwei Kellner angelaufen. Ich hätte große Lust gehabt, auch ein Bier zu trinken, doch ich entschied mich für einen gesunden Kräutertee.

»Nil hat sich gestern mit einer Bekannten namens Handan getroffen«, hob Hakan an.

»Wer ist das denn? Den Namen habe ich noch nie gehört.«

»Ich weiß nur, dass sie sich aus dem Tangokurs kennen, mehr nicht. Jedenfalls haben sie sich getroffen.«

»Ja und? Was ist dabei?« Tuna nahm einen Schluck von ihrem Bier, zündete sich eine Zigarette an und blies mir den Rauch ins Gesicht.

Hakan schwieg.

»Nun sag schon«, drängte Tuna.

»Nil ist ohnmächtig geworden, während sie mit Handan im Café saß.«

»Nein!« Tuna hatte im letzten Moment die Hand vor den Mund gelegt, aber der Ausruf war trotzdem ziemlich laut gewesen. Ich brauchte mich nicht umzudrehen, um zu wissen, dass alle Blicke von den Nebentischen auf uns gerichtet waren. »Ist sie hingefallen? Hat sie sich irgendwo angeschlagen?«

»Jetzt reg dich nicht so auf! Nein, sie hat sich nicht angeschlagen. Sie schien einen Anfall zu haben. Hatte Schaum vor dem Mund. Man hat den Krankenwagen gerufen und sie ins Krankenhaus gebracht. Ins Taksim-Krankenhaus. Dort liegt sie immer noch auf der Intensivstation.«

»O Gott«, sagte Tuna traurig. »Ich muss sofort zu ihr. Wie geht's ihr jetzt?« Sie hatte schon nach ihrer Handtasche gegriffen, die an ihrer Stuhllehne hing.

»Sie liegt auf der Intensivstation, habe ich doch gesagt.«

Tuna hatte die Handtasche auf dem Schoß und wollte schon Zigaretten und Feuerzeug hineinlegen, doch nun erstarrte sie.

»Was soll das heißen? Darf man sie nicht besuchen?«

»Genau das. Wir haben auch nichts Genaues erfahren. Kann sein, dass die Ärzte selbst nicht genau wissen, was sie hat. Sie warten offenbar darauf, dass sich ihr Zustand stabilisiert.«

»Hat sie Drogen genommen?«, fragte ich, da sich die Gelegenheit bot. Das heißt, eigentlich bot sie sich nicht, aber ich fragte trotzdem. Emir hatte gesagt, Nil nehme Tabletten und rauche Gras. Sonst habe er nichts bemerkt. Bekanntlich ist es immer gut, eine Information zu überprüfen.

Hakan sah mich wütend an, und Tuna schien zu denken: »Was hat die denn hier zu suchen?«

»Drogen?«

»Der Arzt hat danach gefragt«, erklärte ich. Sollte heißen: Ich bin unschuldig. »Sie hatte einen Herzstillstand. Und wenn junge Leute so was haben, denkt man offenbar immer an Rauschgift.«

Tuna biss sich nachdenklich auf die Lippen – offenbar überlegte sie, ob sie etwas sagen sollte oder nicht.

»Rauschgift kann man das nicht nennen«, sagte sie schließlich. »Sie hatte kein Drogenproblem«, wobei sie beim Wort »Drogen« zur Betonung übertrieben die Augen aufriss.

»Aber nahm sie irgendwas?«

»Harmlose Sachen, die jeder nimmt. Haschisch, Ecstasy …« Aha, also jeder nahm jetzt Haschisch und Ecstasy? Als jemand, der noch nicht mal Zigaretten raucht, konnte ich dazu natürlich nichts sagen.

»Vielleicht ist ja das der Grund«, sagte ich. »Morgen müssen wir das dem Arzt sagen.«

Tuna rutschte auf der Kante ihres Stuhls nach vorn, um mich genauer ins Auge zu fassen.

»Pardon, wer sind Sie eigentlich, meine Dame?« In ihrer Stimme und ihrem Benehmen lag eine Arroganz, mit der sie mich offensichtlich einschüchtern wollte. Ihr Atem stank nach Alkohol und Zigaretten. Dennoch versuchte ich mich zu beherrschen. Ich konnte jetzt einen Wutanfall kriegen, mich mit dieser Frau streiten, aufspringen und gehen. Aber das lag nicht in meinem Interesse.

»Kennen Sie vielleicht Pelin?«, fragte ich ruhig. Nun griff Hakan ein. »Pelin ist mit Nil noch aus den Zeiten in Izmir befreundet«, erklärte er. »In der Mittelschule und auf dem Gymnasium waren sie ein Herz und eine Seele. Pelin ist dann nach Istanbul gezogen. Vielleicht hast du sie mal kennengelernt.«

»Nein, habe ich nicht«, antwortete Tuna, und an ihrer Mimik war abzulesen, dass sie das absolut nicht interessierte. »Was hat Pelin denn mit alldem zu tun? War die auch dabei, als Nil ohnmächtig wurde?«

Ich berichtete Tuna, was Pelin mit der Geschichte und was ich mit Pelin zu tun hatte. Meine Abmachung mit Hakan erwähnte ich nicht. Die Leiche, die die Wahrsagerin gesehen hatte, allerdings auch nicht. Als ich geendet hatte, sah Tuna mich eine Weile schweigend an und sagte schließlich: »Wenn ich richtig verstehe, sind Sie der Typ neugierige Nachbarin.«

Ich musste lachen. Zugegeben, das war eine scharfsinnige Beobachtung. Ob ich Pelin rausschmeißen und die hier einstellen sollte?

»Gar nicht so falsch«, sagte ich. »Wenn man Krimis verkauft und außerdem jede Woche zwei Krimis verschlingt, wird man unwillkürlich …«

Aufgeregt unterbrach sie mich: »Ach, Sie verkaufen Krimis? Gehört Ihnen womöglich der Buchladen in der kleinen Straße, die zum Galata-Platz führt?«

So ist das eben. Als Eigentümerin der einzigen Krimibuchhandlung Istanbuls ist man bekannt wie ein bunter Hund. Jeder Krimileser kennt den Laden und ist mindestens einmal dort gewesen.

Ich nickte.

»Das heißt, Pelin arbeitet auch dort?«

Ich nickte erneut.

»Na, so was! Bislang habe ich weder Sie noch Pelin jemals angetroffen. Immer wenn ich dort bin, sehe ich einen Schwulen, der Türkisch mit ausländischem Akzent spricht und bunte Hemden trägt.«

Fofo wäre begeistert gewesen, das zu hören, und hätte sofort eine Gehaltserhöhung gefordert. Seit Jahren behauptete er hartnäckig, er würde mehr arbeiten als ich.

»Das ist reiner Zufall. Da wir sieben Tage die Woche offen haben, arbeiten wir in Schichten.«

»Wirken sich die e-Books auf Ihre Geschäfte aus? Verkaufen Sie weniger als früher?«

Der eigentliche Schaden, den ich durch die e-Books erleide, liegt weniger in geringeren Verkaufszahlen als darin, dass mir alle Welt dieselbe Frage stellt.

»In der Türkei sind e-Books noch nicht so verbreitet, deshalb spüren wir das noch nicht. Vielleicht in drei, vier Jahren …«

»Haben Sie einen Plan B? Sie wissen ja sicher, dass in Amerika schon die großen Buchhandelsketten eingehen.

Die riesige Kette Borders ist bankrottgegangen. Und diese Welle könnte auch uns bald erfassen.«

»Was machen Sie beruflich?«, fragte ich. Wieso kannte sich diese junge Frau so gut im globalen Buchhandel aus?

»Ich bin Journalistin.«

»In diesem Beruf ist Neugier gut für die Karriere.«

Sie lachte herzlich. Dafür war ich ihr dankbar, denn nun verflüchtigte sich auch der letzte Rest Gereiztheit am Tisch.

»Journalisten arbeiten ein bisschen wie Detektive. Beide müssen gleichermaßen neugierig sein.«

»Für Wissenschaftler gilt das auch«, warf Hakan ein. Ich sah ihn erstaunt an. Nun kannte ich ihn schon seit vierundzwanzig Stunden, und seit ein paar Stunden war er sogar mein Auftraggeber, aber ich hatte ihn noch nicht mal gefragt, was er beruflich machte.

»Was bist du denn von Beruf?«

»Wissenschaftler«, antwortete er mit offensichtlichem Stolz. »Ich bin Assistent an der Fakultät für Ingenieurwissenschaften an der Universität 9. September in Izmir.«

»In welchem Bereich?«

»Elektronik.«

Eine Weile schwiegen wir alle. Ich starrte auf die schwärzliche Brühe am Boden meiner Tasse und überlegte, warum ich mir wohl das Leben unnötig schwermachte, indem ich so schreckliche Plörren trank. Dann wandten sich meine Gedanken von diesen Oberflächlichkeiten ab, und ich fragte Tuna nach ihrem Verhältnis zu Nil.

»Wir kennen uns noch nicht so lange, aber sie ist meine beste Freundin. Wir haben uns vor zwei Jahren kennengelernt, damals arbeiteten wir beide bei derselben Zeitung. Im vergangenen Dezember ist Nil von da weggegangen, ich bin immer noch dort.«

»Sind Sie Reporterin?«

»Ich schreibe über Kino. Es gibt in dieser Zeitung kein Feuilleton, deshalb arbeite ich für die Beilagen. Seit Nil nicht mehr da ist, schreibe ich auch die meisten Modeartikel. Sie haben ihre Stelle nicht mehr besetzt.«

»Ist Nil entlassen worden oder hat sie selbst gekündigt?«

Sie machte eine bedauernde Miene und antwortete: »Eigentlich ist sie entlassen worden.«

In der türkischen Sprache sagte man: »Jemand ist gegangen«, wenn er eigentlich entlassen wurde, um den Entlassenen nicht auch noch zu kränken. Ein feiner Zug.

Ich schielte zu Hakan hinüber. Schweigend saß er da und starrte auf seine im Schoß gefalteten Hände.

»Und wussten Sie, dass Nil an einem Roman schrieb?«, fragte ich im Flüsterton, als gäbe ich ein Geheimnis preis.

Tuna brach in lautes Gelächter aus. »Ob ich das weiß? Soll das ein Witz sein? Das weiß doch jeder!«

Hakan hob den Kopf und sah mich an. »Sie hatte schon vor dem Umzug nach Istanbul mit dem Roman begonnen. Woher weißt du davon? Hat Pelin es erzählt?«

»Nein, Emir.«

»Worüber habt ihr noch geredet, als ich weg war?«

»Er hat lange über das Thema des Romans gesprochen.« Die Sache mit den Schulden sprach ich wohl besser nicht an.

»Hat Emir den Roman gelesen?«, fragte Tuna mit gerunzelter Stirn.

Ich verneinte.

»Das hätte mich schon gekränkt, wenn Emir ihn hätte lesen dürfen und ich nicht«, sagte Tuna und legte in einer übertriebenen Geste die Hand aufs Herz.

»Sie hat ihn also niemandem zu lesen gegeben. Warum nur?«

»Es ist nicht sehr sinnvoll, anderen einen halbfertigen Roman vorzulegen. Wenn sie ihn beendet hat, werden wir ihn lesen. Sie sagte immer, sie sei fast fertig. Sie arbeitete so viel, dass sie das Haus kaum noch verließ.«

»Kennst du das Thema ihres Romans? Und könnten wir uns vielleicht duzen?«

»Ja, klar. Der Roman spielt in Buenos Aires, in der Zeit nach dem Putsch bis heute … Eine Art von Türkei-Allegorie nannte Nil es. Aber hast du nicht gesagt, Emir hätte dir lang und breit davon erzählt? Wieso soll ich es dann wiederholen?«

»Sollst du gar nicht«, antwortete ich. »Ich wollte nur wissen, ob du es weißt.«

»Entschuldigung!«, rief sie. »Ich bitte vielmals um Entschuldigung! Wie konnte ich übersehen, dass da ein Krimifan Fragen stellt!«

Tuna lachte.

»Diese Geschichte mit dem Roman …«, begann Hakan zögernd. »Als wir bei ihr zu Hause waren, habe ich in Nils Schreibtisch nachgeguckt, um zu sehen, ob dort vielleicht ein Ausdruck liegt, aber …«

»Ah, den Roman hast du also in den Schubladen gesucht«, dachte ich laut. »Wahrscheinlich ist er im Computer gespeichert.«

»Kann sein. Aber ich hätte gern einen Blick hineingeworfen.«

Tuna machte ein Gesicht, als sehe sie Gespenster. »Moment mal! Geht's euch noch gut? Ich sage euch, dass Nil ihren Roman niemandem zu lesen geben wollte, bevor er fertig war, und ihr erzählt einfach, dass ihr keinen Ausdruck gefunden habt und dass der Text vielleicht im Computer gespeichert ist. Unglaublich! Und wieso seid ihr überhaupt zu ihr nach Hause gegangen?«

Sie hatte recht.

»Wir wollten sichergehen, dass niemand dort eingebrochen ist«, sagte ich mit Unschuldsmiene.

»Wieso sollten denn Einbrecher gekommen sein?«, fragte sie spöttisch nach. »Gibt es vielleicht Mafiaclans, die aufpassen, wer auf die Intensivstation kommt?« Das war eigentlich gar keine üble Idee. Wenn manche Einbrecher abwarteten, dass Leute zu ihrem Sommerhaus fuhren, dann könnte das doch genauso für Patienten auf der Intensivstation gelten. »Und wie hätten Einbrecher überhaupt reinkommen sollen? Indem sie mitten in Istanbul lautstark die Tür eintreten?«

»Das wäre eben gar nicht nötig gewesen«, fiel Hakan ein und erzählte die Geschichte von Nils verschwundenem Schlüsselbund.

»Das ist allerdings seltsam«, sagte Tuna. Sie wirkte jetzt beunruhigt und zog mit ihren petrolfarbenen Nägeln die Zigarettenschachtel zu sich. »Habt ihr bemerkt, ob der Julian Opie immer noch dort hängt?«

Hakan sah mich an. Ihm war der Julian Opie gar nicht aufgefallen, das hatte ich schon bemerkt.

»Der war nicht zu übersehen.«

»Dann ist da auch kein Einbrecher gewesen.« Sie zwinkerte mir zu. »Es sei denn, er hat an der Stelle des Originals eine Fälschung hinterlassen.«

»Ich glaube, du guckst zu viele Räuberfilme. Interessiert sich Nil für Kunst?«

»Schon. Aber eigentlich willst du wahrscheinlich wissen, woher Nil das Geld für einen Julian Opie hatte.«

»Hm«, antwortete ich in aller Unschuld.

»Es war ein Geschenk.«

»Wie bitte?«, fragte ich und zog zur Abwechslung mal nur eine Augenbraue hoch. Wer konnte Nil ein so teures Geschenk gemacht haben? Emir?

»Ein Geschenk«, wiederholte sie.

Ich wusste, dass sie das unpassend finden würde, aber ich fragte trotzdem: »Von wem?«

»Was glaubst du wohl, wer ihr das geschenkt hat? Ihr Freund doch vermutlich.« Ihre Augen funkelten vor Neid.

»Und habt ihr mal nachgeguckt, ob ihre teuren Schuhe noch da sind? Ich frage, weil vielleicht ja jemand in ihre Wohnung eingedrungen ist, der es nicht auf Kunstwerke abgesehen hat.« Sie lachte – offenbar ein Versuch, den Neid unter Kontrolle zu bringen, der sie verzehrte.

»Ist ein Julian Opie nicht ein ziemlich teures Geschenk?«

Sie zuckte mit den Achseln. »Jeder schenkt gemäß seinen finanziellen Möglichkeiten.«

»Ja klar, aber hier geht es um einen Julian Opie.«

»Was hätte man ihr sonst schenken sollen? Ein Auto wäre sinnlos gewesen, sie hat ja noch nicht mal den Führerschein«, kicherte sie.

Mir war gar nicht nach Kichern zumute.

»Hat sie denn Schmuck?«

»Nein, und ich glaube auch nicht, dass sie Geld unter dem Kissen versteckt hat. Wenn also der Julian Opie da noch hängt und niemand einen LKW vor dem Haus abgestellt und die Designermöbel und die Fernseher mit den Riesenbildschirmen abtransportiert hat, dann heißt das, dass kein Einbrecher da war.«

»Moment, Moment«, unterbrach Hakan. »Was heißt hier, sie hat keinen Schmuck? Sie hat den Schmuck meiner Mutter geerbt.«

»Den hat sie nie angezogen. Ich habe ihn jedenfalls nie gesehen. Das ist nicht ihr Stil. Nil trägt ja noch nicht mal eine Uhr, sie guckt immer auf ihr Handy.«

»Wir haben einen Fehler gemacht«, sagte ich. »Wir hätten das Schloss auswechseln sollen.« Selbst ich als alte Krimileserin hatte nicht an alles gedacht. Jedem entgeht mal was.

»Dass einer einen Schlüssel klaut, um irgendwo einzubrechen, ist doch völlig unwahrscheinlich. Ich vermute, der Schlüssel ist einfach heruntergefallen«, meinte Tuna. »Ihr messt dem zu viel Bedeutung bei.«

»Und die Putzfrau?«, fragte ich.

»Die hat sowieso einen Schlüssel. Außerdem war sie gestern nicht bei Nil.«

»Woher weißt du das?«

»Weil sie bei mir war. Wir haben dieselbe Putzfrau.«

»Und wer ist Papi?«, fragte ich übergangslos.

Tuna schrak zusammen, als ob sie einen heftigen Stromschlag bekommen hätte, fasste sich aber gleich wieder.

»Papi? Wer soll das denn sein?« Einen Moment lang sahen wir einander in die Augen, dann wandte sie den Blick ab. Dadurch wurde mir klar, dass sie wusste, wer Papi war, es aber nicht sagen wollte. Aber warum?

»Das ist jemand, den Nil unter diesem Namen in ihrem Handy gespeichert hat.«

»Keine Ahnung«, sagte Tuna. Leute, die ohne jede Gemütsregung lügen können, machen mir Angst.

»Kam die SMS, die Emir auf Nils Handy gelesen hat, von Papi?«, fragte Hakan. »Hat er das gesagt?«

Ich nickte zustimmend.

»Ich habe noch nie etwas von einem Papi gehört«, versicherte Tuna. Tat sie das aus Treue zu Nil? Kann man einen Menschen beneiden und gleichzeitig zu ihm halten? Das mussten ziemlich widersprüchliche Gefühle sein.

»Wir können die Nummer, die in Nils Handy gespeichert ist, doch einfach anrufen und dadurch herausbekommen, wer er ist«, schlug ich vor. »Das ist der einfachste Weg.«

»Moment mal, ich höre wohl nicht richtig. Wie stellst

du dir das vor?«, fiel Tuna ein. »Glaubst du vielleicht, wenn ihr Papi anruft und ihn fragt, wer er ist, dass er dann ganz brav erzählt, welche Schule er besucht hat, was er arbeitet und wo er wohnt?« Tuna verdrehte die Augen.

»Na gut, dann sag du doch, was wir tun sollen« – den Satzteil, der hier angemessen gewesen wäre, nämlich »wenn du alles so genau weißt«, ließ ich aus, falls Sie es nicht bemerkt haben sollten.

»Es gibt einen Dienst der Handy-Betreiber, um Telefonnummern herauszubekommen. Man schreibt WER, Leerzeichen, Telefonnummer, Servicenummer des Betreibers, senden. So was in der Art.«

»Gut, dann mach es«, sagte ich. »Schreib WER, Leerzeichen …«

»Ich will damit nichts zu tun haben«, entgegnete Tuna und wedelte dabei übertrieben mit der Hand.

»Ich auch nicht«, sagte Hakan. »Tu, was du nicht lassen kannst.« Er schob mir Nils Handy herüber. Glauben die vielleicht, ich bin fähig, meinen Zeigefinger artistisch auf dem Display tanzen zu lassen?

»Sag mir die Nummer, dann schicke ich die SMS von meinem eigenen Handy aus«, sagte ich. »Am Schluss kommt die Servicenummer des Providers?«

Tuna verzog das Gesicht. »Entschuldige, aber glaubst du nicht auch, dass du ein ziemlich hoffnungsloser Fall bist?«

Doch, das glaube ich tatsächlich. Technologisch so unbegabte Leute wie ich werden in vierzig Jahren ausgestorben sein. Was ein Jammer! Und falls ich in vierzig Jahren noch lebe, reicht es vermutlich im Kopf nicht mehr für technologische Fragen.

Tuna nahm Nils und mein Handy, und im Handumdrehen hatte sie die SMS gesendet. Kurz darauf kam die Antwort.

»Der Besitzer dieser Nummer ist unbekannt«, las sie lächelnd vor. »Jetzt bleibt dir wohl doch nichts anderes übrig, als den Typen direkt anzurufen und ihm deine Fragen zu stellen.«

»Tja, scheint so«, gab ich zurück.

»Moment mal, wir wissen doch gar nicht, ob Papi ein Mann oder eine Frau ist«, bemerkte Hakan jetzt. »Vielleicht ist es ja eine Freundin von Nil.« Manchmal hätte ich schlicht platzen können. Tuna ging es offenbar genauso. Sie sprang plötzlich auf und sagte: »Ich bin dann mal weg. Heute habe ich den ganzen Tag gearbeitet, und morgen sieht's nicht besser aus. Dann die Nachricht von Nils Krankheit und zum Schluss noch ihr … Das ist einfach zu viel auf einmal. Ich brauch dringend Erholung.«

»Soll ich dir meine Telefonnummer geben?«, fragte ich. »Wenn du das nächste Mal zum Laden kommst, kannst du mich ja anrufen.« In Wirklichkeit wollte ich – wie Sie sicher erraten haben – ihre Nummer haben, damit wir uns mal unter vier Augen unterhalten konnten.

Als Tuna weg war, bot ich Hakan noch einmal an, bei mir zu wohnen. Ich hoffte, dass er nach all den Ereignissen keine Lust haben würde, allein zu sein. Er lehnte erneut ab, aber mit einem leichten Zögern.

»Ich sollte besser in Nils Wohnung bleiben. Ob ich um diese Zeit noch einen Schlüsseldienst finde?«

Ich war müde, meine Füße taten weh, und meine Migräne meldete sich zurück – die dritte Schmerztablette des Tages wollte ich so spät wie möglich nehmen. Jedenfalls fehlte mir die Kraft, ihn noch weiter zum Bleiben zu drängen.

»Dann lass uns die Rechnung verlangen und gehen«, sagte ich also.

»Eigentlich«, stotterte Hakan nun, »wenn ich nicht störe …«

»Sieh mal«, antwortete ich. »Ich bin Deutsche.«

»Ja, und?«

»Ich biete nicht etwas aus reiner Höflichkeit an, wenn ich es nicht wirklich so meine.«

»Na, gut, wenn es dir nichts ausmacht … Eigentlich möchte ich jetzt lieber nicht in Nils Wohnung gehen. Die Sache mit dem Schlüssel kann ich morgen erledigen.«

Wir nahmen ein Taxi, das vor dem Hotel nebenan wartete. Während der Fahrt rief ich Pelin an und fragte sie, ob sie heute nach Beyoğlu kommen würde. Sie erklärte, sie gucke sich gerade zu Hause eine Fernsehserie an und werde sich von dort heute nicht mehr wegbewegen. Die Hoffnung, wenigstens auf einige der Fragen, die mich beschäftigten, eine Antwort zu erhalten, musste ich mir zunächst aus dem Kopf schlagen.

Fofo lag auf dem Sofa und guckte wahrscheinlich denselben Mist wie Pelin. Kaum hatte er uns gesehen, krähte er: »Ich bin schrecklich müde und habe überhaupt keine Lust zu reden.«

Als ob wir scharf auf eine Unterhaltung mit ihm gewesen wären!

»Ich habe eine spanische Tortilla gemacht, sie ist in der Küche«, fügte Fofo hinzu.

Das war mal eine gute Nachricht. Zweifelsohne die beste heute. Schweigend aßen Hakan und ich Tortilla; danach zog ich mich in mein Zimmer zurück und rief Lale an. Sie war von ihrer Reise in die Hauptstädte Nordeuropas zurück. Seit einigen Jahren lesen Lale und ihr Mann Erol begeistert skandinavische Krimis, von Sjöwall/Wahlöö über Mankell, Jo Nesbø, Arnaldur Indriđason bis hin zu Stieg Larsson, und deshalb hatten sie beschlossen, die Handlungsorte der Krimis zu bereisen. Eigentlich eine großartige Idee. Ich hatte ihnen nur geraten, auf etwas besseres Wetter zu warten, aber sie wollten nicht auf mich hören.

»Du hattest recht«, sagte Lale, kaum dass ich sie an der Strippe hatte. »Es war eiskalt. Eis-kalt!«

So sind sie eben, die Türken. Die bitterste Kälte, die sie sich in ihren schlimmsten Träumen vorstellen können, liegt bei etwa ein Grad unter null – das entspricht dem Winter in Istanbul. Wenn sie dann mal wirkliche Kälte erleben, wundern sie sich.

»War es nur eisig oder auch schön?«

»Dazu kann ich nur sagen: Ich bin urlaubsreif. Vor lauter Kälte haben wir das Hotel nicht verlassen. Erol ist am zweiten Tag krank geworden, seine Mandeln sind immer noch entzündet. Wir haben beschlossen, von jetzt an südeuropäische Autoren zu lesen und in Südeuropa herumzureisen.«

»Dann empfehle ich euch Andrea Camilleri, sein Sizilien wird euch gefallen, und in Palermo kann man sich gut amüsieren. Und dann gibt's natürlich das Griechenland von Petros Markaris.«

»Magst du morgen zu mir kommen und alles an Romanen mitbringen, was in warmen Ländern spielt? Ich zeige dir dann die Fotos von Skandinavien und seinen schneebedeckten Städten, vom Hotelzimmer aus hatten wir einen prächtigen Blick.«

»Gute Idee«, sagte ich. »Ich habe auch was zu erzählen.«

Und dann gab ich ihr eine Kostprobe von den neuesten Ereignissen. Und da ich ihr nichts von meinem neuen Auftrag sagen durfte, weckte vor allem Nils Roman ihr Interesse.

»Da hat sie einen guten Plot entwickelt, ich bin beeindruckt. Sie war bei der Wochenendbeilage von *Ayna* und wurde gefeuert, sagst du?«

Ich bestätigte.

»Die Redaktionschefin der Beilagen ist eine Freundin von mir. Soll ich mal herausfinden, wieso ihr gekündigt worden ist?«

Es hätte mich doch gewundert, wenn Lale nicht mit der Redaktionsleiterin der Beilagen befreundet gewesen wäre. Jahrelang hat sie in diversen Medien in fast allen Positionen gearbeitet, und als Redaktionschefin ist sie schließlich »gegangen«. Seither hat sie auf keiner Stelle mehr so recht Fuß fassen können.

»Das wäre wunderbar«, sagte ich. »Frag doch mal nach. Wird sie dir eine Antwort geben?«

»Ja, klar. Das ist doch kein Staatsgeheimnis. Wie heißt die junge Frau mit Nachnamen?«

»Hatay.«

»Ihr ehemaliger Freund Emir scheint ein interessanter Typ zu sein.«

»Lale!«, rief ich empört. Es war klar, was sie mit dem Ausdruck »interessant« sagen wollte.

»Was ist denn dabei? Du hast doch selbst gesagt, dass sie sich getrennt haben. Und schließlich muss so ein armer, betrogener Kerl getröstet werden.«

»Er ist etwa zehn Jahre jünger als ich.« Ich überlegte kurz. »Wenn nicht zehn, dann mindestens fünf.«

»Na und?«, fragte Lale. »Du siehst doch selbst fünf Jahre jünger aus, als du bist. Oder zehn.«

Das hatte ich hören wollen. Lale machte normalerweise keine Komplimente. Ich war hocherfreut. »Vielen Dank, meine Liebe«, sagte ich artig.

Erol hatte begonnen, jammernd durch die Wohnung zu wandern, um Lales Aufmerksamkeit zu erregen. Wir vereinbarten also, diese Themen am folgenden Tag ausführlich zu besprechen, und legten auf.

6

Eigentlich hatte ich erwartet, am Samstagmorgen erneut vom Duft nach Kaffee und getoastetem Brot aufzuwachen. Aber ich öffnete die Augen und schnupperte – nichts. Weder Kaffee noch Brot. Und das schon am zweiten Tag! Die Geschwindigkeit, mit der Männer zum Alltag übergehen, hat mich schon immer erstaunt. Sie könnten ja erst mal ein bisschen abwarten und ihre Stellung absichern, oder? Aber das scheinen sie nicht nötig zu haben.

Gähnend ging ich ins Wohnzimmer. Dort saß er, mit fahlem Gesicht.

»Was ist los?«, fragte ich.

»Ich konnte nicht schlafen.«

»Hast du schon gefrühstückt?«

»Nein, ich habe auf dich gewartet. Lass uns nach dem Frühstück ins Krankenhaus gehen.« Ich hatte mich geirrt. Er war nicht zum Alltag übergegangen.

»Ich geh mal duschen«, sagte ich.

»Es ist kein Brot mehr im Haus. Wo soll ich welches kaufen?«

»Hier sind überall Läden. Beim Tünel gibt es einen Sesamkringelverkäufer.«

»Und wie komme ich zum Tünel?«

»Hangaufwärts. Du kannst ja fragen.«

»Die Straße rauf, an der die Gitarrenläden liegen?«

»Genau.«

Eigentlich hätte ich mich am liebsten wieder ins Bett gelegt. O süßer Schlaf! Ich war schon zu bedauern. Statt ins Bett begab ich mich widerstrebend unter die Dusche. Allein schon die Vorstellung, jetzt das Haus zu verlassen, mühsam unbekannten Leuten Informationen aus der Nase zu ziehen, zu versuchen, ihre Mimik und Gestik zu interpretieren, ihre Schwächen aufzudecken, sie mit ihren Lügen zu konfrontieren ... Wieso rannte ich hinter den armseligen Geheimnissen des echten Lebens hinterher, wenn ich genauso gut auf dem Sofa liegen und einen Roman lesen konnte? Mein geliebter Krimi. Die arme Ida Smith. Die Kameraaufnahmen der Luxusresidenz, an die irgendwie niemand herankam ...

»Kameraaufnahmen!«, schrie ich lautlos. Ja, natürlich!

Unter der Dusche stockte mir plötzlich der Atem. Zum ersten Mal, seit ich ein Baby war, bekam ich Shampoo in die Augen.

Mann! Wieso war ich darauf nur nicht früher gekommen? Sofort stieg ich aus der Dusche. Meine Augen brannten immer noch, aber das war mir egal, so begeistert war ich. Ich verstrubbelte beim Abtrocknen meine Haare, damit sie hinterher wie Igelstacheln hochstanden, gab Wachs drauf und trocknete sie noch ein bisschen. Wenn ich dazu fähig gewesen wäre, hätte ich gepfiffen, so gut war meine Laune. Ich schminkte mich, öffnete dann die Badezimmertür und rief nach Hakan. Aber er war noch nicht wieder zurück.

Ich zog mir eine Jeans an und eine hellgraue Bluse. Das Dekolleté war ein bisschen tief. Statt die Bluse zu wechseln, legte ich mir eine Halskette um. Dann richtete ich meine Haare noch ein bisschen mehr auf. Ich sah gar nicht übel aus. Auf dem Weg zum Wohnzimmer hörte ich den Schlüssel im Schloss. Hakan mit den Sesamkringeln. Als er mich sah, lächelte er. Ich hätte am liebsten laut gelacht. Ich war bester Laune. Wirklich allerbester.

Im Korridor des Krankenhauses stießen wir auf Doktor Fatih. Als er uns sah, wurde sein Gesicht ernst und nahm einen hilflosen Ausdruck an. Meine gute Laune drohte zu verschwinden. Doch ich versuchte zunächst nach Kräften, den äußeren Einflüssen zu trotzen. Das musste doch möglich sein. So schwer es auch fiel.

Nein, das war zu viel verlangt.

Der Krankenhausgeruch, das Klacken der Absätze auf dem Flur, die Türen, die Sichtschutze, die Krankenpfleger und die Korridore – das alles war plötzlich so erdrückend.

»Gestern haben wir Sie nicht angetroffen«, stotterte Hakan.

»Sie müssen nicht unbedingt mit mir sprechen, die anderen Kollegen des Teams können Sie genauso gut informieren.«

»Wir haben inzwischen erfahren, dass Nil Rauschgift nahm«, flüsterte ich. »Ich weiß aber nicht genau, ob man das wirklich Rauschgift nennen kann: Haschisch, Pillen und solche Sachen.«

»Wir haben eine Blutuntersuchung gemacht. Das mag der Grund für ihr VF sein.«

»VF«? Grandios! Ich bin immer hingerissen, wenn Ärzte so reden. Es ist alles so verständlich.

»Ventrikuläres Flimmern, auch Kammerflimmern genannt. Wenn sich der Rhythmus des Herzschlags übermäßig beschleunigt, kann sich schließlich der Herzmuskel der Geschwindigkeit nicht mehr anpassen, das heißt, er pumpt das Blut nicht mehr weiter.«

Na Gott sei Dank, das war doch schon ein bisschen verständlicher.

»Ist ihr Zustand inzwischen stabil?«, fragte ich.

»Ihr Herzrhythmus hat sich verbessert.«

»Das heißt, es geht ihr besser. Oder?«

Am Gesichtsausdruck des Arztes war abzulesen, dass Nil sterben würde. Trotz allem hoffte ich, dass wir vom Arzt beruhigende Worte hören würden. Das hoffte ich mit aller Kraft.

»Viele ihrer Organe stellen so langsam ihre Funktion ein«, sagte der Arzt niedergeschlagen. »Der Körper gibt auf.«

»Aber das kann doch wieder besser werden, oder? Sie ist noch so jung. Das ist doch von Vorteil, oder?«

»Sicher. Wir hoffen, dass sie sich erholt.« Nein, das hoffte er nicht. Er hatte die Hoffnung aufgegeben. Das sah ich ihm an.

»Wird sie auf der Intensivstation bleiben?«

Er nickte.

Hakan hatte bislang das Gespräch mir überlassen und sah so aus, als wolle er in seinem Schweigen verharren.

»Und wenn wir sie in ein anderes Krankenhaus verlegen?«, fragte ich. Es war klar, dass ich damit eine Privatklinik meinte. Ich wollte ihn nicht kränken, aber dass der Ruf der staatlichen Krankenhäuser alles andere als gut war, pfiffen die Spatzen von den Dächern.

»Es ist nicht empfehlenswert, eine Patientin, die auf der Intensivstation liegt, zu verlegen. Davon rate ich Ihnen dringend ab. Wir tun, was wir können. Sie dürfen sicher sein, dass alles Menschenmögliche getan wird.« Er sah sich wie hilfesuchend nach einer Gelegenheit um, das Gespräch zu beenden. Er hatte nichts hinzuzufügen. Was hätte er anderes sagen können als: Wir tun alles, was wir können. Alles. Man kümmert sich um die Patientin, so gut es geht. – Trotzdem stirbt sie.

»Was sollen wir tun?«, fragte ich den Arzt. Meine Stimme zitterte. Es war etwas anderes, das vage Gefühl zu haben, dass es Nil nicht gut ging, als diese Einschätzung aus dem Mund eines Arztes zu hören.

»Wir tun alles, was möglich ist. Machen Sie sich keine Sorgen«, sagte er nochmals. Wie sollten wir uns keine Sorgen machen? Ich war wütend. Da starb eine junge Frau in der Blüte ihrer Jahre.

»Können wir gar nichts tun?«, fragte ich noch einmal.

»Beten Sie«, war seine Antwort.

Als der Arzt gegangen war, konnte ich Hakan nicht ins Gesicht sehen. Womöglich war auch an meinem Gesichtsausdruck abzulesen, dass ich glaubte, Nil sei nicht mehr zu retten. Eine ganze Weile standen wir ratlos im Korridor herum.

Schließlich nahm Hakan meinen Arm und zog mich in den Vorgarten. Die Sonne war nach langen grauen Tagen endlich mal wieder hervorgekommen. Ihre Strahlen machten andere Leute glücklich.

»Kommst du mit mir zu Nils Wohnung?«

Ich holte tief Luft. Das war gar keine gute Idee. Das war sogar eine ausgesprochen schlechte Idee.

»Lass uns zu mir gehen«, schlug ich vor.

»Du kommst also nicht mit?«

»Ich glaube, es ist besser, du lässt es auch bleiben. Wir können heute Nachmittag zusammen hingehen.«

Er dachte einen Augenblick nach. Dann nickte er zustimmend. Im Moment war er ohnehin nicht in der Verfassung, sich zu widersetzen. Wir stiegen in ein vorbeikommendes Taxi und schwiegen während der Fahrt. Ich wusste nicht, was ich sagen sollte. Ich habe keine Ahnung, wie sich jemand fühlt, dessen Schwester im Sterben liegt. Ich will es auch nicht wissen. Obwohl ich Nil nur einmal im Leben gesehen hatte, nahm mich das alles ziemlich mit. Logisch, bei einer noch so jungen Frau voller Leben, mit vielversprechender Zukunft. Und vielleicht wäre sie eine sehr gute Romanautorin geworden.

Der arme Hakan! Als wir die Treppe hochgingen, schwankte er und hielt sich im letzten Moment am Handlauf fest. Zu Hause bot ich ihm Tee oder Kaffee an, aber er lehnte beides ab und bat, sich ein wenig hinlegen zu dürfen. Ich sagte ihm, er brauche mich dafür nicht um

Erlaubnis zu bitten. Wie ein Schlafwandler verschwand er in seinem Zimmer. »Ich gehe aus dem Haus«, rief ich hinter ihm her.

Als ich den Laden betrat, war Fofo – o Wunder! – gerade dabei, die Lagerbestände zu kontrollieren und die Bestellungen einzutragen. Weder ließ er sich im Internet das Tarot legen, noch las er das Horoskop. Pelin versuchte, ein Pärchen, das uns seit Jahren beehrte, beim Bücherkauf zu beraten, aber es war schwierig. Ehe ich mich's versah, hatte ich mich schon eingemischt. Ich schlug ihnen vor, mal was ganz anderes auszuprobieren als die amerikanischen Thriller, die sie liebten. Wir einigten uns auf Jean-Patrick Manchette und Léo Malet. Sie kauften alles, was es von den beiden auf Türkisch gab – insgesamt sechs Bücher.

Kaum hatten sie den Laden verlassen, sagte Fofo: »Ich habe zwei Neuigkeiten, eine gute und eine schlechte. Welche willst du zuerst hören?« Die gute Nachricht musste mit Fikret zu tun haben. Offenbar hatte er eine gute Ausrede gefunden, warum er am Telefon nicht geantwortet hatte.

Die schlechten Nachrichten von heute Morgen reichten für ein paar Jahre. Und außerdem musste ich selbst eine schlechte Nachricht überbringen, nämlich Pelin über Nils Zustand aufklären.

»Die gute zuerst«, antwortete ich deshalb. »Hat Fikret angerufen?«

»Dieses Kapitel ist abgeschlossen«, erklärte Fofo. »Ich habe sogar meinen Status auf Facebook geändert. Ich erscheine dort jetzt als Single.« Dabei wedelte er mit der Hand, als verscheuche er eine Fliege. Wenn dieser Fikret innerhalb von nur zwei Tagen zur lästigen Fliege mutieren konnte, wieso hatte Fofo mich dann monatelang mit dem Thema genervt? Das sagte ich aber nicht, ich hatte nicht die Absicht, mir eine Rede zum Thema: »Dinge, die man tun muss, wenn es Freunden schlecht geht«, anzuhören.

»Also, worin besteht die gute Nachricht?«

Er lachte hämisch. »Der Laden der Frau hier nebenan ist versiegelt worden. Heute Morgen waren die Beamten des Ordnungsamts bei ihr zugange. Die haben den Laden geschlossen, weil sie dort illegal ein Café betrieben hat. Wer ihnen das wohl gesteckt hat?« Fofo zwinkerte mir zu. »Sie hat den Beamten hinterhergerufen: ›Wovon soll ich denn die Miete bezahlen, wenn ihr den Laden versiegelt?‹ Tja, wenn sie die Miete nicht mehr bezahlen kann …« Er strich mit dem Zeigefinger über die Tasten des Computers und wiegte dabei geziert den Kopf. »Den Rest kannst du dir selber ausmalen. Räumung, Rauswurf mit Handgreiflichkeiten – du kennst ja den Vermieter dieses Hauses …«

Pelin und Fofo brachen beide in Gelächter aus. Ich sah sie erstaunt und verständnislos an. Was gab's da zu lachen?

»Und außerdem«, setzte Fofo hinzu, »müsste sie, um überhaupt eine Betriebserlaubnis zu bekommen, eine Grundrenovierung vornehmen. Das hat der Toastmann Gaffar gesagt. Und die Frau hat kein Geld für so was. Die Arme …«

»Ja, aber war das nicht ein Geschenkeshop? Wann

hat sie denn angefangen, dort ein Café zu betreiben?«, fragte ich. Ehrlich gesagt mochte ich weder die Frau noch den Firlefanz, den sie verkaufte. Deshalb hatte ich mich nie dafür interessiert, was in dem Laden vor sich ging.

»Du machst wohl Witze!«, warf Pelin ein. »Es kann ja wohl nicht sein, dass du von dem illegalen Café nichts bemerkt hast. Dabei planst du doch, ihren Laden zu übernehmen.«

»Ja, stimmt.«

Fofo fiel mir ins Wort. »Kati, jetzt tu doch nicht so! Willst du uns für dumm verkaufen?« Sie standen nun vor mir, schnitten Grimassen und grinsten hämisch. Plötzlich verstand ich, was sie meinten, und war entsetzt.

»Moment mal. Glaubt ihr etwa, ich hätte die Frau verpfiffen?«

»Was heißt hier ›glauben‹«, gab Pelin zurück und verzog das Gesicht. Am liebsten hätte ich ihr eine geknallt. Aber ich beherrschte mich einmal mehr.

»Nein, meine Süße, wir glauben das nicht, wir sind uns sicher«, sagte nun Fofo mit Nachdruck und zwirbelte dabei einen Bleistift zwischen Daumen und Zeigefinger.

»Als Erstes legst du jetzt mal den Bleistift weg«, befahl ich. Die zweite Hälfte dieses Satzes hätte lauten müssen: »Sonst kannst du ihn dir sonstwohinstecken.« Aber diesen Teil konnte ich mir sparen. Stattdessen fuhr ich fort: »Du gehst mir auf die Nerven. Ich habe mir tatsächlich überlegt, wie ich diesen Laden übernehmen könnte, aber doch nicht auf diese primitive Art, indem ich die Pächterin verpfeife, sondern indem ich ihr eine Ablösung bezahle.«

Fofo hatte zwar den Bleistift auf den Tisch gelegt, sein unverschämtes Grinsen aber beibehalten. Ich holte tief Luft. Jetzt nur nicht die Ruhe verlieren. Ich musste versuchen, sie zu verstehen. Ein Wutausbruch würde nichts bringen. Sie waren eben eine Generation jünger als ich und verstanden mich deshalb nicht, so einfach war das. Die Werte meiner Generation gehörten der Vergangenheit an. Inzwischen lebten wir in einer neuen Weltordnung. Und in dieser neuen Weltordnung heiligte der Zweck die Mittel. Es ging nur noch darum, maßlos Geld zu scheffeln, mehr, als man in einem Leben brauchte. Während ich mich innerlich zu beruhigen suchte, wandte ich gleichzeitig wieder die Technik der Tiefenatmung an.

»Wie kommt ihr nur darauf, dass ich so etwas tun könnte? Ich kann's nicht glauben!«, sagte ich schließlich.

»Was ist denn schon dabei?«, entgegnete Pelin. »Wieso machst du so einen Aufstand?« Ihr Gesichtsausdruck besagte deutlich, dass sie mich genauso wenig verstand wie ich die beiden.

»Was dabei ist?« Ich lehnte mich an ein Bücherregal. »Findest du, es ist nichts dabei, jemanden anzuzeigen oder eine Freundin als Denunziantin zu bezeichnen?«

Diese Atemtechnik ist vielleicht nicht lebensrettend, aber sie lenkt wenigstens ein bisschen ab.

»Du bist doch diejenige, die den Laden übernehmen will. Die Frau betreibt dort ein illegales Café. Das heißt, sie macht etwas Ungesetzliches. Sie hat keine Genehmigung, die hygienischen Bedingungen sind miserabel, und wer weiß, was sonst noch so alles im Argen ist.« Fröhlich fuhr sie fort: »Du hättest ja auch ein paar Mäusejunge unter der Tür durchschieben können, damit die dort alles annagen und die Frau bankrottgeht.«

Fofo stieß einen Begeisterungsschrei aus. »Du bist genial! Stell dir nur mal den Gesichtsausdruck der Frau vor, wenn sie morgens die Tür zum Laden öffnet – iiihhh!« Beide hielten sich die Bäuche vor Lachen.

»Oder es gibt eine Überschwemmung im Laden. Das ist auch eine gute Idee, oder? Und diese scheiß Baumwollkleider saugen sich mit dem Wasser voll.«

Fofo dachte kurz über diese Möglichkeit nach und wandte dann ein: »Das ist aber ein bisschen schwer umzusetzen. Willst du vielleicht einen Schlauch unter der Ladentür durchschieben?«

»Schluss jetzt!«, schrie ich. Sie erschraken und starrten mich an. Hatten sie mich in all den Jahren so wenig kennengelernt? Der Magen zog sich mir zusammen. Einfach unerträglich. Ich wäre am liebsten davongerannt, aber etwas interessierte mich dann doch noch: »Und jetzt die schlechte Nachricht, Fofo«, sagte ich. Würde ich meinerseits etwas über Nil sagen? Nein. Im Moment wollte ich nur eins: So schnell wie möglich aus diesem Laden raus.

»Deine Mutter hat angerufen und nach dir gefragt. Sie habe schon so lang nichts von dir gehört. Sie hat Spanisch geredet, mehr habe ich nicht verstanden. Du weißt ja, wie ihr Spanisch ist.«

Während ihrer elf abenteuerlichen Jahre im Altersheim auf Mallorca hatte meine Mutter nicht sonderlich gut Spanisch gelernt. Schließlich konnten alle Angestellten dort Deutsch.

»Ich gehe«, sagte ich und nahm meine Tasche vom Schaukelstuhl. Die beste Nachricht heute war die, dass meine Mutter angerufen hatte. So weit war es gekommen.

Zwar war ich Pelin und Fofo los, aber ich hatte keine Ahnung, was ich tun sollte. Ich blieb vor dem Laden stehen und versuchte, mich zu konzentrieren. Wenn ich wütend bin, kann ich nicht richtig denken. Rechts ging es zum Tünel, links nach Karaköy. Meinen Körper zog es in Richtung Meer. Vor dem Österreichischen Gymnasium bog ich in die Gasse in Richtung Karaköy ein. Wenn man nicht gerade eine Leidenschaft für Eisenwarengeschäfte hat, dann ist Karaköy kein besonders interessantes Viertel. Und da ich mir nichts aus Eisenwarengeschäften machte, war es eine ausgesprochen dumme Idee, hierherzukommen.

Auch die Vorstellung, mich in einer der Bierhallen unter der Galatabrücke auf ein Kissen zu fläzen und mich mit furchtbarer Popmusik beschallen zu lassen, reizte mich nicht. Ich überlegte, was Karaköy sonst noch zu bieten hatte: Im Restaurant Köşkeroğlu konnte ich einen Lahmacun essen und danach in der Konditorei Güllüoğlu deren Baklava-Spezialität, Şöbiyet mit Sahne, hinterherschieben. Ein ziemlich heftiges Programm. Es war noch nicht mal zwölf, wie kam ich da auf Lahmacun und Şöbiyet?

Eine nette junge Kundin hatte neulich erzählt, Karaköy sei dabei, sich zu verändern, es sei ein hippes Viertel geworden und sie selbst betreibe dort ein Café. Ich hatte mir die Lage des Cafés beschreiben lassen und Dutzende Male versichert, dass ich vorbeikommen würde. Aber jetzt erinnerte ich mich weder an die Adresse noch an den Namen des Cafés. Also strich ich diese Möglichkeit aus der imaginären Liste der Dinge, die man in Karaköy unternehmen konnte.

Eine der wenigen guten Seiten an Karaköy ist, dass man schnell wegkommt. Man nimmt einfach das erstbeste Schiff auf die andere Bosporusseite, das war's. Ich rief Lale an. Wir hatten uns schließlich für heute verabredet, ich würde mit dem Schiff nach Kuzguncuk fahren. Ihr Handy war besetzt.

Na toll! Von so einem Tag konnte man nie genug kriegen. Auf den Kamondo-Treppen angelangt, gab ich die Idee auf, eine Aktivität zu finden, der man in Karaköy nachgehen könnte, kehrte um und fuhr mit der U-Bahn wieder hinauf nach Beyoğlu.

In der kleinen Gasse gegenüber dem Eingang zum Tünel betrieb ein Teemann sein Geschäft. Ich setzte mich auf den Stuhl, den er vor seinen Laden gestellt hatte. Früher standen hier überall Tische, Gelächter erfüllte die Gasse. Seit die Stadtverwaltung das verboten hatte, war es aber sogar an einem sonnigen, schönen Tag wie heute völlig leer. Ich fühlte mich gar nicht gut. Zu meiner Beklemmung war jetzt noch Herzklopfen hinzugekommen. Hatte ich womöglich auch VF? Ach was, wie kam ich denn darauf? Angesichts der emotionalen Achterbahn, die ich gerade durchmachte, war das bestimmt normal. Ich bestellte einen Kaffee mit wenig Zucker und redete mir selbst gut zu. Aussichtslos. Kaffee verstärkt vielleicht nicht die Beklemmungsgefühle, wohl aber das Herzklopfen. Ich ließ ihn stehen und ging.

»Nach Hause«, sagte ich laut zu mir selbst. »Nach Hause, Buch lesen. Nach Hause, Fernseher anmachen, der übertönt das Herzklopfen. Nach Hause, nur schnell nach Hause.«

Da klingelte mein Handy. Es war Lale.

»Sehen wir uns heute? Komm doch zu mir. Erol schläft, ich will ihn nicht allein lassen.«

»Ich habe dich vorhin angerufen, um zu fragen, was wir unternehmen. Es war besetzt.«

»Klar war besetzt, ich habe mit meiner Bekannten geredet, die bei *Ayna* arbeitet. Jetzt habe ich bei dir aber ein Essen gut, und zwar nicht so ein Mittagsmenü für kleine Ladeninhaber.« Sie lachte.

»Hast du irgendetwas Aufschlussreiches erfahren?« Nachdem sie so lang geredet hatte, musste ja so einiges dabei herausgekommen sein.

»Das erzähle ich dir, wenn wir uns sehen. Komm, los!«

»Lalechen, als ich dich angerufen habe, war ich in Karaköy und wollte dich fragen, ob ich kommen soll«, hob ich an, doch dann hielt ich inne und sagte einfach: »Gut, ich komme.«

Mit der U-Bahn fuhr ich von Şişhane nach Taksim, von dort mit der Drahtseilbahn nach Kabataş und schließlich mit dem Taxi nach Beşiktaş. Dort nahm ich ein Motorboot nach Üsküdar. An einem anderen Tag wäre ich von dort am Bosporus entlang auf dem schmalen Bürgersteig von Üsküdar nach Kuzguncuk gelaufen und hätte mich auch vom Anblick der ärmlichen Sommerhäuser nicht abschrecken lassen, die da am Ufer standen. Aber heute … Ich hatte Angst, dass mein Herzklopfen jeden Augenblick wieder einsetzen könnte. Außerdem fühlte ich mich nach all den unterschiedlichen Verkehrsmitteln wie benebelt. Also nahm ich ein Taxi. Auf dem Weg versuchte ich eine Selbsttherapie, indem ich mir vorstellte, wie ich gleich im Garten unter dem Walnussbaum sitzen würde.

Es stand zu erwarten, dass Lale mich gleich mit ihren Reiseerzählungen vollquatschen würde. Um dem zu entgehen, fragte ich, sowie ich im Liegestuhl lag: »Worüber habt ihr gesprochen? Erzähl!« Wir sind seit vierzig Jahren befreundet. Da erwarten Sie ja wohl nicht, dass ich irgendwelche Höflichkeitsgebote einhalte.

»Ich konnte nicht so wirklich viel fragen. Du weißt ja: Das Telefon wird abgehört.«

Das wunderte mich gar nicht. Ich kenne Lale nun seit vierzig Jahren. Sie ist einfach so. Wenn sie Paranoia kriegt, dann richtig. Früher, als sie noch Redaktionschefin bei *Günebakan* war, da war diese Paranoia immerhin noch begründet. Jetzt dagegen … Unter uns gesagt, es schert sich kaum noch jemand um Lale, seit sie arbeitslos ist. Weder, um ihr Telefon abzuhören, noch, um wenigstens ab und zu mal anzurufen und sich nach ihr zu erkundigen. Ich habe für mich den Schluss daraus gezogen, dass ein arbeitsloser Journalist einer Bougainvillea ähnelt, die nicht blüht. Statt einer Bougainvillea können Sie auch eine Glyzinie nehmen oder eine Rebe ohne Trauben – ganz egal. Was Sinnloses jedenfalls. Und die Leute haben ja nicht unrecht. Ein arbeitsloser Arzt beispielsweise kann jemandem mit Magenschmerzen immer noch raten, welche Tablette er nehmen soll. Und ein arbeitsloser Innenarchitekt erklärt Ihnen wie aus der Pistole geschossen, an welcher Stelle und in welchem Winkel Sie Ihr Sofa im Wohnzimmer aufstellen sollen. Aber ein arbeitsloser Journalist? Der sehnt sich nach den glanzvollen alten Zeiten zurück und erzählt dauernd, was er alles erlebt hat. Schrecklich. Für Lale gilt das Gott sei Dank nicht. Noch nicht.

»Meine Liebe, meine Schöne, meine Süße«, begann ich. »Meinst du, die Türkische Republik überwacht dein Telefon, um über den Zustand von Erols Mandeln auf dem Laufenden zu bleiben?«

Sie schüttelte ihre Mähne.

Sie hatte sofort erfasst, was ich meinte.

»Du bist verletzend, Kati!«

»Wieso verletzend? Was ist denn daran verletzend? Wieso sollte man denn dein Telefon abhören?«

»Hat der Staat zugegeben, dass er per Gerichtsbeschluss das Telefon von 700 000 Leuten angezapft hat, oder nicht?«

»Stimmt. Und selbstverständlich gehörst du zu dem landesweit einen Prozent der Leute, die in der Türkei abgehört werden. Natürlich! Ganz fraglos!«

Sie tat, als hätte sie mich nicht gehört. Auch ich zog es vor, nicht weiter auf dem Thema herumzureiten. Es ist vielleicht nicht immer angebracht, andere Leute mit der bitteren Wahrheit über ihr Leben zu konfrontieren.

»Außerdem sind diese 700 000 nur die Leute, die per Gerichtsbeschluss abgehört werden. Darüber hinaus gibt es aber noch die illegalen Abhörmaßnahmen seitens unterschiedlicher staatlicher Institutionen.«

»Kommen wir zum Punkt, Lale. Hast du mit der Frau gesprochen oder nicht?«

Sie nickte.

»Ja, und?«

»Nermin, also meine Freundin, sagt, Nil sei eine scharfsinnige junge Frau.«

Ich will offen mit Ihnen sein. In diesem Land beurteilt man Frauen nicht danach, ob sie intelligent, fleißig, scharfsinnig oder intellektuell sind. Wenn es um Frauen geht, dann lauten die Kriterien schön/hässlich, alt/jung, schlank/dick, gepflegt/ungepflegt, schick/aufgedonnert, trägt schöne Schuhe, kurze Röcke, hat einen reichen Mann. Dieses Schema wenden nicht nur die Männer an. Wenn Frauen über ihre Geschlechtsgenossinnen urteilen, greifen sie ebenfalls auf diese Kategorien zurück. Deshalb überlief es mich kalt, als ich hörte, dass Nil, eine schöne Frau, die noch dazu ihren Job verloren hatte, als scharfsinnig bezeichnet wurde. Dieser Satz war eine einzige Anspielung.

»Dieses Wort ›scharfsinnig‹ ist natürlich ironisch gemeint. Deine Bekannte wollte damit wohl sagen: Das ist eine ganz Gerissene.«

»Nein, das meinte sie tatsächlich so. Sie sagte, Nil begreife schnell, stelle Zusammenhänge her, habe Abstraktionsvermögen, könne Schlüsse ziehen … Scharfsinnig eben.«

»Und wieso hat sie sie dann entlassen, mein Schätzchen, mein Zuckerpüppchen?«

»Sie hat sie nicht entlassen. Das kam von weiter oben. Nermin haben sie gar nicht gefragt. Und könntest du bitte diese komischen Koseworte bleiben lassen? Hast du die von Fofo gelernt?«

»Was heißt ›von weiter oben‹?«

»Soweit ich Nermin verstanden habe, meinte sie damit den stellvertretenden Chefredakteur. Ich konnte, wie gesagt, nicht so lange am Telefon reden.«

»Und der stellvertretende Chefredakteur ist Nermins Vorgesetzter? Ich denke, sie ist Redaktionsleiterin?«

»Nermin ist Redaktionsleiterin für die Beilagen, aber der stellvertretende Chefredakteur ist für alles verantwortlich. Er ist der zweite Mann in der Zeitung und deshalb Nermins Vorgesetzter. Kommt dir da irgendetwas seltsam vor, mein Schätzchen, mein Zuckerpüppchen?«

»Allerdings. Dir nicht?«

»Doch«, räumte sie ein und machte dann eine Pause, um mich ein wenig zappeln zu lassen. »Seltsam ist Folgendes: Stellvertretende Chefredakteure geben sich mit jungen Journalistinnen, die für die Beilagen arbeiten, normalerweise gar nicht ab. Noch dazu wurde ihr gekündigt, obwohl es in der Zeitung momentan keine Entlassungen gibt. Ich würde es ja noch verstehen, wenn ein Skandal zu ihrer Entlassung geführt hätte.«

»Was für ein Skandal könnte das sein?«

»Wenn jemand zum Beispiel in einer Nachricht ›Freiheitskämpfer‹ oder ›Guerillero‹ schreibt statt PKK-Terrorist. Da wird er sofort gefeuert.«

»Könnte es nicht sein«, wandte ich ein, »dass Nermin geglaubt hat, du möchtest sie dazu bewegen, Nil wieder einzustellen, und dass sie es deswegen so dargestellt hat, als ob sie da nichts tun könne?«

»Auf diese Idee bin ich auch gekommen, Kati«, entgegnete Lale und verzog das Gesicht. »Genau aus diesem Grund habe ich am Anfang einen glaubwürdigen Grund für meine Frage nach Nil angegeben. Ich habe ihr gesagt, dass ich Nils Artikel gerne lese, und gefragt, was mit ihr ist und warum es nichts mehr von ihr zu lesen gibt.«

»Das hast du gut gemacht«, sagte ich. Es war zwar ein bisschen seltsam, dass Lale erst sechs Monate nach Nils Kündigung diese Frage stellte, aber Nermin war vielleicht nicht so misstrauisch wie ich. »Hast du Nils Artikel im Internet aufgestöbert?«

»Hast du Nils Artikel im Internet aufgestöbert?«, wiederholte sie spöttisch. »Da staunst du, was? Du glaubst wohl, du bist die einzig Helle hier?«

Ich war ihr so dankbar, dass ich auf Widerworte verzichtete. »Moment mal«, sagte ich stattdessen. »Können wir überhaupt davon ausgehen, dass Nermin die Wahrheit sagt?«

»Das tun wir gar nicht. Wir gehen nur davon aus, dass Nermin keinen Grund hat zu lügen. Diesen kleinen Unterschied brauche ich dir sicher nicht zu erklären.«

Ich nickte. Den Scharfsinn meiner lieben Lale musste

man einfach bewundern. Wir ernteten gerade die Früchte ihrer jahrelangen Leidenschaft für Krimis. Krimis fördern das logische Denken genauso wie Mathematik.

»Aber in irgendeiner Weise wird Nermin von Nils Weggang profitiert haben, das schon«, sagte sie.

»Wie meinst du das?«

»Eine vielversprechende junge Frau, die Fremdsprachen kann, kompetent ist, eine gute Schreibe hat, initiativ ist, gut aussieht … Viele Leute in den oberen Etagen wollen so tüchtige Leute lieber nicht unter sich haben. So eine Frau ist eine ständige Bedrohung.«

Ach du lieber Gott! War das vielleicht der Grund, warum ich mich von diesen Halbidioten Pelin und Fofo nicht trennen konnte? Befürchtete ich, dass intelligente Mitarbeiter auf die Dauer zu Konkurrenten für mich werden könnten?

Doch dann setzte mein Verstand wieder ein, und ich befand: »Ach was! Wie sollen sie denn mit einer Horde Idioten eine gute Zeitung machen? Wie soll sich so eine Zeitung verkaufen?«

»Das ist doch nicht dein Ernst. Glaubst du wirklich, es ist wichtig, intelligent zu sein? Man ist dort nur ein Rädchen in einem Getriebe, und das läuft, egal ob man gut ist oder nicht. Und einem Chef geht es nicht darum, gut zu sein, sondern seinen eigenen Chef von seinen Qualitäten zu überzeugen. Das gilt nicht nur für die Medien, sondern für fast jeden Bereich. Wenn man ein ehrgeiziger Hilfskellner ist, dann darf man nicht davon ausgehen, dass man irgendwann befördert wird, sondern man muss wissen, dass der Chefkellner einen so schnell wie möglich loswerden will. Deswegen werden wir in allen Bereichen immer mittelmäßiger. Und das nennt sich dann Wettbewerbssystem. Da lachen ja die Hühner!«

Mir war klar, dass Lale es nicht verdaut hatte, aus den Medien ausgeschlossen und vergessen worden zu sein. Sie war gekränkt. Aber was sie sagte, hörte sich auch nicht wirklich unlogisch an. Allerdings interessierte ich mich mehr für Nil als für die Probleme des Kapitalismus in der Türkei. Lale erhob sich.

»Wer soll denn die Tüchtigen vor der Bosheit derjenigen schützen, die trotz ihrer Unfähigkeit Karriere gemacht haben? Wer schützt Nil vor der Bosheit von Nermin und dem stellvertretenden Chefredakteur Dikmen? Nichts und niemand.« Sie machte eine wegwerfende Handbewegung. »Schon wenn ich darüber rede, kriege ich die Krise. Ich hole meine Zigaretten von drinnen. Möchtest du etwas trinken?«

»Wie gastfreundlich du heute bist«, antwortete ich. »Ich hätte gern einen grünen Tee, falls du so was hast, und sonst einfach Wasser.«

»Hauptsache gesund, was?« Lachend ging sie in die Wohnung.

Als sie mit einer Flasche Mineralwasser in der einen und einer brennenden Zigarette in der anderen Hand wieder herauskam, trug ich ihr sofort meinen Aktionsplan vor.

»Wenn du dich mit dieser Freundin, also mit Nermin, noch einmal treffen könntest, vielleicht sogar heute noch, meinst du, du könntest dann noch mehr von ihr erfahren?«

»Mit Sicherheit, aber wieso diese Eile?«

Ich erzählte ihr, wie schlecht es Nil ging. Dabei wurde ich wieder traurig.

Lale runzelte die Stirn. »Eine Sekunde, könntest du bitte alles noch einmal erzählen, und diesmal der Reihe nach?«, bat sie. Sie hatte recht. Ich begann noch einmal mit dem Moment, als ich zusammen mit Fofo die Wahrsagerin besucht hatte.

Sie hörte aufmerksam zu, ohne mich zu unterbrechen. Dann sagte sie: »Mir ist nicht klar, warum du glaubst, dass irgendjemand ein Problem mit Nil hatte.«

Ich antwortete nicht sofort. Genauer: Ich hatte keine Antwort parat. Lale sah mich aufmerksam an, erriet offenbar, was ich sagen wollte, und hob beschwörend die Hände: »Sag jetzt bitte nicht, es ist dein sechster Sinn.«

Ich weiß, ich hätte weitere Argumente anführen sollen. Aber einen überzeugenderen Grund hatte ich nicht. »Du sagst doch selbst, dass da was merkwürdig ist.«

»Das Seltsamste an der Sache ist eigentlich, dass die Wahrsagerin das im Kaffeesatz gelesen hat. Wo praktiziert sie noch mal?«

»Lale!«

Sie führte ihren Zeigefinger an die Lippen und machte: »Schschschsch!« – wie die Krankenschwestern auf den Schildern in Krankenhäusern. »Willst du etwa, dass Erol aufwacht?«

Nein, das wollte ich nicht. Also schwieg ich.

»Was genau kommt dir denn seltsam vor? Das Bild von Julian Opie, die Designermöbel, die Bücher von Assouline? So ist das eben. Ich arbeite seit meinem zweiundzwanzigsten Lebensjahr wie ein Pferd, aber für mehr als eine Reproduktion von Julian Opie reicht es nicht.«

Ich stützte das Kinn auf die Hände und sah Lale an, die Frau, die mir auf der Welt am nächsten stand. Sie hatte das Gefühl, ein Versager zu sein, auf der Verliererseite zu stehen, alt zu werden ... Das stimmte ja vielleicht, aber so verbittert zu sein passte nicht zu Lale.

»Was starrst du mich so an? Habe ich unrecht? Dieses Mädchen ist Papis Mätresse. Dieser Papi ist wahrscheinlich ein alter, reicher, verheirateter Mann. Dann gibt es noch Emir. Und beide tanzen nach ihrer Pfeife.« Sie machte eine kleine Pause. »Eine Zeitlang jedenfalls. Sie schreibt einen Roman, tanzt Tango, wohnt in einer tollen Wohnung in der Hüsrev-Gerede-Straße und läuft mit Chanel-Handtaschen herum. Das nennt man das süße Leben, meine Liebe. Seltsam ist daran gar nichts. Zeig mir eine einzige junge, schöne und erfolgreiche Frau, die nicht irgendjemandes Mätresse ist, und dann können wir darüber reden, was normal ist und was nicht.«

»Ach, komm, Lale« protestierte ich. »Sie liegt im Sterbezimmer. Findest du das auch normal?«

»Ach ja, die Ärmste! Liegt im Krankenhaus, weil sie drei Ecstasy genommen hat statt zwei, oder?«

»Lale!«, sagte ich flehend.

»Mir ist klar, dass du etwas für diese junge Frau übrig hast, meine Süße. Daran hindert dich ja niemand. Aber mich kann auch niemand daran hindern, junge Frauen abscheulich zu finden, die ihren Lebensunterhalt durch Sex mit verheirateten oder sonstwie liierten Männern bestreiten.«

Ich möchte Lale nicht kränken. Aber ich kann auch nicht zulassen, dass sich meine engste Freundin vor meinen Augen in eine verbitterte, säuerliche mittelalte Frau verwandelt, die junge, schöne Frauen hasst. Außerdem ist diese Front auch ohne Lale schon gut genug bestückt.

»Ist es nicht ziemlich konservativ und ungerecht, allein die Frau zu beschuldigen, wenn es zu einer Beziehung kommt? Erst recht, wenn es sich um einen verheirateten Mann handelt? Der müsste sich doch selbst am Riemen reißen. Ich meine, hier fehlt es dir an Fairness.«

»Ich finde es trotzdem nicht gut, was Nil tut. Punkt.«

»Aber das sind doch nur deine Vorurteile, Lale. Von Papi kennen wir weder das Alter noch den Personenstand, noch seine finanzielle Situation. Wir wissen nicht genug über diese Sache, um Nil verurteilen zu können.«

»Aber wir wissen Bescheid über den Liebhaber, den Hakan kennengelernt hat. Wie hieß er noch, der Börsenmakler?«

»Mithat«, sagte ich.

»Genau. Über den wissen wir was. Und als Nachfolger von Mithat hat sie sich wieder denselben Typ Mann gesucht.«

Ganz offensichtlich kamen wir mit diesen Teilinformationen über Nils Leben nicht weiter. Ich vergeudete meine Zeit.

»Gut, meine Liebe. Denk, was du willst, aber sprich mit Nermin. Das tust du doch, oder?«

»Sofort. Ich hole nur kurz das Telefon.«

Gerade wollte ich aufstehen und mich verabschieden, da durchfuhr es mich heiß. Das Telefon!

»Übrigens – kennst du jemanden bei Turkcell? Jemanden in höherer Position …«

Sie lachte. »Die Teeverkäufer dort kenne ich sowieso nicht. Wenn, dann nur Leute in höherer Position. Was ist los? Ist deine Telefonrechnung zu hoch? Seit wir den Anbieter gewechselt haben, bezahlen wir ziemlich wenig, wie du weißt.«

»Nein, mit der Telefonrechnung hat das nichts zu tun. Es geht um Papi. Wie kann ich herausfinden, auf wessen Namen seine Handynummer eingetragen ist?«

»Über Batuhan vielleicht?« Sie hob eine Augenbraue. »Natürlich nur, wenn er noch der Alte ist.«

»Was meinst du damit?«

»Du bist doch über den Zustand des Polizeiapparats bestimmt auf dem Laufenden.«

Es dauerte eine Weile, bis bei mir der Groschen fiel. Mit den sozialen und politischen Ereignissen in der Türkei bin ich nicht so vertraut. Ich lebe in meiner eigenen Wunderwelt.

»Sprichst du von der Cemaat?«

Sie nickte.

Es gab eine Sekte, über die in der Türkei viel gemunkelt wurde. Cemaat, »Gemeinde«, nannte sie sich. Niemand konnte genau sagen, ob sie islamistisch oder nationalistisch war und wie stark sie die türkische Politik und das kulturelle Leben in der Türkei beeinflusste. Weder wusste man, wie viele Anhänger sie hatte, noch worüber sie sich definierte, wie stark sie war oder welche Absichten sie verfolgte. Es hieß, ihr Anführer, der in Pennsylvania lebte, sei ein Philosoph, der den Dialog zwischen den Religionen fördern wolle. In mehr als 120 Ländern, darunter Deutschland, Belgien und Finnland, betrieben sie mehr als 4000 Schulen, in denen die Kinder Türkisch lernten. Einmal im Jahr organisierten sie eine »Türkisch-Olympiade«, auf der hohe Staatsbeamte mit Tränen in den Augen afrikanische und asiatische Kinder türkische Lieder singen hörten. Die Gerüchte, wonach die Cemaat auch den Polizeiapparat unterwandert hatte, interessierten uns allein in Bezug auf Batuhan. Wir sahen einander schweigend an.

»Ich weiß nicht, ob Batuhan mir helfen würde, ganz gleich, ob er jetzt zu der Sekte gehört oder nicht. Ich rufe ihn immer nur an, wenn ich etwas von ihm will.«

»Ist er sauer auf dich?« Sie lachte halbherzig.

»Mensch, Lale!« Diese witzigen Bemerkungen hatte ich echt satt.

»Na gut, ich denke nochmals darüber nach, ob ich ihn anrufen soll«, sagte ich dann. »Du kennst also niemanden?«

»Ein x-beliebiger Bekannter hilft da nicht weiter. Es muss schon die richtige Person sein. Manchmal ist es eher der Teemann als der Generaldirektor.«

»Okay, aber von wem erfahren wir, wen wir kontaktieren müssen?«

»Ich habe mal gelesen, dass ein paar Mannequins die Handys ihrer Freunde haben überwachen lassen, weil sie den Verdacht hatten, dass sie betrogen wurden. Kannst du dich daran erinnern?«

Ich schüttelte den Kopf. Wie konnte ich mich daran

erinnern, wenn ich doch keine Zeitung lese, sondern nur Romane. Wobei die Zeitungen, die hier herauskommen, sich von Science-Fiction-Romanen offenbar nicht großartig unterscheiden.

»Eigentlich geht es dir ja um eine ganz simple Sache. Du willst ja kein Telefon anzapfen lassen. Ich frage mal herum.«

»Wen willst du denn fragen?«

»Das ist meine Sache. Jemanden eben.«

»Wen?«

»Ein paar Bekannte. Ehemalige Kollegen, Praktikanten und so. Ich finde schon jemanden, den ich fragen kann.«

»Also bist du jetzt auch dafür zuständig. Du triffst dich mit Nermin und diesen Bekannten …«

»Zu Befehl, mein Kommandant«, sagte sie und deutete einen militärischen Gruß an.

Ich stand auf, griff nach meiner Tasche und sagte zu ihr: »Irgendetwas an dieser Sache ist seltsam, du wirst sehen.«

»Du meinst, du vertraust deinem sechsten Sinn.« Sie brach in Gelächter aus. »Als Krimi-Fan hast du einen ausgeprägten sechsten Sinn, das muss man schon sagen. Das kann dir auch im richtigen Leben nützen.«

»Was heißt hier sechster Sinn?«

»Wenn wir uns gemeinsam einen Film angucken, weißt du immer schon nach einer halben Stunde, wer der Mörder ist.«

»Aber Lale, das hat doch mit dem sechsten Sinn nichts zu tun. Das nennt man analytisches Denken.«

»Du meinst also, ich denke nicht analytisch, und deshalb weiß ich nie, wer im Film der Mörder ist?« Lale war verärgert. Wie schnell konnte jetzt ein Streit ausbrechen. Aber Sie kennen mich: Ich denke nicht nur analytisch, sondern auch pragmatisch. Ich lenkte ein.

»Du lässt dich von deinen Gefühlen leiten und bremst dadurch deine analytischen Fähigkeiten aus. Dir ist egal, was mit Nil passiert, weil du sie aus moralischen Gründen ablehnst. An Hakan hast du gleich gar keinen Gedanken verschwendet. Und Emir – na ja. Vielleicht merkst du selbst, dass du Leute aus dem Gefühl heraus beurteilst und nicht versuchst, objektiv zu sein.«

»Du meinst, ich soll allen Leuten mit Distanz begegnen?«

»Was hat das mit Distanz zu tun?« Meine Stimme wurde lauter und lauter. »Es geht darum, den Leuten gerecht zu werden! Denn irgendwann mal wirst du vielleicht zum Staatspräsidenten gewählt, und dafür musst du jetzt schon mal üben.«

»Das hast du jetzt schön gesagt. Aber noch besser wäre es, wenn du leise reden würdest. Du weißt doch, Erol –«

»Ich gehe sowieso«, erklärte ich und ging zur Tür. Sie lief mir hinterher. »Gut, meine große Analytikerin, und woher kommt deine Überzeugung, dass jemand mit Nil ein Hühnchen zu rupfen hatte?«

»Meine liebe Lale, das ist ja genau das Problem: Weil du sie nicht leiden kannst, ist sie für dich nur Dreck. Und deshalb kannst du dir gar nicht vorstellen, dass jemand mit so einem Wesen in Streit geraten könnte.«

»Habe ich verstanden. Okay. Jetzt sag.«

»Was soll ich sagen?«

Sie blickte mich aufgeregt an. »Warum du dich so sehr für sie interessierst.«

Das Prinzip »Hundertprozentige Diskretion« galt natürlich auch für Lale. Es war aber kein Problem, eine Ausrede zu finden. Neugierig, wie ich bin, fehlt es mir nicht an Gründen, mich in Angelegenheiten anderer einzumischen.

»Zum Beispiel weil ich gern wissen würde, warum Hakan und Nil sich zerstritten haben. Wer Papi ist. Falls Papi verheiratet ist, ob seine Frau von dem Verhältnis weiß. Wieso man Nil gekündigt hat. Wie sie mit geliehenem Geld so ein Leben führen konnte.«

»Ist ja gut«, unterbrach sie mich. »Du hast mich überzeugt.« Sie lachte, und ich fiel in ihr Lachen ein. Es war uns gelungen, den drohenden Streit abzuwenden. Zum Abschied umarmten wir einander.

»Und wo geht's jetzt hin?«

»Ich mache mich auf die Suche nach den Aufnahmen der Videoüberwachung von Nils Appartementhaus.«

»Wen willst du danach fragen?«

»Den Portier und den Verwalter. Falls es überhaupt eine Videoüberwachung gibt. Aber ich gehe davon aus. Überall sind Überwachungskameras, und ausgerechnet dieser Luxuspalast soll keine haben? Vergiss nicht, auch mit Handan zu reden.«

»Das tue ich, keine Sorge, meine Liebe. Alles der Reihe nach. Der Tag hat leider nur vierundzwanzig Stunden.«

7

Auf einen nochmaligen Verkehrsmittelmarathon wollte ich mich nicht einlassen. Deshalb nahm ich an der Hauptstraße von Kuzguncuk ein Taxi. Kaum saß ich auf der Rückbank, rief ich Hakan an. Er war gerade erst aufgewacht. In vierzig Minuten wollten wir uns vor der Teşvikiye-Moschee treffen. Ich hoffte, dass sich der Verkehr in Grenzen halten würde. Auf der Fahrt über die Bosporusbrücke genoss ich den Blick und dachte dabei an Lale. Was war nur los mit ihr? Hatte sie Probleme mit Erol? Oder eine späte Midlife-Crisis? Egal, was es war, Lale ist im Kern eine ganz Liebe.

Ich rief im Laden an. Fofo ging ran. Pelin hatte sich offenbar unter einem Vorwand davongemacht.

»Ein Freund von ihr ist vorbeigekommen«, erklärte Fofo. »Die beiden sind nur kurz zusammen Tee trinken gegangen, sie kommt gleich wieder. Sogar ihr Handy hat sie hier liegen lassen. Sie kann dich ja zurückrufen, wenn sie wieder da ist. Wolltest du ihr was mitteilen?«

Dass diese beiden sich gegen mich verbünden, ist eine Sache, aber dass sie glauben, sie könnten mich für dumm verkaufen, das ärgert mich wirklich.

»Du kannst ihr was ausrichten«, sagte ich. »Sie soll

heute auf mich warten, ich muss mit ihr reden. In Ordnung?«

»Das heißt, sie schläft bei uns? Kommt Hakan heute Abend nicht? Was ist denn los, Kati? Und wieso hat er gestern Abend schon wieder bei uns übernachtet?«

Wortlos beendete ich das Gespräch.

Es dauerte zwar nicht vierzig, aber immerhin nur fünfundvierzig Minuten, bis ich an der Teşvikiye-Moschee aus dem Taxi stieg. Eine Verspätung von fünf Minuten ist in Istanbul gleichwertig mit totaler Pünktlichkeit in anderen Städten. Hakan lehnte an der Moscheemauer und wartete auf mich.

Er löste sich von der Wand und kam auf mich zu. »Sollen wir einen Happen essen?«, fragte er. Erst jetzt fiel mir auf, dass ich seit dem Frühstück nichts in den Magen bekommen hatte. Ein Wunder! Zum ersten Mal seit Monaten hatte ich den Hunger vergessen. Die Behauptung, man versuche, durch Nahrungsaufnahme eine innere Leere zu füllen, ist offenbar nicht ganz falsch.

Mit dem Kinn wies ich auf den Feinkostladen auf der anderen Straßenseite. »Lass uns dort was kaufen«, schlug ich vor. Wir kauften Sandwiches mit Schafkäse zu Apothekerpreisen. Was soll's, in Nişantaşı ist eben alles absurd teuer.

Kauend schlenderten wir zur Hüsrev-Gerede-Straße. Ich beglückwünschte mich ein weiteres Mal dafür, meine bequemen Mokassins angezogen zu haben. Das Hauptproblem des Tages bestand nicht mehr darin, einen Fuß vor den anderen zu setzen. Wie wunderbar!

Vor dem Wohnhaus gab mir Hakan den Schlüsselbund mit dem Che-Anhänger. »Geh du schon mal rein. Ich suche erst einen Schlüsseldienst, damit das Schloss ausgewechselt wird. Es ist ohnehin schon reichlich spät dafür.«

Ich hob den Kopf. Als ich die Kamera in der oberen linken Ecke der Eingangstür sah, musste ich lächeln.

»Ich werde den Portier um die Aufnahmen der Überwachungskamera bitten. Es wäre besser, wenn du dabei wärst. Du kannst ja hinterher zum Schlosser.«

Ich drückte auf den untersten Klingelknopf. Kurz darauf war eine schrille Kinderstimme zu hören.

»Sind deine Eltern zu Hause?«

»Mein Vater schläft.«

Es war nicht sehr nett, das Kind aufzufordern, seinen Vater zu wecken. Wir leben nicht im Sklavenzeitalter. Auch Portiers haben Rechte. Ich drückte den Zeigefinger anhaltend auf die Klingel. Schließlich können Portiers, wie andere Menschen auch, auf »natürlichem« Wege aufwachen.

»Mein Vater schlä-häft!«, sagte das Kind noch einmal.

Kurz darauf war eine verschlafene Männerstimme zu vernehmen: »Wer ist da?«

»Wir wollten zu Nil, im obersten Stock.«

Die Tür öffnete sich automatisch. Während wir die Treppe hinuntergingen, hörten wir, wie sich eine Wohnungstür öffnete. Vier Kinder unterschiedlicher Größe warteten neben ihrem Vater aufgereiht auf uns. »Willkommen, Hakan Bey«, sagte der Mann. »Sie haben wir hier schon lange nicht mehr gesehen.«

»Ich hatte in Izmir sehr viel zu tun, deshalb konnte ich nicht kommen.«

»Dies hier ist abgeliefert worden, während Fräulein Nil nicht zu Hause war, das wollten Sie jetzt wohl abholen. Da ist offenbar ein Buch drin«, sagte er und schwenkte einen dicken, gefütterten Umschlag in der Luft.

»Nil geht es nicht so gut«, sagte ich. »Wir nehmen das Paket mit.«

Er sah mich prüfend an. Offenbar hielt er mich für fähig, per Paketpost gekommene Bücher zu klauen.

Dann gab er mir das Päckchen, ich verstaute es in meiner Handtasche.

»Was hat denn Tante Nil?«, fragte ein Mädchen, die längste unter den Orgelpfeifen.

»Es geht ihr nicht gut, sie liegt im Krankenhaus«, antwortete ich.

»Was Ernstes?«

Ich schüttelte verneinend den Kopf. Eine harmlose kleine Lüge kam mir in dem Moment verlockender vor als eine detaillierte Erklärung.

Und da wir nicht hergekommen waren, um mit dem Portier und seinen Familienangehörigen zu schwatzen, kam ich gleich zur Sache.

»Haben Sie die Aufnahmen der Überwachungskamera?«

»Aufnahmen?« Er runzelte die Stirn. »Wozu brauchen Sie die denn?«

Ich überhörte die Frage. »Gibt es nur diese Kamera draußen oder weitere auf den Stockwerken?«

»Nur die draußen. Was wollen Sie denn damit?«

Das war keine leichte Aufgabe. Wie sollten wir unter den Dutzenden von Leuten, die in dem Haus ein und aus gingen, den Richtigen finden?

»Wozu brauchen Sie die Kameraaufnahmen?«, wiederholte er.

»Vielleicht ist ein Einbrecher in Nils Wohnung gewesen«, antwortete ich vage.

»Das ist ausgeschlossen«, entgegnete der Portier. Zu seinem Misstrauen gesellte sich jetzt auch noch die Anspannung. Schließlich war er für die Sicherheit im Haus zuständig. »Heute Mittag habe ich Fräulein Nils Nachbarn, Armin Bey, den Einkauf hochgebracht, und da war die Tür völlig in Ordnung. Wie hätte da ein Einbrecher reinkommen sollen?«

Schließlich mischte Hakan sich ein. »Nils Schlüssel ist verschwunden«, sagte er. »Die Wohnung könnte mit dem Schlüssel geöffnet worden sein.«

»Haben Sie die Kameraaufnahmen?«, fragte ich erneut, wobei mich das Gefühl überkam, dass wir alle papageienartig immer dasselbe wiederholten.

Der Portier guckte nun ziemlich verärgert drein.

»Sie beschuldigt ja niemand«, sagte ich zu ihm. »Selbst wenn ein Einbrecher in der Wohnung gewesen ist, dann ist er mit dem Schlüssel reingekommen. Das können Sie ja gar nicht bemerken.«

»Normalerweise würde ich das bemerken. Aber im Moment haben wir so viel Stress. Wir verheiraten den jüngsten Bruder meiner Frau.«

»Herzlichen Glückwunsch«, sagte ich. »Normalerweise sitzen Sie an dem Platz am Eingang?«

»Ja, aber auch wenn ich in meiner Wohnung bin, habe ich ein Auge darauf, wer das Haus betritt. Ist das hier etwa ein Saustall, dass jeder ein und aus gehen kann, wie er will?«

»Sehen Sie mittels der Kamera, wer hier ein und aus geht?«

»Bitte sehr, junge Frau, komm rein. Hakan Bey, komm du auch. Seht selbst.« Genervt starrte ich auf meine Schuhe. Es blieb mir nichts anderes übrig, als sie auszuziehen.

Der Portier musste meinen Gesichtsausdruck bemerkt haben. »Lass sie an, das macht nichts«, sagte er. »Meine Frau ist sowieso nicht zu Hause.« Plötzlich war mir der Mann sympathisch. Wir traten ein.

»Kommt rein, setzt euch. Was darf ich euch zu trinken anbieten?«

Er drehte sich zu dem Mädchen um: »Gülfem, frag die beiden doch, was sie trinken möchten.«

»Wir möchten nichts«, sagte ich. »Sie wollten uns etwas zeigen. Wir haben nur wenig Zeit, denn wir müssen auch noch das Schloss von Nils Wohnungstür auswechseln lassen. Kennen Sie einen Schlosser hier in der Nähe?«

»Aber natürlich! Die Werkstatt von Mümtaz liegt nur zwei Straßen von hier weg. Wir können den holen, der macht das, keine Sorge.«

»Das ist gut«, sagte ich. »Was wollten Sie uns denn zeigen?«

Er deutete auf einen billigen Monitor neben dem Fernseher.

»Über diesen Bildschirm können wir 24 Stunden am Tag sehen, wer kommt und geht.«

»Die gespeicherten Aufnahmen der letzten Tage – haben Sie die?«

»Die Aufnahmen selbst hat der Verwalter, hier ist nur der Monitor, das heißt, wir haben nur die Live-Übertragung.« Er lachte, ich fiel ein. Die anfängliche Distanz war auf einmal verflogen.

»Trinken Sie doch einen Tee«, drängte er und rief in Richtung Wohnungsinneres: »Gülfem, Tochter, setz Tee auf.«

»Wir müssen wirklich gehen«, wiederholte ich. »Wir trinken ein andermal Tee bei Ihnen.«

»Papa, wieso rufst du mich dauernd, du weißt doch, dass ich am Lesen bin«, maulte Gülfem, als sie ins Zimmer kam.

Beschämt senkte ihr Vater den Blick. »Ist ja gut, mein Mädchen. Geh, lies. Die beiden wollten sowieso nicht länger bleiben.«

»Was liest du denn, Gülfem?«, fragte ich. Sie war ein dünnes, hochgewachsenes Mädchen. Aus ihren schwarzen Mandelaugen sah sie mich an und antwortete: *»Verdammnis.«* Sehr spannend. Ich empfehle es Ihnen, falls Sie es noch nicht gelesen haben.« Unwillkürlich hob ich eine Augenbraue. Diese Türken sind doch ein erstaunliches Volk. Da stößt man in einer dunklen Kellerwohnung plötzlich auf eine liberale, liebevolle Familie und ein lebendiges, neunmalkluges Mädchen.

»Nil Hanım gibt ihr Bücher zu lesen«, erklärte ihr

Vater. »Gülfem schließt sich in ihrem Zimmer ein und liest stundenlang.«

»Ich lese jede Woche ein Buch. Wenn die Schule und die Hausaufgaben nicht wären, würde ich noch mehr lesen.« Sie kniff ihre Mandelaugen zusammen: »Wann kommt Tante Nil wieder?«

»Bald«, antwortete ich ausweichend.

Der Portier wiegte besorgt den Kopf. »Gestern, nein, vorgestern habe ich sie zufällig vor der Tür getroffen.«

»Am Donnerstag«, sagte Hakan. »An dem Tag ist sie nachmittags krank geworden.«

»O Gott, was hat sie denn?«

»Das Herz.«

»O Gott«, sagte er nochmals. »Was bei so jungen Leuten heutzutage schon für Krankheiten auftauchen!«

Ich stand auf. »Sie haben also niemanden gesehen, der seit Donnerstag ins Haus gekommen ist?«

»Ins Haus kommen viele, aber mir ist niemand Verdächtiges aufgefallen. Aber ich sagte ja schon, im Moment haben wir viel zu tun wegen meinem Schwager. Zu einem anderen Zeitpunkt hätte ich es genauer gewusst.«

»Wir gucken uns mal die Kameraaufnahmen an, die der Verwalter hat. In welcher Wohnung wohnt er?«

»Ich komme mit, dann kann ich Rıdvan Bey auch gleich sagen, worum es geht«, antwortete er.

Bevor wir gingen, rief ich laut: »Wir gehen, Gülfem, tschüss!« Ich wusste, dass sie mich dafür hassen würde, aber am besten gewöhnte sie sich früh daran, dass das wirkliche Leben erbarmungslos in unser Romanleben einbricht.

Keine Antwort. »Die steckt mit dem Kopf im Buch«, erklärte ihr Vater entschuldigend. Gülfem hatte noch ein paar Jahre, in denen sie die Stimme des wirklichen Lebens überhören konnte. Ich beneidete sie ein bisschen darum.

Der Portier klingelte an der Wohnung Nummer sieben im vierten Stock. »Rıdvan Bey hört nicht so gut«, erklärte er. »Ich werde so lange klingeln, bis er uns aufmacht. Seit seine Frau letztes Jahr gestorben ist, lebt er allein.«

Sein Witwerdasein interessierte mich nicht besonders. Die Tür blieb jedenfalls zu. »Er ist offenbar nicht zu Hause.«

»Manchmal geht er im Maçka-Park spazieren.«

»Am besten, Sie holen den Schlosser«, schlug ich vor. »Vielleicht kommt in der Zwischenzeit der Hausverwalter zurück.«

»Fahren Sie nach oben? Haben Sie einen Schlüssel?«

Hakan bejahte, und wir nahmen den Lift.

Zwar wusste ich diesmal, was mich erwartete, dennoch war ich vom Anblick dieser tollen Wohnung erneut wie geblendet. Ich guckte in den Salon: Der Julian Opie hing immer noch an seinem Platz.

»Ich sehe mal nach, ob etwas geklaut worden ist.« Na, wenn etwas geklaut worden war, wäre mir das doch gar nicht aufgefallen. Schließlich hatte ich keine Ahnung, was sich zuvor alles in dieser Wohnung befunden hatte.

»Okay, ich drucke mal den Roman aus«, sagte er. Jetzt waren wir schon wieder bei dem Roman.

»Wieso bist du eigentlich so neugierig auf diesen Roman?«, fragte ich. Wir standen im Halbdunkel des Eingangsbereichs und sahen uns an.

»Wieso?«, wiederholte er und verschränkte die Arme. Fachleute für Körpersprache hätten diese Geste so interpretiert, dass er für einen Dialog nicht offen war. »Ich weiß nicht, was genau dir Emir erzählt hat, aber in dem Roman gibt es einen albanischen Helden, Naci Bey. Dieser Mann ist mein Großvater. Der Vater meines Vaters. Der hat in Istanbul eine Griechin kennengelernt und ist mit ihr nach Argentinien ausgewandert.«

»Diese Geschichte hat er mir erzählt. Allerdings hat er nicht erwähnt, dass es sich bei dem Helden um deinen Opa handelt.«

»Aha, das hat er ausgelassen«, sagte er mit säuerlichem Gesicht. »Bei uns hat dieser Roman eine Riesenaufregung verursacht. Mein Vater war dagegen, dass Nil diese Geschichte schrieb. Zu Hause ist es zu heftigen Auseinandersetzungen gekommen. Sie haben nicht mehr miteinander gesprochen.«

»Das heißt, sie waren bis zu seinem Tod miteinander zerstritten?«

»Genau. Eine echte Familientragödie. Darüber hätte Nil auch einen Roman schreiben können.« Den letzten Satz hatte er mit bitterer Stimme gesagt.

»Wieso war es denn ein Problem, dass sie die Familiengeschichte schreiben wollte? Ich verstehe das nicht.«

»Die ganze Familie hat Naci Bey verflucht«, antwortete Hakan. »Schließlich hat er seine Frau und drei

Kinder im Elend zurückgelassen, um mit einer Griechin abzuhauen, stell dir das doch mal vor.«

Dass er im letzten Satz das Wort »Griechin« betont hatte, störte mich. Eine ethnische Herkunft darf nicht auf solche Weise betont werden, egal, um welche es sich handelt.

»Dass sie Griechin war, spielt doch gar keine Rolle«, wandte ich ein. »Sie hätte auch eine Papua-Neuguineerin sein können. Das Schlimme war doch, dass er Frau und Kinder verlassen hat.«

Er lächelte bitter. »Doch, es spielt eine Rolle. Wegen der Griechen sind wir aus Mazedonien geflohen. Von der Familie meines Großvaters haben nur zwei Brüder des Großvaters überlebt, die anderen sind alle umgebracht worden.«

»Aber es war doch nicht diese Frau, die die Familie deines Großvaters umgebracht hat«, murmelte ich. »Was die Familie deines Vaters umgebracht hat, das waren die Politik, der Rassismus, die Ausgrenzung … Also genau das, was du gerade betreibst.« Zu diesem Thema hätte ich ihm eine lange Predigt halten können. Aber ich bremste mich.

Meine Worte schienen ihn nicht zu überzeugen.

»Mein Vater sah das eben nicht so«, sagte er. »Er war der Ansicht, dass Nil durch diesen Roman die Liebe zwischen Naci und Eleni rechtfertigte. Und Naci verherrlichte.«

Jetzt endlich bot sich die Gelegenheit, auf die ich seit zwei Tagen wartete. »Hast auch du dich mit Nil wegen dieses Romans zerstritten?« Hakan nickte. »Obwohl mein Vater dagegen war, hat Nil von dem Roman nicht abgelassen. Und ich fand, wenn sie es schon nicht lassen konnte, als er noch lebte, hätte sie zumindest damit aufhören müssen, nachdem er gestorben war. Man muss das Andenken der Toten ehren. Und es war doch gewissermaßen der letzte Wille meines Vaters, dass dieser Roman nicht veröffentlicht wird. Stimmt's?«

»Nein. Durch Rücksichtnahme wird man nicht zum Schriftsteller. Nil hat sich vielleicht durch tatsächliche Geschehnisse inspirieren lassen, aber letztendlich schreibt sie doch Fiktion – sie ist ja keine Chronistin.«

Er sprach weiter, als ob er mich nicht gehört hätte, fast wie ein Automat. »Gut, man kann sagen, die Toten sind tot. Was ist mit den Gefühlen der Lebenden? Wenigstens mir hätte sie Respekt erweisen sollen, aber auch das hat sie nicht getan.«

»Diese Diskussion ist sinnlos«, unterbrach ich ihn – so kamen wir nun wirklich nicht voran. »Du sieh mal nach dem Roman, und ich schaue mich ein bisschen um.«

Die Hände in die Hüften gestützt, blieb ich auf der Schwelle zum Ankleidezimmer stehen. Der Kleiderschrank rechts von mir erstreckte sich über fast die gesamte Wandlänge, links stand eine große Kommode, schräg vor dem Fenster ein Schminktisch und davor ein Puff, auf dem ein T-Shirt – noch mit Etikett – lag. Ich faltete es und legte mein Jackett und meine Tasche oben drauf.

Dann öffnete ich die erste Schublade der Kommode

und begann zu suchen. Sie war voller Dessous. Ich muss zugeben, dass es für mich Schöneres gibt, als die Unterwäsche von jemandem zu berühren, mit dem ich nicht schlafen will. Dennoch untersuchte ich noch die hinterste Ecke der Schublade. Dabei kam nur ein einziges interessantes Objekt zum Vorschein: ein schwarzer Netz-Body. Viele Frauen verstecken Dinge in ihrer Unterwäsche. Nil gehörte nicht dazu.

In der mittleren Schublade lagen ein paar ordentlich gefaltete Trainingsanzüge, Leggings und Marken-T-Shirts. Ich guckte darunter und dazwischen: nichts.

Die unterste Schublade steckte voller Strümpfe. Auf den ersten Blick wieder nur ein riesiges Nichts. Ich berührte die ineinandergesteckten Sockenpaare in der Hoffnung, dass Nil irgendetwas darin verborgen haben könnte – nein, hatte sie nicht.

Dann wandte ich mich dem Schminktisch zu. Nagellackfläschchen, Puderdosen und Lippenstifte waren dort versammelt. Die Cremes lagen im Bad, der Schminktisch war tatsächlich den Schminkutensilien vorbehalten. So eine ordentliche, aufgeräumte, systematische Wohnung gibt es nicht oft. Meine Wohnung gehört jedenfalls nicht dazu. Ich zog eine Schublade unter dem Schminktisch heraus: Tücher, Schals, Handschuhe … Wieder unglaublich ordentlich. Ich guckte in jeden einzelnen Handschuh. Das schien mir ein geeigneter Ort, um etwas zu verstecken. Nil war nicht dieser Meinung gewesen.

In der Schublade daneben hatte sie eine Schmuckschatulle unter Gürteln verborgen. Darin fand ich einen dünnen Goldring mit einem winzigen Stein, mehrere

Paare billiger Ohrringe sowie eine Omega-Uhr mit Lederarmband. Wenn der Dieb an sonst nichts interessiert gewesen wäre – diese Uhr hätte er nicht verschmäht, davon bin ich überzeugt.

Als Nächstes öffnete ich die erste von fünf Türen des deckenhohen Kleiderschranks. Guter Gott! Schuhe! Ich weiß nicht, wie viele Schuhkartons da standen – auf jeden Fall genug, um mir den Verstand zu rauben. Jahrelang hatte ich mich wegen meines Schuhfimmels geschämt. Aber was waren schon meine Schuhe im Vergleich zu diesen hier? Eine kleine, unbedeutende Sammlung.

Ich machte mich daran, in jeden einzelnen Schuh zu schauen. Auch Schuhe eignen sich als Versteck. Und Stiefel erst recht. Nachdem ich dreißig Kartons durchgesehen hatte und langsam zu der Überzeugung gelangte, dass Nil das anders sah als ich, hörte ich Hakan nach mir rufen. »Kati, könntest du mal herkommen? Ich möchte dir was zeigen!«

»Was ist denn?«

»Hier, im Computer.« Ich ging ins Arbeitszimmer. Er überließ mir seinen Platz vor dem Rechner. Dann wies er mit dem Finger auf den Bildschirm und sagte: »Guck, hier gibt es etwa zwanzig Dateien, aber keine von ihnen hat mit dem Roman zu tun. Es sind Artikel, die sie für die Zeitung geschrieben hat, und noch so allerlei. Dann PDF-Artikel über die Geschichte des Tangos, die sie aus dem Internet heruntergeladen hat. Fotos, die sie in Argentinien gemacht hat. Videos von unterschiedlichen Orten. Jede Menge Musik. Der Papierkorb ist leer.«

»Ja, und?«, fragte ich und zuckte mit den Achseln. Was ging mich das an?

»Jetzt sieh her. Wenn wir mal die zuletzt verwendeten Dateien öffnen. Da sind acht Word-Dateien, siehst du das?«

Ich nickte. Die Liste der zuletzt benutzten Dateien enthielt »Eleni«, »Naci«, »Istanbul«, »BA«, »Burnout«, »2 Frauen«, »Milonga«, »Roman«.

»Klick doch beispielsweise mal auf ›Eleni‹.«

Ich klickte auf die Datei. In der Mitte des Bildschirms erschien ein rechtwinkliges Kästchen, darin stand:

Das Element »Eleni.doc«, auf das sich die Verknüpfung bezieht, wurde verändert oder verschoben. Soll die Verknüpfung gelöscht werden?

Ja Nein

»Was soll das denn heißen?« Ich schloss kurz die Augen. Das konnte doch nicht sein! Ich musste mich täuschen. So ein Blödsinn. »Ist die Datei weg?«, schrie ich. »Gelöscht? Wie kann das sein?«

»Tja, wie kann das sein?«, wiederholte Hakan.

Ich presste die Hände gegen das Gesicht. Nil hatte den Roman geschrieben, aber darauf verzichtet, ihn zu veröffentlichen. Beziehungsweise sie hatte nicht nur auf eine Veröffentlichung verzichtet, sondern auf den ganzen Roman, sie hatte ihn aus ihrem Leben entfernt. Gelöscht.

»Sind die anderen Dateien auch leer?«, fragte ich und klickte gleichzeitig auf die Datei »Naci«. Erneut tauchte die Warnung auf dem Bildschirm auf.

»Von den letzten Dateien, die sie benutzt hat, gibt es nur in ›Burn Out‹ einen Text, und der hat mit dem Roman nichts zu tun. Es ist ein Artikel über das Burn-Out-Syndrom.«

Ich war geschockt und wusste nicht, was ich von der Sache halten sollte.

»Wie viele Jahre, hast du gesagt, beschäftigt sie sich schon mit dem Roman?«

»Sie hat damit begonnen, als sie noch in Izmir lebte. Das ist drei Jahre her, vielleicht länger. Keine Ahnung.«

Ich war entsetzt. Wie konnte sie so etwas tun? Mir wollte das nicht in den Kopf.

»Wenn Nil nicht ins Krankenhaus gebracht worden wäre, hättet ihr euch vermutlich inzwischen ausgesöhnt. Sieh doch, sie wollte ihren Roman nicht veröffentlichen«, sagte ich. Sie war sogar weiter gegangen, als ihn nicht zu veröffentlichen. Meine Zunge weigerte sich, es auszusprechen. Das war ja geradezu barbarisch! Vielleicht aus Selbsthass. Mit einem Klick hatte sie die Arbeit von Jahren vernichtet. Mit leerem Blick starrte ich auf den Bildschirm.

»Weißt du was? Ich würde jetzt gern eine rauchen.«

»Gestern haben sie mir in dem Café doch Nils Zigaretten gegeben, die sind immer noch bei mir in der Tasche«, sagte Hakan, zog die Zigaretten heraus und bot mir eine an.

Jetzt war also der Moment gekommen! Ich zündete mir eine an, ohne noch weiter darüber nachzudenken.

Verstehen Sie mich nicht falsch: Mir ist immer noch bewusst, dass eine Zigarette keine Lösung ist. Sie bringt verschwundene Romane nicht zurück, lässt mit dem Tod ringende junge Frauen nicht wieder gesund werden und rettet mich nicht vor Pelin und Fofo. Sie macht Lale nicht wieder zu der glücklichen, netten Frau, die sie früher war, und auch einen Liebhaber finde ich dadurch nicht. So sind Zigaretten eben. Verbrennen und verfliegen, aber die Sorgen bleiben.

Kann eine Zigarette einen Rausch auslösen? Allerdings. Zwei Züge hatten gereicht, um mich völlig zu benebeln. Ich hatte das Gefühl, an die Decke zu sausen und dann am Fußboden aufzuschlagen. Besser, ich hielt mich an der Tischplatte fest. Nicht dass ich mir noch was brach.

Hakans Stimme drang undeutlich an mein Ohr. Dabei saß er direkt neben mir.

»Willst du dir einen Teil des Romans anhören?«

»Wie soll das denn gehen?« Ich zog noch einmal an der Zigarette und reichte sie ihm dann. Aus meiner Wattewolke heraus bat ich ihn: »Könntest du die bitte wegwerfen? Ich kann nicht aufstehen.«

»Rauchst du sie nicht zu Ende?«, fragte er. Hatte der etwas gegen mich?

»Nein«, antwortete ich. »Ich muss davon husten.«

Da auf dem Tisch kein Aschenbecher stand, ging er in die Küche, um die Zigarette wegzuwerfen.

Ich erholte mich so langsam. »Wie soll ich mir denn einen Teil des Romans anhören?«

»Ich habe in der Schublade eine Audiokassette gefunden. Sie hat selbst einen Teil ihres Romans laut gelesen. Dreißig Minuten dauert die Aufnahme. Das ist zwar nicht lang, vermittelt aber eine Vorstellung von dem Manuskript.«

»Nimm die Kassette mit, wir können sie uns zu Hause anhören. Und lass uns jetzt hier weitermachen.« Ich wollte keine Zeit verlieren.

»Womit denn weitermachen? Es war niemand in der Wohnung, und den Schlüssel hat sie wahrscheinlich in den Müll geworfen – bevor sie versucht hat, sich umzubringen.« Er schwankte ein wenig. Es macht einen Unterschied, ob man etwas nur denkt oder es laut ausspricht. Wenn man einen Gedanken laut ausspricht, wird er lebendig. Hakan setzte sich auf den Polstersessel vor dem Fenster und ließ den Kopf hängen. Ich konnte zwar seinen Gesichtsausdruck nicht erkennen, aber ich sah die Tränen, die auf seinen Schoß fielen.

»Ich glaube nicht, dass Nil Selbstmord begangen hat«, sagte ich. Nicht um ihn zu trösten, sondern weil das tatsächlich meiner Meinung entsprach. Schließlich war es unlogisch, dass jemand irgendetwas einnahm, um Selbstmord zu begehen, sich aber gleichzeitig mit Pelin für den nächsten Tag verabredete.

»Ich bin schuld«, sagte Hakan schluchzend. Ich kann gar nicht sagen, wie satt ich es hatte, andauernd diese jungen Leute bemuttern zu müssen. Die halten sich echt alle für den Nabel der Welt!

»Wieso bist du schuld?«

»Weil ich sie wegen des Romans so unter Druck gesetzt habe. Ich habe sie beschuldigt, sich dem letzten Willen meines Vaters zu widersetzen. Alles Mögliche habe ich ihr an den Kopf geworfen.« Seine Tränen tropften dicht und schnell wie Regen. Dabei hatte er bislang keine Träne vergossen.

»Wie kommst du auf die Idee, dass sie Selbstmord begangen hat?«

»Weil sie den Roman gelöscht hat«, schluchzte Hakan. »Ihr Freund hat sie verlassen, sie hatte kein Geld, war wer weiß wie lange schon arbeitslos …«

Also so sah er Nil? Oh, oh, oh. Es stand schlimmer um ihn, als ich dachte. Zwar bin ich nicht gerade eine Expertin, wenn es um das Verhältnis zwischen Geschwistern geht, aber ich merkte sofort, woher der Wind wehte.

»Hakan, jetzt sei doch mal ein bisschen realistisch«, sagte ich. Man ist gegenüber den eigenen Geschwistern, den engen Freunden, der eigenen Frau oder dem eigenen Mann bekanntlich nicht objektiv. Man rümpft die Nase über ihren Erfolg, bagatellisiert ihre Fähigkeiten, und wenn einer zwei Löffel hat, macht man einen davon kaputt. Da spielt Neid mit hinein und Eifersucht. Aber normalerweise versucht man, die Balance zu halten und den gesunden Menschenverstand nicht zu verlieren. Nicht so Hakan.

Ich stand auf und löste ein Foto von der Pinnwand hinter dem Tisch. Ein Glas Rotwein an die Lippen gesetzt, lächelte Nil den Betrachter an. Sie strahlte Lebensfreude und Energie aus. Vielleicht war sie keine Schönheit im klassischen Sinne, aber … Genau wie Kate Winslet eben. Sie wissen schon, was ich meine.

»Schau dir die Frau auf dem Foto an«, forderte ich Hakan auf, »und vergiss dabei mal, dass es deine Schwester ist. Sieh richtig hin!«

Lange betrachtete er schweigend das Foto, als erblickte er Nil zum ersten Mal. Dann fragte er: »Du meinst, Nil würde keinen Selbstmord begehen?«

»Findest du, die Frau auf dem Bild sieht aus wie eine Selbstmörderin?« Ich hatte keine Ahnung, ob man allein anhand eines Fotos beurteilen kann, ob jemand zu Suizid neigt, aber jetzt war ich schon mal in Schwung. »Und außerdem: Würde jemand, der ein Mittel einnimmt, um sich umzubringen, sich mit Pelin zu einer Ausstellung verabreden?«

Er dachte kurz nach und sagte dann: »Du hast recht. Sie hat zwar den Roman gelöscht, aber Selbstmord – das ist unlogisch.«

»Ja, sicher. Es ist ausgeschlossen«, bekräftigte ich, wobei mich diese kategorische Feststellung sofort selbst irritierte.

»Jetzt machen wir aber weiter!«, rief ich und klatschte in die Hände. »Los!«

»Was soll ich denn tun?«

»Du könntest zum Beispiel die Schubladen des Schreibtischs durchgehen.«

»In der untersten Schublade habe ich diese Schachtel gefunden.«

Er zeigte mir eine rote Teebüchse mit chinesischen Schriftzeichen.

»Was ist das?«

»Da ist Haschisch drin.«

Wir sahen einander an, dann öffnete ich die Büchse, spähte hinein und schnupperte.

»He, du hast ihr Versteck gefunden!«

Er hatte aufgehört zu weinen.

»Zwischen den DVDs in ihrem Schlafzimmer könnten noch andere Dinge verborgen sein«, sagte Hakan.

»Was zum Beispiel?«

»Wenn sie den Roman auch auf CD gesprochen hat, könnte die doch zwischen den Filmen stehen.«

Das war eine fixe Idee mit dem Roman, nichts zu machen.

»Gut, dann guck dich eben in ihrem Schlafzimmer um.«

Ich selbst machte mich wieder an den Kleiderschrank.

Als ich mit den Schuhen durch war, kamen die zahllosen Kleider an die Reihe.

Ich fuhr mit der Hand in die Taschen sämtlicher Jacketts. Aus zweien förderte ich Münzen zutage, fünf Lira, zehn Lira. Vermutlich ging es Nil genauso wie mir. Ich jedenfalls freue mich immer sehr über solche Zufallsfunde. Ja und, selbst wenn dem so war? Aber die Ärmste lag jetzt im Sterben! Sie würde keine Gelegenheit mehr haben, sich über Münzen in ihrer Jackentasche zu freuen.

Aus einem schwarzen Lederblouson fischte ich einen Kassenzettel. Zwei Flaschen Wein, zwei Päckchen Zigaretten und fünf Energydrinks hatte sie gekauft. In einem lila Samtjackett fand ich einen Bleistiftstummel, in einem schwarzen Blazer mit Seidenkragen die Visitenkarte eines Zahnarztes und eine auf einen Notizblock gekritzelte E-Mail-Adresse – nahm das denn nie ein Ende? Mich packte so langsam die Hoffnungslosigkeit.

»Hast du was gefunden?«, fragte ich Hakan.

»Nein. Filme, Filme und nochmals Filme.«

Okay, Hakan suchte nach dem Roman. Und ich? Ich suchte ganz zweifellos nach einem Anhaltspunkt für Papis Identität. Aber nicht nur das. Zum Beispiel hätte ich gern einen klitzekleinen Hinweis auf Nils Geldquellen gefunden. Wovon lebte sie? War sie ein Drogenkurier? Oder schmuggelte sie Antiquitäten? War sie vielleicht ein Pornostar?

Das erschien mir eher unwahrscheinlich. Es ist kaum vorstellbar, dass jemand einem Pornostar so viel Geld zusteckt, dass er oder sie auf so großem Fuße leben kann.

Mit dem Ankleideraum war ich fertig. Blieben noch das Arbeitszimmer und die Küche. Im Wohnzimmer gab es keinen Ort, an dem man etwas hätte verstecken können. Die Kissen würde ich aber schon noch hochheben und daruntergucken.

Das Arbeitszimmer machte mir Angst. Bücher sind abschreckend. Darin steckt eine ganze Welt. Ich holte einen Stuhl aus dem Salon und stellte ihn vor den Bücherschrank im Arbeitszimmer. Dann stieg ich auf die Sitzfläche. Ganz oben, unter »Almanya«, stand eine große Auswahl deutscher Werke: Julia Franck, Daniel Kehlmann und so weiter. Aber nicht nur zeitgenössische Literatur stand da, sondern auch Goethe … Ich schüttelte die Bücher aus.

Es klingelte.

»Ich mache auf«, rief Hakan und ging zur Tür. Ich hörte die Stimme des Portiers.

»Mümtaz könnte das Schloss jetzt auswechseln.«

Inzwischen war ich hundemüde. Auch die geliebte

deutsche Literatur würde nichts bringen. Ich ging zur Wohnungstür.

»Ist der Verwalter inzwischen gekommen?«

»Nein. Wenn er nur zum Park gegangen wäre, müsste er schon zurück sein. Er hat eine Schwester, die in der Şakayık-Straße wohnt, die hat er wohl besucht.«

Im Wohnzimmer machte ich ein, zwei Yogabewegungen. Mein Rücken und meine Schultern schmerzten. Eine kleine Pause hätte jetzt gutgetan. Allerdings weiß jedes Kind, dass man in so einer Situation keine Pause einlegen darf, weil man sich dabei nicht erholt, sondern die Müdigkeit erst richtig ausbricht. Aber manchmal kann man nicht widerstehen.

Als der Schlosser gegangen war, kam Hakan zu mir. »Ich gucke weiter die DVDs durch. Was machst du?«

»Ich bin kaputt«, sagte ich. »Mir reicht es für heute. Ich mache morgen mit dem Bücherschrank weiter. Vielleicht sollte ich mal beim Nachbarn reinschauen und ihn fragen, ob er etwas beobachtet hat. Rufst du Handan an? Mit der sollten wir uns auch mal treffen.«

»Das mache ich sofort. Ich hole nur kurz mein Handy.«

»Hat niemand Nil heute angerufen? Oder eine SMS geschickt?«

»Aslı hat angerufen. Ich bin nicht drangegangen. Das ist die Frau, die wir von Izmir her kennen.«

Ich nickte zerstreut. Aslı interessierte mich nicht.

»Kein Ton von Papi?«

»Nein, nichts. Ich rufe jetzt Handan von Nils Handy aus an.«

»Wie du meinst«, gab ich zurück.

Er klemmte das Handy ans Ohr und wartete.

»Es klingelt, aber niemand geht ran. Sie wird wohl zurückrufen.«

»Sag mir auf alle Fälle Bescheid, falls Handan oder Papi anruft«, sagte ich. »Ich geh mal kurz zum Nachbarn.«

»Wenn ich mit den DVDs fertig bin, mache ich mit den Büchern weiter.«

Dankbar sah ich ihn an. »Würdest du das echt tun?«

Er zuckte mit den Achseln. »Ja, sicher. Wieso nicht? Ich bin schließlich dein Assistent.«

8

Ich klingelte noch einmal und wartete weiter vor der Tür, nicht wissend, wohin mit meinen Händen. Hinter dem Türspion wurde es dunkel und dann wieder heller, jemand hustete. Ich hatte auch einen trockenen Hals, aber es war mir peinlich, jetzt ebenfalls zu husten. Würde sich diese Tür denn nie öffnen?

Endlich ging sie auf. Wir sahen einander kurz in die Augen, dann wanderte mein Blick an ihm hinunter. Ich verstehe nichts von Männermode, aber ich kann mich nicht erinnern, im Laufe der letzten Jahre etwas Ähnliches gesehen zu haben. Er trug eine Krawatte und eine Weste mit Kette – ganz offensichtlich für eine Taschenuhr. In der Brusttasche des graumelierten Sakkos steckte ein penibel gefaltetes Tuch. Eine Stoffhose und Schuhe mit Schnürsenkeln vervollständigten diesen Aufzug aus der Mitte des 20. Jahrhunderts. Wahrscheinlich war er zu jener Zeit geboren worden.

Auch er musterte mich. Außer meinen Mokassins fiel ihm nichts auf. Und die fand selbst ich seltsam, das musste mich nicht kränken. Trotz der Halskette war mein Dekolleté offenbar zu tief, denn sein Blick verweilte ein bisschen zu lang auf meinen Brüsten, auch wenn er sich Mühe gab, nicht zu starren.

»Ja, bitte?«, fragte er.

Es war einer der seltenen Momente, in denen es mich furchtbar stört, Türkisch sprechen zu müssen. Die erlebe ich ein paarmal im Jahr. Die Muttersprache ist ein Schutzraum. Wenn das Leben mich in Aufregung versetzt, möchte ich mich immer dorthin flüchten.

»Ich«, stotterte ich. Ich versuchte, Zeit zu gewinnen, um einen ordentlichen Satz zusammenzubringen. Dann setzte ich nochmals an: »Ich bin eine Freundin Ihrer Nachbarin Nil.« Dabei deutete ich auf die Wohnungstür in meinem Rücken.

»Ja, ich kenne Fräulein Nil«, antwortete er lächelnd.

»Ich heiße Kati Hirschel.«

»Sehr erfreut. Mein Name ist Armin Arman.«

Meine Hand lag eine Weile in der seinen. War das immer noch die Auswirkung meiner zwei Züge an der Zigarette? Ein Gefühl, als ob ich betrunken wäre.

»Ja, bitte, Fräulein Kati. Ich bin ganz Ohr.«

»Ich weiß nicht, ob Sie davon gehört haben, aber Nil geht es nicht gut, sie liegt im Krankenhaus.«

»Nein, das wusste ich nicht. Was hat sie denn?«, fragte er besorgt.

»Das Herz. Es ist noch nicht klar, woran es lag. Sie liegt auf der Intensivstation. Wenn sich ihr Zustand stabilisiert, soll sie untersucht werden.«

»Das tut mir leid. Sie ist eine nette junge Frau.« Seine ohnehin schon sehr dünnen Lippen waren jetzt noch dünner geworden. »Was kann ich für Sie tun?«

Es würde nicht einfach sein, ihn zu überzeugen, wenn ich weiter herumstotterte, aber ich versuchte es trotzdem.

»Nil ist ohnmächtig geworden, während sie mit einer Bekannten im Café saß. Sie wurde ins Krankenhaus gebracht. Später hat man uns ihre Handtasche gegeben. Da war kein Hausschlüssel drin. Deshalb wollte ich Sie fragen, ob Ihnen seit letztem Donnerstag Leute aufgefallen sind, die die Wohnung betreten haben. Ihnen oder Ihrer Frau ... Vielleicht haben Sie ja jemanden gesehen.«

Ist ja gut! Sie finden mich voll daneben. Aber wie hätte ich denn sonst erfahren sollen, ob er verheiratet war? Klar, ich hatte meine Karten zu schnell aufgedeckt, aber es ist nicht so einfach, vor einer Wohnungstür zu flirten.

Seine schmalen Lippen kräuselten sich. Das sah sehr süß aus.

»Ich lebe allein«, sagte er.

Also, jetzt hatte ich gehört, was ich wollte. Ich brach in ein affektiertes Lachen aus, das für ein Treffen in einem Treppenhaus geradezu neckisch klingen mochte.

»Haben Sie also –«, begann ich, aber er unterbrach mich.

»Möchten Sie nicht hereinkommen? Ich wollte gerade etwas trinken.«

»Wenn ich nicht störe«, gab ich zurück, und ehe er antworten konnte, war ich schon in der Wohnung. Nicht, dass er noch seine Meinung änderte! Ehrlich gesagt, war es seit Selim das erste Mal, dass mich jemand so stark interessierte.

Ich setzte mich auf den Rand des Stuhles, als wolle ich gleich wieder flüchten. Den Rücken hatte ich dem Fenster zugewandt – im Gegenlicht sehe ich jünger aus.

Er setzte sich aufs Sofa. Alle Wände waren bis zur Zimmerdecke voll mit Büchern, sogar auf dem Esstisch lagen welche. Nur hinter dem Sofa war ein freies Stück Wand. Dort hatte er einen Burhan Doğançay aufgehängt, der sehr gut zur Geltung kam.

»Haben Sie alle diese Bücher gelesen?«, fragte ich.

Er kniff die Augen zusammen und sah mich an. Da hatte ich ihn offensichtlich herb enttäuscht.

»Das war ein Witz«, beeilte ich mich hinzuzufügen. Was war ich doch für eine blöde Quasseltante. Woher hätte er wissen sollen, dass ich so etwas im Scherz sagte? Ich bemühte mich um eine Klarstellung: »Wenn Leute so viele Bücher auf einem Fleck sehen, stellen sie oft diese Frage. Darüber wollte ich mich lustig machen.«

»Ja, Sekretärinnen, Tagelöhner, Schreiner – Leute, die im Leben noch kein Buch gelesen haben, die stellen derlei Fragen.«

Oh, oh, na so was! Der Standesdünkel dieses Mannes war offenbar noch stärker ausgeprägt als meiner.

»Nicht nur Sekretärinnen und Schreiner stellen diese Frage, das dürfen Sie mir glauben. Ich habe einen Buchladen ...«

»Ist das auch ein Witz?«

»Nein, wie kommen Sie darauf?«

»Weil das ein im Aussterben begriffener Beruf ist, deshalb. Wer verlässt denn heute noch das Haus, um ein Buch zu kaufen?«

Ich holte tief Luft. »Bücherliebhaber wollen an den Büchern, die sie kaufen, immer noch riechen und sie anfassen. Außerdem bekommen sie in Buchläden einen

Service, den es im Internet nicht gibt. Wir zum Beispiel wissen, welche Art Roman unseren Kunden gefällt, und beraten sie entsprechend.« Ich hatte geredet wie ein Buch und war stolz auf mich.

»Um beraten zu können, müssen Sie aber selbst Bücher lesen.«

»Das tue ich ja. Genau deshalb habe ich ja den Buchladen aufgemacht.«

»Dann verrichten Sie also eine Arbeit, die Ihnen Spaß macht. Sie gehören zu einer glücklichen Minderheit.«

»Was machen Sie beruflich?«

»Ich bin Historiker.« Das erstaunte mich nicht besonders. Man musste nicht Sherlock Holmes sein, um aus seinem Aufzug auf so etwas zu schließen.

»Geschichte des 20. Jahrhunderts?« Kaum hatte ich das gefragt, schämte ich mich dafür. Als ob er ein Bärenfell tragen müsste, wenn die Urgeschichte sein Spezialgebiet wäre. Mit der Frage: »Also, ich meine: neuzeitliche Geschichte?«, versuchte ich die Sache zu retten.

Nach seinen Lippen zu schließen hatte er mir nichts übelgenommen. Er war bestimmt nicht mal auf die Idee gekommen, dass ich ihm diese Frage gestellt hatte, weil er aussah, als sei er einem Schwarzweißfilm entsprungen. Ich würde ja auch im Traum nicht denken, dass jemand, der mir sagte: »Man sieht, dass Sie gern Krimis lesen«, mich dadurch mit Miss Marple vergleichen wollte.

»Die Geschichte des Essens.«

»Wie und wann die Kartoffel nach Europa gekommen ist und dergleichen?«

Er nickte unbestimmt.

»Ich könnte Ihnen ein Glas Wein anbieten«, sagte er, stand auf und faltete die Hände vor seinem Bauch wie ein Kellner. Dabei hatte er gar keinen Bauch, vor dem er hätte die Hände falten können. Er war groß und schlank.

»Ich habe einen Château Pichon Baron. Ein Bordeaux von 2005. Ein sehr guter Jahrgang. Die letzte Flasche. Was meinen Sie?«

Ich verstehe nichts von guten Jahrgängen und mag normalerweise auch diese Art von Snobismus nicht. Bei einem auf das Essen spezialisierten Historiker war das aber vermutlich genauso normal, wie wenn ich ein Statement über Krimis abgeben würde. Der spielte nicht den Besserwisser, er wusste es besser.

»Ich kann keinen Rotwein trinken«, sagte ich.

»Können Sie nicht, oder trinken Sie einfach nicht?«, fragte er.

»Ich kann nicht. Ich leide unter Migräne. Nur ein Schluck, dann geht es los.« Allein die Vorstellung, der Migräneanfall von gestern könnte sich wiederholen, war beängstigend.

»Dann will ich nicht insistieren. Was kann ich Ihnen sonst anbieten?«

»Whisky. Einen Malt. Oder sonst einen Scotch.«

Kurz darauf kehrte er mit einem Tablett zurück. Darauf standen zwei Glas Whisky, ein Eimer mit Eiswürfeln und ein Schälchen Pistazien. Eis wollte ich nicht. Und eigentlich auch keine Pistazien. Mein Wunsch abzunehmen war wiederaufgelebt. Und jetzt gab es sogar einen Grund dafür. Beziehungsweise es würde ihn bald geben.

»Sie möchten also in Erfahrung bringen, ob ich in den vergangenen zwei Tagen jemanden gesehen habe, der Fräulein Nils Wohnung betreten hat.«

Am liebsten hätte ich auch erfahren, wer davor in dieser Wohnung ein und aus gegangen war, aber wie sollte ich danach fragen?

Ich nickte.

»Wenn ich im Wohnzimmer sitze, höre ich, wenn der Lift hier auf dem Stockwerk hält. Aber mein Arbeitszimmer liegt hinten, dort bekomme ich nichts mit. Heute habe ich mich den ganzen Tag im Arbeitszimmer aufgehalten.«

Sollte das heißen, dass er den ganzen Tag in dieser Kostümierung am Schreibtisch saß?

Ich unterbrach ihn. »Entschuldigung«, sagte ich. »Nur aus Neugier: Sie arbeiten im Anzug?«

Meine Frage hatte ihn überrascht. Er sah an sich herunter, als sehe er seine Aufmachung zum ersten Mal.

»Das Jackett habe ich angezogen, als ich die Klingel hörte. Man weiß ja nie, wer draußen steht.«

Stimmt, das wusste man nie.

»Haben Sie gestern oder vorgestern irgendjemanden gesehen?«

»Gestern und vorgestern war ich nicht zu Hause. Aber letztes Jahr haben sie an der Haustür unten eine Kamera angebracht. Die läuft 24 Stunden am Tag. Wahrscheinlich bewahren sie die Aufnahmen auf. Wenn Sie mal den Portier fragen …«

»Das habe ich schon getan. Die Aufnahmen hat offenbar der Verwalter, und der ist gerade nicht da. Wenn er zurück ist, werden wir ihn darum bitten. Aber das löst unser Problem nicht, denn auf den Stockwerken gibt es keine Kamera. Es sind bestimmt Dutzende Personen im Gebäude ein- und ausgegangen, und es wird ewig dauern herauszufinden, wer wohin wollte. Deshalb wäre es sehr hilfreich, wenn Sie etwas gesehen hätten.«

»Ich verstehe«, sagte er und nahm einen Schluck Whisky. »Leider nein. Ist etwas gestohlen worden?«

»Soweit ich das beurteilen kann, nein.«

»Ja, dann …« Er sah mich über seiner Brille an. »Es gibt also kein Anzeichen dafür, dass ein Einbrecher in der Wohnung war.«

»Nein. Aber die Schlüssel sind weg.«

»Haben Sie nicht gesagt, sie sei im Café ohnmächtig geworden und man habe Ihnen ihre Handtasche hinterher gegeben?«

Ich nickte.

»Dann kann in der Aufregung der Schlüssel doch heruntergefallen sein.«

»Ja, könnte.«

Unsere Blicke trafen sich.

»Sie glauben das nicht. Wieso nicht?«

Aha, jetzt kamen wir zum Kern der Sache. Ich richtete mich im Sessel auf.

»Sind Sie jemals in Nils Wohnung gewesen?«

Er hatte nicht verstanden, worauf ich mit dieser Frage hinauswollte. Offenbar glaubte er, ich wollte herausfinden, ob die beiden ein Verhältnis gehabt hatten, und das störte ihn.

»Nein, bin ich nicht«, antwortete er eisig, hängte seinen Daumen in die Westentasche, schlug die Beine über und fuhr fort: »Fräulein Nil hat mich zweimal aufgesucht. Sie war auf der Suche nach dem Menü des Pera-Palas-Hotels im Jahre 1944. Sie schrieb an einem Roman über ein Tangotänzerpaar, das damals von Istanbul nach Buenos Aires ausgewandert ist. Die beiden hatten sich in dem berühmten Tanzsaal des Pera Palas kennengelernt und offenbar dort einmal abends zusammen gespeist. Deshalb benötigte Nil das Menü. Ich habe sie nicht nach den Einzelheiten gefragt. Das zweite Mal kam sie, weil sie wissen wollte, was man in den fünfziger Jahren in Buenos Aires aß.«

»Konnten Sie ihr weiterhelfen?«

»Ja, sicher. Das war nicht weiter überraschend. In Argentinien isst man seit je Asado, also gegrilltes Fleisch.«

Ich lachte.

»Wieso haben Sie mich gefragt, ob ich schon mal in Fräulein Nils Wohnung war?« Er guckte mich erneut über seine Brille hinweg an.

Ich nahm noch einen Schluck Whisky, um mir Mut zu machen.

»Nils Wohnung …« Ich hatte das Gefühl, ich konnte so viele Schlucke nehmen, wie ich wollte, ich würde den Satz nicht zu Ende bringen. Unsere Blicke trafen sich wieder, und wir führten gleichzeitig das Glas zum Mund.

»Sie sagten: ›Nils Wohnung‹ …«

»Es ist eine sehr luxuriöse Wohnung für eine Frau in ihrem Alter«, sprudelte es aus mir heraus. Inzwischen hatte ich den Whisky gekippt.

»Vielleicht stammt sie aus einer begüterten Familie. Oder sie verdient gut. Wie nahe stehen Sie Fräulein Nil?«

Er verließ den Salon, ohne meine Antwort abzuwarten. Mit einer Flasche Laphroaig in der Hand kehrte er zurück und goss mein Glas randvoll. Weil ich so schnell getrunken hatte? Mein größtes Problem mit den Türken besteht darin, dass sie nichts direkt sagen, sondern alles nur durchblicken lassen. Normalerweise entgeht mir mindestens die Hälfte dieser Anspielungen. Aber diesmal wollte ich alles mitkriegen. Ich sah ihn aufmerksam an. Er bemerkte es gar nicht, so geistesabwesend war er.

Es gelang mir, das Glas vom Tisch zu heben und an die Lippen zu setzen, ohne etwas zu verschütten. Da begriff er.

»Oh! Ich habe es zu voll gegossen!«

»Das macht nichts«, sagte ich. »Um auf Ihre Frage zurückzukommen: Ich selber kenne Nil nicht näher, aber Pelin, die bei mir im Laden arbeitet, ist seit ihrer Kindheit mit ihr befreundet.«

Er schlug die Beine über, fixierte den Boden seines Glases und dachte nach. »Das heißt, Sie wissen, dass Nil weder Geld geerbt noch gut verdient hat.«

Ich nickte und fragte: »Und woher wissen Sie, dass ihre Familie tot ist?«

»Immer wenn wir uns auf dem Hausflur oder im Lift trafen, haben wir uns ein bisschen unterhalten. Ein nachbarschaftliches Verhältnis. Ich habe aber nur ein paar Bruchstücke in Erinnerung.«

Wenn wir die Bruchstücke zusammensetzten, konnten wir vielleicht ein großes Bild daraus machen. Dinge, die man durch den Türspion sehen oder durch papierdünne Wände hören kann, sind doch immer wahnsinnig interessant.

»Sie haben gesagt, dass Fräulein Nil auf der Intensivstation liegt. Verbessert sich ihr Zustand denn nicht?«

Ich schüttelte den Kopf.

»Ihre Organe stellen den Dienst ein.«

»Wie schrecklich. Sie ist eine tüchtige, fleißige Frau. So ein Jammer.« Betrübt strich er sich mit der Hand übers Kinn. »Wir haben uns ein bisschen unterhalten, als sie zu mir kam, um nach dem Menü des Pera-Palas-Hotels zu fragen. Sie hatte ihre Hausaufgaben gemacht. Nicht nur in der Geschichte des Tangos kannte sie sich aus, sondern sie wusste auch über die damalige politische Situation Bescheid. Und vor allem war sie fähig, Zusammenhänge herzustellen, das können nicht viele. Die meisten Leute eignen sich nicht mehr Wissen an als unbedingt nötig. Fräulein Nil dagegen hatte profunde Kenntnisse. Und das in dem Alter!«

Ich seufzte. Ohnehin war ich schon benebelt: erst die Zigarette, dann ein Glas Whisky nach dem anderen – da wird man gefühlsduselig.

»Und was kommt Ihnen an dem Vorgefallenen verdächtig vor?«, fragte Armin neugierig – oder sollte ich lieber sagen »interessiert«?

»Erstens«, antwortete ich und hob den Daumen, »Nils Lebensstandard.« Dann hob ich auch den Zeigefinger. »Zweitens, dass ihr Roman gelöscht ist.«

»Gelöscht? Wie kann das sein?«, fragte er ungläubig.

»Er ist gelöscht. Auf dem Computer befinden sich nur leere Dateien.«

»Sie wissen sicher, dass man nicht so einfach Dateien definitiv von einem Computer löschen kann. Diese scheinbar gelöschten Dateien lassen sich wiederherstellen.«

»Mir geht es weniger darum, ob der Roman gelöscht ist, sondern warum Nil das getan hat. Vielleicht war sie in einer großen Krise. Vielleicht hat sie irgendetwas Unerfreuliches erlebt. Ich möchte gern herausfinden, was.«

Bedrückt stand er auf und stellte sich vors Fenster. Ich drehte mich im Sessel ein wenig, um ihn betrachten zu können. Eine Weile starrte er schweigend auf die Straße, dann fragte er: »Sie meinen, sie hat etwas eingenommen?«

Den Begriff »Selbstmord« hatte er vermieden.

»Vielleicht.«

Eine bedrückte Stille trat ein. Er sah immer noch aus dem Fenster. Dann holte er tief Luft und sagte: »Morgens hängt mir Osman Efendi immer frisches Brot und die Zeitung in einer Tüte an meine Tür. Ich wache gegen acht auf und hole immer als Erstes die Zeitung.«

Ich hörte gespannt zu. Diesem einen Satz konnte ich zwei Informationen entnehmen: erstens, dass der Portier Osman hieß. Auf diese Weise hatte ich also seinen Namen erfahren. Zweitens, dass Armin Bey eine tägliche Routine hatte. Information Nummer zwei konnte mir irgendwann einmal nützlich sein. Ein Mehr an Information kann nie schaden.

»Manchmal habe ich morgens, wenn ich die Zeitung holte, jemanden gesehen, der Fräulein Nil besuchte.«

So ist das Leben in einem großen Wohnhaus! Selbst wenn es all die Kameras, Wanzen, IP-Nummern und Verfolgungstechniken nicht gäbe, bliebe trotzdem nichts verborgen.

»Eigentlich geht es mich ja nichts an, wen sie in ihrer Wohnung empfängt«, fügte Armin Bey hinzu, quasi als Entschuldigung.

»Haben Sie Nils Freund mal kennengelernt? Emir heißt er.«

Er dachte kurz nach. »Ein bisschen rundlich? Interessiert sich für Geschichte?«

Ich nickte lächelnd.

»Das war nicht der Herr, den ich morgens gesehen habe.«

Ooohh!, rief ich innerlich. Der morgendliche Besucher war also Papi!

Er hielt kurz inne, sah mich an und fuhr fort: »Im Übrigen kenne ich den Herrn, der morgens kam.« Er machte eine wegwerfende Geste und präzisierte: »Kennen kann man das zwar nicht nennen – ich habe ihn im Fernsehen gesehen. In irgendeinem Nachrichtensender. Er gab seine Meinung zur Festnahme einiger kurdischer Intellektueller zum Besten.« Armin Bey verzog das Gesicht.

»Ihnen gefiel nicht, was er sagte?«

»Er war schlicht ein Faschist. Keine Ahnung, ob so jemand die Bevölkerungsmehrheit repräsentiert oder ob man im Fernsehen absichtlich immer diese Sorte Leute einlädt. Aber wenn die Leute, die im Fernsehen auftauchen, die Bevölkerung repräsentieren, dann ist in diesem Land kein Bleiben.«

»Wenn Sie mir gnädigerweise den Namen dieser wichtigen Persönlichkeit mitteilen könnten …« O Gott, jetzt begann ich schon genauso gestelzt zu reden wie er!

»Wie er heißt, weiß ich nicht. Aber ich glaube, er ist Journalist. Es war eines dieser Programme, in denen Journalisten über die Probleme der Türkei diskutieren.«

»Männliche Journalisten«, sagte ich.

Er richtete kurz einen fragenden Blick auf mich und sagte dann: »Sie haben recht, dem Fernsehen und dem gesellschaftlichen Leben fehlt es nicht nur an Verstand, sondern auch an Frauen.«

Wenn man mal davon absah, dass er meinen Witz mit den Büchern missverstanden hatte, enttäuschte mich dieser Mann bislang nicht.

»Wie kann es sein, dass Sie den Namen dieses Journalisten nicht kennen?«, fragte ich. »Jeder kennt doch die Leute vom Fernsehen.«

Er zuckte mit den Achseln und machte eine Geste ins Wohnzimmer. »Jeder außer mir. Sehen Sie hier ein Fernsehgerät?«

Ich sah mich um. »Sehen Sie nicht fern?«

»Nein, ich lese Bücher.«

Wie Sie sehen, sind wir wie füreinander geschaffen. Ich hatte meine Zwillingsseele gefunden!

»Aber dieses Programm haben Sie sich angesehen, und es ist Ihnen in Erinnerung geblieben.«

»Das habe ich bei meiner Mutter gesehen. Bei ihr läuft

der Fernseher ununterbrochen. Nur wenn sie schlafen geht, macht sie ihn aus. Sie sagt, es tut ihr gut, Stimmen zu hören. Ich besuche sie einmal die Woche. Alles, was ich in puncto Fernsehen weiß, habe ich von dort.«

»Wann haben Sie das Programm gesehen?«

»Das weiß ich nicht mehr. Das ist so zwei, drei Monate her.«

»Und wenn Sie mal Ihre Mutter fragen?«

Er lachte laut auf. »Meine Mutter weiß abends nicht mehr, was es zum Mittagessen gab. Sie hat Alzheimer. Ich hoffe, dass sie bald auch mich nicht mehr erkennt und ich sie dann nicht mehr besuchen muss. Dann kann ich den Hausmeister Osman Efendi statt meiner schicken.«

Ich lachte nicht. Solch bittere Witze bringen mich nicht zum Lachen. Ich nahm mir vor, meine Mutter am Abend auf alle Fälle anzurufen.

»An welchen Tagen besuchen Sie Ihre Mutter? Vielleicht bringt uns das weiter.« Die Sache mit der Alltagsroutine, die ich eben erst erfahren hatte, trug schon ihre Früchte. Wie ich Ihnen schon sagte: Ein Mehr an Information kann nie schaden.

»Wie kommen Sie darauf, dass ich meine Mutter immer am selben Wochentag besuche?«

»Ich vermute das«, sagte ich nur. Schließlich weihe ich jemanden, den ich gerade erst kennengelernt habe, nicht gleich in meine Denkprozesse ein.

»Ihre Vermutungen sind sehr zutreffend.«

Das stimmt. Erst heute hatte Lale mir schließlich bestätigt, dass ich einen ausgeprägten sechsten Sinn habe.

»Ich gehe immer mittwochs hin.«

»Gegen Abend?«

»So gegen acht. An dem Tag habe ich meinen Doktorandenkurs, und von dort fahre ich auf direktem Wege zu meiner Mutter.«

»Und wann machen Sie sich auf den Rückweg?«

Es war ihm anzusehen, dass meine vielen Fragen zu diesem Thema ihn langsam nervten. Trotzdem gab er Antwort, und zwar ausführlichst! Es hat zwar direkt nicht mit unserem Thema zu tun, aber das muss ich jetzt doch mal loswerden: Ist Ihnen schon mal aufgefallen, wie redselig Männer werden, wenn es um das Kleinklein ihres Alltags geht?

»Um halb elf verlasse ich meine Mutter, laufe zur Anlegestelle und nehme das Motorboot, das um 22.50 nach Beşiktaş ablegt.«

Wenn wir mal die letzten Infos zusammenfassen: Erstens: Er fuhr nicht Auto. Seit ich meins verkauft habe, um meine Wohnung zu bezahlen, besitze ich auch keins mehr. Auch hier hatte ich meinen Bruder im Geiste gefunden. Sie haben recht, das klingt vielleicht ein bisschen übertrieben, also sagen wir: »Bruder in den öffentlichen Verkehrsmitteln«. Zweitens: Seine Mutter wohnte in Moda oder Kadıköy, jedenfalls an einem Ort, der zwanzig Minuten Fußweg von der Anlegestelle entfernt lag. Und drittens: Dass er seine Mutter nur einmal die Woche höchstens zweieinhalb Stunden lang besuchte und ihm das schon zu viel war, sah ich als gutes Zeichen an: Er war kein Muttersöhnchen.

»Das heißt, ich muss herausfinden, wer an einem

Mittwochabend im März oder April zwischen acht und halb elf Uhr abends in einer politischen TV-Talkshow aufgetreten ist und faschistische Ansichten über kurdische Intellektuelle abgegeben hat, die wegen Mitgliedschaft in der kurdischen Organisation KCK festgenommen worden waren.«

Er sah mich bewundernd an. Ich selbst war auch beeindruckt.

»Sie haben gesagt, das Programm sei in einem Nachrichtensender gelaufen. Wenn Sie sich dessen sicher sind, können wir die Suche weiter eingrenzen.«

»Sicher bin ich mir nicht, aber die anderen Sender bringen um diese Zeit Spielfilme.«

»Ach so?«, warf ich ein. »Das wusste ich gar nicht.«

»Sie gehören offenbar auch nicht zu den Liebhabern der Fernsehkultur«, bemerkte er lächelnd.

»Ich lese lieber Bücher, genau wie Sie«, gab ich stolz zurück. »Wie sah der Mann aus?«

Armin presste die Augen zusammen und fixierte einen Punkt in der Ferne. »Er war groß, schlank, eher ein dunkler Typ und trug eine Hornbrille.«

Das konnte nicht sein Ernst sein. Er hatte sich selbst beschrieben.

Ich lachte herzlich. »Diese Beschreibung trifft auch auf Sie zu.«

Unbeirrt fuhr er fort: »Nein, nein, er war jünger als ich. Allerdings sind ihm die Haare schon ausgefallen. Oben jedenfalls.«

Viel interessanter als die Glatze des Unbekannten fand ich, dass Armin Arman keine hatte. Und dass sein dichter Schopf noch nicht mal weiß geworden war – es sei denn, er färbte sich die Haare. Ach was, so ein Mann hat das nicht nötig!

»Was hatte er an?«

Er dachte wieder nach.

»So genau habe ich nicht hingeguckt. Keine Ahnung.«

»Sie haben mir sehr geholfen«, sagte ich und erhob mich aus dem Sessel. Dabei merkte ich, wie angeschickert ich war. »Wenn es Ihnen recht ist, mache ich mich jetzt wieder an die Arbeit.«

»Wo wollen Sie denn hin?« Enttäuscht hob er die Hände. »Sie haben Ihr Glas ja noch gar nicht ausgetrunken.«

»Wenn ich das austrinke, könnte es passieren, dass ich hier gar nicht mehr wegkomme.« Ich kicherte. Mit einem Mal war aus mir ein fröhlicher Mensch geworden.

Herr Arman verzog keine Miene.

»Sie haben recht, ich habe Ihr Glas zu voll gegossen. Bitte entschuldigen Sie.«

Ich wollte schon sagen: »So meinte ich das nicht«, da wurde ich plötzlich nüchtern. Was war das denn? Schon der zweite Witz, den er nicht kapierte!

Er schien meine Gedanken zu lesen, denn er sagte: »Stimmt: Ich verliere wohl langsam den Sinn für Humor. Das liegt daran, dass ich fast die ganze Zeit allein bin und arbeite.«

Ach, dachte ich. Machen Sie sich keine Sorgen, dieses widrige Los wird bald Vergangenheit sein.

Kaum kam ich zur Tür herein, sagte Hakan: »Ich bin in Ungarn angelangt. Außer Lesezeichen und Notizblättern habe ich in den Büchern bislang nichts gefunden.«

»Bravo, mach weiter.«

Hakan kehrte in das Arbeitszimmer zurück. Ich ging in den Salon, drückte die Nase an das Gemälde von Julian Opie und sah es mir genau an. Ein Alptraum für jeden Museumswärter, der mich so sehen würde. Ob Tuna richtig vermutet und ein Dieb womöglich das Original abgenommen und stattdessen eine billige Reproduktion aufgehängt hatte? Auch wenn dem so war, hätte ich es nicht erkannt. Selbst in nüchternem Zustand.

»Dein Telefon hat geklingelt, aber ich bin nicht rangegangen«, ertönte eine Stimme aus dem Hintergrund. Hakan natürlich. Zu meinem Besuch bei Armin Arman hatte ich weder das Handy noch meine Handtasche mitgenommen. Schließlich war ich nicht mit der Absicht dort hingegangen, mich niederzulassen und einen Whisky nach dem anderen zu kippen. Die Erinnerung an den Besuch elektrisierte mich. Auch Kunst kann heftige Gefühle auslösen. Ich will Julian Opie nicht unrecht tun, sein Bild trug sicher das Seine dazu bei. Und die Whiskys. Aber was auch immer der Grund war, ich konnte nicht leugnen, dass ich Herzklopfen hatte. Allein dieses längst vergessene Gefühl, das ich nie wieder zu erleben gehofft hatte, war das alles wert.

Mein Handy lag im Ankleideraum. Lale hatte mich zu erreichen versucht – wer sonst? Ich rief sofort zurück.

»Wieso hast du dir überhaupt ein Handy zugelegt, wenn du es sowieso immer überhörst?«, schimpfte sie sofort los.

Ich schwieg. Die Gefühle für Armin ließen das alles an mir abperlen.

»Meine Mutter ist genauso. Bis zum heutigen Tage hat sie nicht ein einziges Mal abgehoben, wenn ich angerufen habe. Sie sagt, sie will es nicht mitschleppen, es sei ein zusätzliches Gewicht in der Tasche.«

»Lale, ist dir klar, dass du mich anschreist, bloß weil deine Mutter nicht ans Telefon geht?«

»Du gehst auch nicht ran.«

Du liebe Güte, sie konnte einfach nicht aufhören. »Lass uns zur Sache kommen«, sagte ich ruhig.

»Ich treffe mich mit Nermin. Ich bin schon auf dem Weg.«

»Wo?«

»Im Café Aşşk im Reasürans.«

Hm. Das Shopping-Center Reasürans lag ganz in der Nähe. Nur drei Schritte von Nils Wohnung entfernt.

»Soll ich auch dorthin kommen?«

Auf der anderen Seite der Leitung trat Stille ein, dann sagte sie: »Das kann ich Nermin gegenüber jetzt aber nicht erklären.« Pause. Dann: »Was muss ich überhaupt erklären?« Pause. Schließlich: »Gut, komm. Du tust so, als seist du zufällig dort vorbeigekommen und hättest mich gesehen.« Ich schickte ihr ein Küsschen durchs Telefon.

»Ich gehe«, sagte ich zu Hakan. Wie wollte ich eigentlich gehen, wo ich doch kaum stehen konnte?

»Wohin?«

»Ich treffe mich mit einer Freundin, und von dort fahre ich nach Hause. Wir sehen uns dort.«

»Ich schlafe heute Nacht hier.«

»Nein!«, rief ich. Nicht weil ich auf Hakan stehen würde, verstehen Sie mich nicht falsch. Sondern weil er in Nils Bett schlafen würde und so. Noch immer hatten wir keine Ahnung, was eigentlich vorgefallen war, aber es tauchten immer mehr Ungereimtheiten auf. Vielleicht lagen hier überall höchst wertvolle Haare, Hautpartikel und anderes herum. Zwar hatten wir schon überall unsere Fingerabdrücke hinterlassen, aber mehr konnte ich nicht dulden.

»Komm besser zu mir.«

Er widersetzte sich nicht. Offenbar schickte er sich seit gestern in sein Schicksal. »Ich gehe ins Krankenhaus und komme danach zu dir nach Hause«, sagte er.

»Du weißt, was du zu tun hast, bevor du ins Krankenhaus gehst?«, begann ich. Wieder hob ich zuerst den Daumen und dann nacheinander alle anderen Finger, um meine Anweisungen aufzuzählen. Diese Geste begann mir zu gefallen. Sie gab mir einen autoritären Touch. Mit Fofo und Pelin sollte ich sie auch benutzen. »Erstens guckst du den Bücherschrank zu Ende durch. Zweitens gehst du zum Verwalter und bittest ihn um die Kameraaufnahmen. Und drittens versuchst du, Nils gelöschte Dateien im Computer zu finden.« Da er erklärt hatte, er sei Assistent an der Fakultät für Ingenieurswesen, ging ich davon aus, dass er sich in solchen Dingen auskannte. Um sicherzugehen, fragte ich trotzdem: »Du verstehst doch was davon, oder?«

Er lachte. »Ja, klar, keine Sorge, das ist ein Klacks.«

»Und wirst du die gelöschten Dateien finden?«

»Eine Garantie gibt es nicht, aber zumindest einen Teil werde ich wohl wiederherstellen können.«

»Wie geht das?« Ich machte es mir auf dem Sessel vor dem Fenster bequem. Wie ich schon sagte, hatte ich Mühe, mich auf den Beinen zu halten. Und schließlich brauchte ich ja nicht sofort bei Lale und Nermin aufzutauchen.

»Es gibt eine Software namens Smart Recovery, mit der kann ich die Festplatte durchsuchen. Mal sehen, was dabei herauskommt.«

»Fang doch gleich schon mal damit an.«

»Ich muss mir die Software erst besorgen. Keine Angst, das kriege ich schon hin.«

»Gut«, sagte ich und stand auf. Dabei wurde mir wieder etwas schwindlig. »Ich gehe.«

Auf dem Weg zum Reasürans setzte ich sehr vorsichtig einen Schritt vor den anderen, damit niemand merkte, dass ich angeheitert war. Langsam ging ich die Marmorstufen des Shopping-Centers hoch. Als ich »rein zufällig« am Café Aşşk vorbeikam, traf mich Lales Blick. Sie winkte wie wild, als sie mich sah. Das war vielleicht eine Komödiantin! Und dann rief sie auch noch: »Was machst du denn hier?«

»Ich wollte einen Kaffee trinken«, erklärte ich. Ein

Kaffee wäre jetzt tatsächlich nicht schlecht. Dadurch würde ich vielleicht wieder nüchtern. Denn im Moment musste ich dauernd kichern, wobei ich nicht hätte sagen können, ob das an Armin lag oder an den vielen Whiskys.

»Setz dich doch«, sagte Lale und stellte uns einander vor: »Nermin – Kati.«

Während wir einander die Hände gaben, sah ich die Frau versehentlich an. Versehentlich sage ich, weil der Anblick furchtbar war: ein kantiges Gesicht, ein Haken von einer Nase und dünne, schulterlange Haare voller weißer Strähnen. Ihre Lippen hatte sie offenbar ihr Leben lang aufeinandergepresst. Die Perlohrringe, die ihr von den Ohren baumelten, machten den Gesamteindruck aus irgendeinem Grund nur noch unerträglicher. Das heißt, der Grund war eigentlich klar: Diese Ohrringe versuchten etwas herzumachen und brüllten gleichzeitig: Mehr geht nicht! Wenn sie mit sich selbst im Reinen gewesen wäre, hätte sie vielleicht ganz gut ausgesehen, so aber sah sie abstoßend aus.

Das Schlimmste waren ihre kurzen, dicken Finger, mit denen sie meine Hand drückte. Das heißt, mich störte weniger, dass sie kurz und dick waren, als vielmehr die Art, wie sie sie bewegte. Wenn sie ihr Weinglas hob, spreizte sie den kleinen Finger ab. Diese sonst so elegante Geste unterstrich bei Nermin nur das Grobschlächtige ihrer Hände, die offenbar eher dafür geschaffen waren, eine Hacke zu schwingen, als ein Weinglas zu heben.

Die Ärmel ihres schwarzen Baumwollpullovers waren hochgekrempelt, als wolle sie gleich den Hausputz beginnen. Ich zögerte, den Blick tiefer wandern zu lassen. Denn was ich gesehen hatte, reichte längst aus, um mir Nermin unsympathisch zu machen. Und leider beruhte das ganz offensichtlich auf Gegenseitigkeit: Sie sah mich eisig an.

»Ich will nicht stören. Ihr habt bestimmt etwas zu bereden«, sagte ich der Form halber.

»Für mich gibt es nichts, das so privat wäre, dass du es nicht hören kannst«, entgegnete Lale, wandte sich zu Nermin und erklärte: »Kati ist meine beste Freundin. Sie war es, die mich mit meinem Mann bekanntgemacht hat.«

Musste sie das jetzt sagen? Ich verdrehte die Augen und lachte spöttisch. Dann ließ ich mich neben Lale auf einen Stuhl fallen. Kaum saß ich, fragte sie streng: »Hast du getrunken?« Als ob das eine Sünde wäre.

»Rieche ich?«

»Und wie! Was hast du getrunken?«

»Laphroaig. Außerdem habe ich zweimal an einer Zigarette gezogen.«

Jetzt war Lale völlig perplex.

»Du hast geraucht?«, fragte sie fast vorwurfsvoll.

Auf einmal wurde mein Kopf wieder klar. Nicht wegen Lale. Wegen meiner selbst. Ich wollte mir doch die Chance, Nermin etwas zu entlocken, nicht verderben, oder? Also sollte ich mich jetzt mal zusammennehmen und mich nicht ins eigene Fleisch schneiden.

»Ich gehe kurz aufs Klo«, sagte ich. »Bestellst du einen doppelten Espresso für mich?«

Zwar kenne ich niemanden, der durch Kaffee nüchtern geworden wäre, aber egal. Wenn ich munter werden will, trinke ich trotzdem immer Kaffee.

Auf der Toilette sah ich in den Spiegel. Wie war das möglich! Meine Haut schimmerte bronzefarben, die Haare waren blonder und glänzender denn je. Meine Augen strahlten in einem frischen Grün, und die Lippen waren die von Angelina Jolie. Was die Liebe nicht alles kann!

Schluss jetzt. Ich würde mich doch nicht in einen Mann verlieben, den ich gerade mal eine halbe Stunde lang kannte. Und schon gar nicht in einen, der sich so komisch anzog. Der sogar zu Hause Stoffhosen trug. Und einen Schlips. Zumal ich den armen Fofo immer geneckt habe mit seinem krawattentragenden Liebhaber. Schließlich war ich ein erwachsener, vernunftbegabter Mensch. »Nein«, sagte ich zu mir selbst, »ich bin nicht verliebt, ich mag ihn nur.«

Als ich zum Tisch zurückkehrte, wirkte ich wieder fast normal. Lale sah das mit einem Blick, beugte sich zu mir herüber und flüsterte: »Bravo.«

Nermin war schon beim zweiten Glas Wein. Mein Espresso stand auf dem Tisch. Mit seinem eingefallenen Schäumchen machte er einen jämmerlichen Eindruck. Ich nahm einen Schluck. Er schmeckte bitter und zog mir auf seinem Weg in den leeren Magen die Mundschleimhäute zusammen. Zwar hatte ich Hunger, aber ich würde bestimmt nichts essen. Selbst die winzigen halbmondförmigen Kekse, die mit dem Kaffee gekommen waren, würde ich verschmähen. Wie Sie merken, war ich fest entschlossen.

»Nermin ist die Beilagen-Chefin der Zeitung *Ayna*«, erklärte Lale.

»Ach, tatsächlich?«, gab ich zurück, wobei ich jedes der beiden Worte so lang wie möglich dehnte. Als ob die blöde Kuh den *Observer* oder die FAZ *am Sonntag* leitete und nicht die ultra-mega-billige Beilage eines superbanalen Blättchens. »Das Beste an der Zeitung sind immer die Beilagen«, sagte ich. Wobei Sie sich vielleicht denken können, dass ich die erwähnte Beilage noch nie in den Händen gehalten hatte.

»Einer jungen Journalistin, die für die Beilagen sehr schöne Modeartikel schrieb, ist gekündigt worden. Während du weg warst, habe ich Nermin gefragt, warum«, sagte Lale.

»Was heißt, ihr wurde gekündigt? Haben nicht Sie ihr gekündigt, sondern jemand anderes?«, fragte ich Nermin frei heraus, aber es war Lale, die antwortete.

»Du hast es erfasst. Ist doch seltsam: Der stellvertretende Chefredakteur hat Nermin extra angerufen, um ihr zu sagen, dass der Frau gekündigt werden soll.«

Woraufhin Lale das Thema auf mich brachte. Wahrscheinlich wollte sie Nähe herstellen und so die Stimmung verbessern.

»Kati hat mit Medien nichts am Hut. Sie betreibt einen Krimiladen in Kuledibi, kennst du den?«

»Ich verpasse keine Folge von CSI«, sagte Nermin und lachte, wobei sie ihren Mund mit ihrer kurzen, dicken Hand verdeckte.

»Aber mein Lieblingsfilm ist *Sieben*. Und auch *Der talentierte Mr. Ripley* gefällt mir. Nachdem ich den Film mit Matt Damon gesehen hatte, musste ich sofort alle *Ripley*-Romane von Patricia Highsmith lesen. Sie sind großartig.«

Okay, okay, ist ja gut, dachte ich bei mir. Die CSI-Serie kenne ich nicht, ich habe nie auch nur eine einzige Folge davon gesehen, aber diese Frau hatte unmöglich den Verstand, um *Sieben* schätzen zu können. Und Patricia Highsmith schon gar nicht. Oder aber ich saß einem schrecklichen Vorurteil auf. Und außerdem: War hier eigentlich eine Art Krimifieber ausgebrochen, von dem ich nichts bemerkt hatte? In letzter Zeit hatte ja offenbar jeder sofort etwas beizutragen, wenn das Wort Krimi oder Polizei fiel …

Auf einmal packte mich Panik. In betrunkenem Zustand ist man extremen Gefühlsschwankungen ausgesetzt: Nachdem ich mich zuerst verliebt und dann diese Nermin verabscheut hatte, ergriff mich nun eine Welle von Panik. Ich kann gar nicht sagen, wie satt ich mich selbst inzwischen hatte.

Wenn die Türken plötzlich wie wild Krimis kauften und sich unsere Einnahmen nicht veränderten, dann musste das daran liegen, dass die Leute ihre Bücher online bestellten. Zwar hatten wir nicht weniger Kunden als zuvor, aber … Vor meinem inneren Auge ließ ich unsere Kunden Revue passieren: pensionierte Ehepaare, Witwen, Pensionäre, Witwen, Pensionäre … Wie furchtbar! Wir waren zum Buchladen für Leute ab einem gewissen Alter geworden, die nicht fähig waren, im Internet Bücher zu bestellen.

Die Lage war unter mehreren Gesichtspunkten hoffnungslos. Erstens: Mit einer durchschnittlichen Lebenserwartung von 71,2 Jahren liegt die Türkei unter dem europäischen Durchschnitt. Und das hieß, dass – Gott behüte – die Zahl unserer Kunden rapide sinken würde. Zweitens: Selbst wenn sie nicht ins Reich Gottes eingingen, würden sie mit zunehmendem Alter Probleme mit den Augen bekommen, sei es, weil ihre Sehfähigkeit abnahm, oder weil sie an grauem Star oder einem Augentumor litten.

»Was ist denn los? Du guckst plötzlich so bedrückt und geistesabwesend«, sagte Lale.

»Es ist nichts«, wiegelte ich ab, spürte dabei jedoch eine alpschwere Last auf meinem Herzen. Aber ich würde mich von Panik und Sorge nicht einschüchtern lassen. Also fuhr ich dort fort, wo wir stehengeblieben waren.

»Ich mag Patricia Highsmith auch sehr. Auch die *Ripley*-Romane, aber am besten gefällt mir *Carol.*«

»Oh, den kenne ich noch gar nicht.« Ihre Hände griffen nach ihrer Tasche, die an der Rückenlehne hing; sie holte ein kleines Notizbuch heraus und schrieb sich den Titel auf.

»Es ist aber kein Krimi«, sagte ich.

»Das macht nichts. Es ist ein Buch, das reicht. Gute Romane sind das Einzige, was mich glücklich macht.«

Diese furchtbare Frau schien ganz offensichtlich eine Büchernärrin zu sein. Manchmal schäme ich mich echt. Was für eine schlechte und außerdem hinterwäldlerische Angewohnheit, die Leute nach ihrem Äußeren zu beurteilen.

»Wo kaufen Sie denn Ihre Bücher?«, fragte ich. Schließlich konnte ich mir diese großartige Gelegenheit für eine Marktumfrage nicht entgehen lassen.

»Ich habe keine Zeit, die Buchläden abzuklappern«, antwortete sie bedauernd. »Deswegen bestelle ich normalerweise im Internet. Die Neuerscheinungen bringt immer ein Freund mit in die Redaktion. Er packt einen Koffer voll und klappert damit die Zeitungen ab. Bei dem kaufe ich auch.«

Meine Ein-Personen-Umfrage hatte also ergeben, dass der Leser die Bücher gebracht bekommen wollte. Er kaufte zwar seine Kleidung in der Boutique, er ging zum Supermarkt und traf sich mit Freunden im Café, aber er setzte keinen Fuß in Buchläden – warum auch immer. Wenn ich mich auf diesem Markt behaupten wollte, musste ich erstens anfangen, übers Internet zu verkaufen, und zweitens ein Café eröffnen, in der Hoffnung, dass die Leute, die beim Kaffeetrinken Bücherregale sahen, dann mit schweren Bücherpaketen in der Hand das Café verließen.

»Kommen Sie doch mal bei mir vorbei«, sagte ich freundlich. »Ich gebe Ihnen auch Rabatt.« Ein Kunde bringt tausend Kunden. Außerdem würde der Altersdurchschnitt meiner Kunden durch diese Frau ein bisschen sinken: von 69,9 Prozent auf 69,8 Prozent etwa.

9

Vor dem Café schüttelten Nermin und ich einander herzlich die Hand und vereinbarten, uns bald wiederzusehen. Große Lieben beginnen mit großem Hass, heißt es, wir werden ja sehen. Eigentlich ist mein Leben zu voll für neue Freundschaften. Höchstens für einen Liebhaber ist noch Platz.

»Ich bring dich nach Hause«, bot Lale an. »Mein Auto steht gleich hier.«

»Du musst doch in die andere Richtung. Lass gut sein.«

Doch sie hakte sich bei mir ein und zog mich in Richtung Auto.

»Wie findest du Nermin? Am Anfang war sie dir nicht sympathisch, aber dann …«

»Nette Frau. Wie du weißt, mag ich Leute, die Bücher lesen.«

»Wie ich sehe, bist du wieder nüchtern.«

»Dank dir. Allerdings frage ich mich, wieso ich überhaupt so viel Whisky getrunken habe, wenn ich sowieso gleich wieder nüchtern werden würde.«

»Mit wem hast du deine Whiskys denn getrunken? Oder sollte ich lieber sagen ›deine Laphroaigs‹, weil sich Whisky zu trivial anhört?«

»Mit Nils Nachbarn Armin Arman.«

Lale blieb ruckartig stehen. Gott sei Dank sind die Bürgersteige in Nişantaşı breit, und es waren auch nicht viele Leute unterwegs. Im Gewühl von Beyoğlu wäre sofort der hinter ihr laufende Passant auf sie draufgeprallt.

»Der Geschichtsprofessor Armin Arman etwa?«, fragte Lale und stemmte die Hände in die Hüften. »Was ist mit seiner Frau?«

»Es geht ihr gut. Sie lässt grüßen.«

Woher wollte sie Armin Arman nun schon wieder kennen? Wie ich schon sagte, hatte Lale die Hände in die Hüften gestemmt. Als ob diese Positur nicht reichte, schaute sie mich so drohend an, dass ich es mit der Angst bekam und sofort alles aufzählte, was ich über den Mann wusste.

»Er hat keine Frau. Er lebt allein. Eine Mutter hat er, die besucht er einmal die Woche.«

»Du weißt schon, wer seine Mutter ist?«

»Neslişah Arman, die berühmte Archäologin. Die Göttin. Man nennt sie nicht umsonst so. Groß und schlank, lange, glatte Haare, riesige blaue Augen – eine sehr gutaussehende Frau. Dabei war sie schon sechzig, als ich sie kennengelernt habe.«

»Wann war das?«

»Das ist bestimmt schon dreißig Jahre her.«

»Das heißt, sie ist jetzt neunzig … Offenbar hat sie Alzheimer, allerdings habe ich nicht gefragt, in welchem Stadium.«

»Wir werden alle nicht ungeschoren bleiben, meine

Süße«, sagte sie und zuckte gleichgültig mit den Achseln. »Siehst du irgendwo mein Auto?«

»Wie«, rief ich – wo wir gerade beim Thema waren … »weißt du nicht mehr, wo du es abgestellt hast?«

Sie lachte herzlich.

»Ich habe es nicht abgestellt. Ich habe den Schlüssel dem Parkwächter gegeben.«

Der kam gerade angefahren und legte vor uns eine Vollbremsung hin. Lale hatte das Trinkgeld schon parat und drückte es ihm in die Hand.

»Das Treffen mit Nermin war reine Zeitverschwendung.«

Ach, wirklich? Das sah ich gar nicht so. »Warum findest du?«

»Wir haben nicht mehr von ihr erfahren, als sie mir schon am Telefon gesagt hat. Die junge Frau hat ihren Job sehr ordentlich gemacht und wurde trotzdem vom stellvertretenden Chefredakteur entlassen. Das wussten wir doch schon.«

»Was sind deiner Ansicht nach die ausschlaggebenden Komponenten für diesen Rauswurf?«

»Wie bitte? Was hast du gesagt? Die ausschlaggebenden Komponenten?«

Kann schon sein, dass ich ein bisschen seltsam rede, seit ich Armin kennengelernt habe. Na und?

»Kann man das nicht sagen?«

»Doch, klar. Hört sich nur irgendwie komisch an.«

»Wieso hat er sie deiner Ansicht nach rausgeschmissen?«

Wir hatten das Inönü-Stadion passiert und fuhren

nun die Straße nach Fındıklı hinunter. Plötzlich bremste Lale heftig, um einem Fußgänger auszuweichen, der unvermittelt auf die Straße getreten war. Ohne den Sicherheitsgurt wäre mein Kopf gegen die Windschutzscheibe geprallt. Ich will nicht undankbar sein, aber, offen gesagt, hätte ich mich in dem Moment in jedem x-beliebigen Istanbuler Taxi sicherer gefühlt.

Jetzt beugte sie sich auch noch über mich, öffnete mein Seitenfenster und begann, den Mann anzuschreien.

»Bist du lebensmüde, du blöder Hund?«

»Beruhige dich, Lale«, sagte ich und legte ihr die Hand auf die Schulter. Das bewirkte, dass Lale von dem Mann abließ und mich anzubrüllen begann.

»Wie soll ich mich denn beruhigen? Wenn der Kerl krepiert, wird er bemitleidet, und ich komme in den Knast.«

»Wir waren gerade mitten im Gespräch«, sagte ich ruhig. Jeder Zuschauer hätte vermutet, dass ich gerade aus einer Yogastunde kam.

»Entschuldigung«, murmelte Lale, von meiner Ruhe angesteckt.

Eine Weile schwiegen wir beide. Schließlich ergriff Lale das Wort, als ob nichts geschehen wäre.

»Es ist völlig klar, warum der stellvertretende Chefredakteur sie rausgeworfen hat. Nil war seine Geliebte, durch ihn hat sie den Job gekriegt. Oder sie hat zuerst den Job gekriegt und danach ein Verhältnis mit ihm angefangen. Und als dieses Verhältnis beendet war, wurde ihr gekündigt.«

Ich wiegte den Kopf. »Das glaube ich nicht.«

»Was glaubst du nicht?«

»Dass Nil ein Verhältnis mit dem stellvertretenden Chefredakteur hatte. Da ist ein anderer Mann im Spiel.« Oh, jetzt fällt mir ein, dass ich über all der Aufregung ganz vergessen habe, Ihnen das wichtigste Ergebnis des Gesprächs mit Nermin zu erzählen: Der stellvertretende Chefredakteur Dikmen war blond, mittelgroß und hatte grüne Augen.

Lale bog gerade von Karaköy in die Straße nach Taksim ein und wechselte abrupt das Thema: »Wie hast du überhaupt Armin Arman kennengelernt?«

»Er ist Nils Nachbar. Das sagte ich bereits.«

»Ach ja, das magst du erwähnt haben. Habe ich wohl überhört.«

So ein Scherzkeks. Doch mir war gar nicht zum Lachen zumute, zumal sich mein Magen angesichts dessen, was sich vor uns auf der Straße abspielte, schmerzlich zusammenzog: Ein paar Meter weiter versperrte ein Lieferwagen den Weg. Männer luden Kartons ab und trugen sie zu einem der unzähligen Lampenläden.

Lale stützte sich mit den Ellenbogen auf das Lenkrad und musterte mich. Ich weiß nicht, ob es an meinem Gesichtsausdruck abzulesen war, aber sie würde sich schon große Mühe geben müssen, um mich zum Reden zu bringen.

»Es geht um Papi. Richtig?«, fragte sie.

»Ich glaube, ja.«

»Nimm es mir nicht übel, aber wie soll ich analytisch vorgehen und Zusammenhänge herstellen, wenn du mir die Anhaltspunkte, die du hast, verschweigst?«

»Du hast recht«, gab ich zu. Also berichtete ich ihr, was Armin Arman mir erzählt hatte.

»Na, toll! Wir suchen also einen großen, schlanken Journalisten um die fünfundvierzig mit dunkler Haut, wenigen Haaren und einer Hornbrille, der faschistische Ideen verbreitet. Türkische Männer haben zwar normalerweise kurze Beine, und Journalisten in dem Alter fangen an, Bauch anzusetzen; insofern ist es ungewöhnlich, wenn einer groß und schlank ist. Aber ansonsten versuchst du da mit einer Nadel einen Brunnen zu bohren, das lass dir gesagt sein.«

Da fiel es mir auf einmal wieder ein.

»Hast du eigentlich diesen Bekannten von dir angerufen? Du wolltest doch herausfinden, wem diese Telefonnummer gehört.«

»Ich habe ihn nicht erreicht. Heute Abend versuche ich es noch einmal. Aber wenn du dir alle Leute einzeln angucken willst, die an politischen Talkshows teilnehmen …«

»Das habe ich nicht vor. Genau deshalb wäre es gut, wenn du herausfinden könntest, wem diese Telefonnummer gehört.«

»Okay, ich sagte ja, ich werde ihn anrufen.« Auf einmal wurde sie wütend, als habe sie erst jetzt bemerkt, dass wir im Stau standen. »Guck dir das an, wir sitzen hier fest!«

»Tja«, antwortete ich. »So ist das.«

»Kann ich eine rauchen?«

»Rauch einfach, ohne mich zu fragen.« Was sollte ich denn sonst sagen?

»Hör mal, sind die Journalisten, die ins Fernsehen kommen, nicht alle berühmt?«

Sie verzog das Gesicht.

»Nicht immer. Wenn zum Beispiel über die Wirtschaft in Malaysia diskutiert werden soll, dann kann es sein, dass sie jemanden einladen, der für eine kleine oder vielleicht sogar eine Lokalzeitung arbeitet, sofern er sich auf dem Gebiet auskennt. Aber normalerweise sieht man im Fernsehen immer dieselben Gesichter. So etwas wie der Fachmann für Malaysias Wirtschaft ist die Ausnahme.«

Ich seufzte tief und sagte: »Wie schade, dass Armin Arman nicht Fernsehen guckt.« Kaum hatte ich den Satz beendet, da fiel es mir wie Schuppen von den Augen. Armin Arman sah vielleicht nicht fern, aber es musste jemand zu finden sein, der alle diese Programme kannte – und Papi im Treppenhaus gesehen hatte. Der Portier Osman zum Beispiel. Oder seine Tochter Gülfem. Wie viele Leute betraten schon dieses Haus so früh am Morgen?

Lale fischte in ihrer Tasche nach den Zigaretten. Als sie sie gefunden hatte, wedelte sie erfreut mit dem Päckchen und sagte dann: »Immerhin wissen wir jetzt ein paar Dinge über den geheimnisvollen Papi: Er ist groß, schlank, hat dunkle Haut, ist Mitte vierzig, und es hat den Anschein, als sei seine Ehe intakt. Sogar seine Frau glaubt das.«

Aus Lale war ein mit allen Wassern gewaschener Krimifan geworden.

»Woher weißt du, dass er verheiratet ist und wie seine Ehe läuft?«

Sie zuckte mit den Achseln. »Weil er Nil am Morgen besucht. Er verlässt das Haus, behauptet, er gehe zur Arbeit, und fährt dann zu Nil. Aus der SMS, von der Emir berichtet hat, kann man schließen, dass sie sich manchmal auch abends sehen. Aber er zeigt sich mit Nil nicht in der Öffentlichkeit, sondern besucht sie zu Hause und, was am wichtigsten ist, er übernachtet nicht bei ihr. Das heißt, er führt ein Eheleben, in dem er Auskunft darüber geben muss, wo er sich herumtreibt. Und deshalb kann Nil auch ihr Verhältnis mit Emir fortsetzen.« Lale zündete sich eine Zigarette an. »Ich rufe Erol an und sage ihm, dass ich im Stau stecke und mich verspäte.«

Ich lachte. »Um genau zu sein, benutzt du das als Vorwand, um Erol zu kontrollieren.«

»Ach, du und deine Hintergedanken«, antwortete sie und verdrehte die Augen.

Aha, ich bin also die mit den Hintergedanken.

Pelin saß auf dem Sessel und machte ein Gesicht wie vierzehn Tage Regenwetter. Fofo hatte sich auf dem Sofa ausgestreckt. Das Erstaunliche an der ganzen Szene war, dass der Fernseher nicht lief.

»Was ist denn los, ist der Fernseher kaputt?«

»Samstags bringen sie um diese Zeit nie was Ordentliches«, antwortete Fofo und gähnte.

»Wieso hast du mir nicht gesagt, wie es um Nil steht?«, fragte Pelin, den Tränen nahe.

»Ihr habt mir doch gar keine Gelegenheit gegeben, über Nils Zustand zu sprechen! Vielleicht erinnert ihr euch, dass ihr mich des Denunziantentums bezichtigt habt, kaum dass ich den Laden betreten hatte.«

»So war das nicht«, unterbrach mich Fofo.

»Und du«, sagte ich und richtete meinen Zeigefinger auf ihn, »wenn du willst, dass ich dir verzeihe, dann mach was zu essen. Ich sterbe vor Hunger und mache Diät.«

»Na, Gott sei Dank hast du also beschlossen, etwas gegen deinen Bauch zu machen. Aber ich habe keine Ahnung, was man isst, wenn man abnehmen will.«

»Mach einen Salat. Improvisier was mit Thunfisch und Eiern. Aber ohne Öl bitte.«

Er verzog das Gesicht. »Thunfisch ist aber scheußlich.«

Wenn Sie mich fragen, ist »scheußlich« noch das Netteste, was man über Thunfisch sagen kann.

»Egal. Alle Leute, die Diät machen, essen Thunfisch.«

»Außerdem ist gar keiner im Haus.«

»Dann geh los und kauf welchen.«

»Ufff«, sagte er. Zu mehr hatte er nicht den Mut. Dass ich nach so vielen Jahren immer noch so viel Einfluss auf Fofo habe, wundert mich, offen gesagt, manchmal selbst.

Als ich hörte, wie die Wohnungstür zuschlug, sagte ich: »Und jetzt zu dir, Pelin.«

»Was heißt hier: ›jetzt zu mir‹, Kati? Vielleicht ist dir bewusst, dass meine Freundin im Sterben liegt.«

Meine Augenbrauen hoben sich ganz von selbst.

»Aha, jetzt hast also selbst du es erfahren. Wer hat es dir gesagt?«

»Ich war im Krankenhaus. Ich hatte ja keine Ahnung, dass es ihr so schlecht geht. Klar, das mit der Intensivstation wusste ich, aber … Dahin wird man mal verlegt, und dann kommt man wieder raus. Zumindest hofft man das.«

Dazu konnte ich nichts sagen. Ich bin kein Fachmann für Intensivstationen. Und will es auch nicht unbedingt werden.

»Kannst du mir mal erzählen, was du über Nil weißt?«, fragte ich sanft. Ich bin ja nicht blind, ich konnte ja sehen, wie traurig sie war.

»Habe ich doch schon. Ich weiß nicht viel. Wir haben uns hier in Istanbul nicht so oft gesehen. In Izmir hat sie offenbar …«

»Wieso hat sie dich denn angerufen, zum Beispiel?«

»Ich weiß es nicht, das habe ich dir doch schon gesagt. Sie lebt seit x Jahren in Istanbul, aber wir haben uns keine zehn Mal gesehen.« Sie kniff die Augen zusammen und sah mich an. »Du hast irgendeinen Verdacht.«

»Stimmt.«

»Wie bei der Schwester von Naz. Wie hieß die noch mal?«

»Sani.«

»Genau. Sani. Die aus *Scheidung auf Türkisch*.«

Ich nickte.

»Und was kommt dir diesmal verdächtig vor?«

Ich hob den Daumen und zählte auf: »Nils Lebensstandard.« Ich hob den Zeigefinger: »Dass ihr Roman gelöscht ist.«

Sie machte Augen wie ein Auto. »Was, der Roman

ist gelöscht? Das kann doch nicht sein! Diese Istanbul-Buenos-Aires-Geschichte?«

»Siehst du, du weißt doch ein bisschen was.«

Während Fofo in der Küche den Salat zubereitete, berichtete Pelin, was Nil ihr erzählt hatte: über den Roman, Großvater Naci, den Liebhaber, der bei der Börse war, den Rausschmiss aus der Zeitung, den Liebhaber von der Textilindustrie … Lauter Dinge, die ich in den letzten zwei Tagen selbst herausgefunden hatte. Das war alles.

Oh, pardon, pardon, eine Neuigkeit gab es doch: Ich fand heraus, warum Pelin sich über Nil nicht hatte äußern wollen: In der Pubertät hatten die beiden ein Techtelmechtel miteinander gehabt, das war der Grund. Bitte sehen Sie mir nach, dass ich mich zu diesem Thema nicht weiter auslasse, das betrifft die Privatsphäre der beiden. Außerdem hat es mit unserem Thema auch nicht im Entferntesten zu tun.

Als ich am nächsten Morgen aufwachte, fühlte ich mich miserabel. Diesmal waren es mein Nacken und meine Schultern, die weh taten. Die linke Seite. Das lag wahrscheinlich an den vielen Schuhen und Büchern, die ich aus den Regalen geholt und wieder eingeräumt hatte. Das fehlte mir gerade noch!

Nach einem Blick in den Badezimmerspiegel verbannte ich meine Nackenschmerzen allerdings in die Kategorie »kleinere Probleme«. Was wirklich bös aussah, war mein Gesicht. Wo sonst meine Augen waren, sah ich nur dünne Schlitze. Dass ich aus denen überhaupt in die Welt gucken konnte, war ein schieres Wunder.

Auf dem Weg ins Wohnzimmer spähte ich kurz in die Küche: niemand. Desgleichen im Wohnzimmer, im Gästezimmer und in Fofos Zimmer. Alle waren weg. Ich sah auf die Uhr: fünf vor halb elf. Mehr als zwölf Stunden hatte ich geschlafen. Dabei wird doch immer behauptet, man schlafe weniger, wenn man älter wird!

Ich rief Fofo an. »Ist die Pächterin vom Laden nebenan da?« Ich sollte mich schämen, dass ich noch nicht mal den Namen der Frau kannte.

»Ich habe sie heute nicht gesehen.«

»Guck doch mal nach. Und frag ein bisschen herum, ob es Neuigkeiten gibt.«

»Soll das heißen, dass du dich für diesen Laden interessierst?«

»Fofo!«

»Ist ja gut«, sagte er. »Von jetzt an bin ich an der Sache dran, überlass das nur mir.«

»Ich komm sowieso gleich zum Laden. Du brauchst also nur nachzusehen, ob sie da ist.«

Beflissen sagte er erneut: »Ist ja gut«, überließ mich meinen moralischen Zweifeln und legte auf.

Das mit den moralischen Zweifeln kam nicht von ungefähr. Die Sache war in jeder Hinsicht problematisch. Vor noch nicht mal 24 Stunden war der Laden der Frau versiegelt worden. Konnte ich ihr da wie ein kreisender Geier ein Übernahmeangebot machen? Nein, keinesfalls. Wenn ich andererseits auf den angemessenen Zeitpunkt wartete, ließ ich mir diese Chance womöglich entgehen. Sie haben keine Vorstellung, wie groß die Nachfrage nach Ladenlokalen hier ist.

Unter der Dusche richtete ich den heißen Wasserstrahl auf meine linke Schulter und den Nacken, aber es nützte alles nichts. Also ging ich zu meiner üblichen Morgentoilette über: rieb mich mit Cremes ein, zog mich an, föhnte mir die Haare, parfümierte mich … Als es ans Schminken ging, zögerte ich. Man musste schon über eine ausgeprägte Vorstellungskraft verfügen, um zwei nicht vorhandene Augen zu schminken. Ich ließ es bleiben. Das würde ich nachholen, wenn die Augen wieder sichtbar waren.

Diesmal war Fofo nicht da. Wenn ich mal meine beiden teuer bezahlten Fulltime-Angestellten gleichzeitig im Laden antreffen sollte, gebe ich einen aus. Aber vielleicht ärgerte ich mich ja zu unrecht und der arme Kerl lief in der Gegend herum, um herauszufinden, ob es Neuigkeiten gab in Bezug auf den Laden nebenan.

Pelin hielt gerade einem Trupp von drei ausländischen Ehepaaren im vorgerückten Alter einen Vortrag über die Entwicklung der Kriminalliteratur in der Türkei. Da sie erst bei der Epoche von Abdülhamit angelangt war, ging ich davon aus, dass es noch ziemlich lang dauern würde. Ich setzte mich an den Schreibtisch und begann, Anweisungen für Fofo aufzuschreiben. »Ich benötige: 1. eine Übersicht über die Jahresumsätze der letzten fünf Jahre. 2. Angaben zu Alter, Ausbildung etc. der Stammkunden, 3. jemanden, der eine Website des Ladens erstellen kann, damit wir mit dem Buchverkauf per Internet beginnen können. 4. Und zwar sofort!«

Den Zettel klebte ich an den Rand des Bildschirms

und hörte dann wieder Pelin zu. Inzwischen war sie bei Peyami Safa angelangt, in dessen Buch sich Cingöz Recai und Sherlock Holmes in Istanbul trafen. Ungeduld ergriff mich. Wie viele Bücher würden die Kunden wohl im Anschluss an diesen Vortrag kaufen? Mein Handy klingelte, es war Hakan. Er war ganz aufgeregt: »Ich bin in Nils Wohnung. Heute ist Putztag.«

Ach du lieber Himmel!

»Ja, und? Was hat sie alles schon saubergemacht?«

»Nichts. Sie stand vor der Tür. Sie kam nicht in die Wohnung, weil ich das Schloss habe auswechseln lassen.«

Ich atmete auf.

»Ich komme sofort. Halt die Frau so lange auf«, sagte ich, schwang mir die Tasche über die Schulter und sagte zu Pelin: »Ich muss weg. Sag Fofo einen Gruß.«

Sie drehte sich zu mir um, sah mich an und machte ein verdutztes Gesicht. »Wie siehst du denn aus?«

»Schlaf du erst mal so lang wie ich, dann merkst du, was passiert.«

»Gehst du ins Krankenhaus? Ich wollte dich begleiten.«

»Wenn du morgen Mittag mit deinem Vortrag fertig bist, kannst du mich ja anrufen.«

Ich winkte und ging. Vor dem Hotel Anemon stieg gerade ein Passagier aus einem Taxi, ich beeilte mich, um es mir zu schnappen.

»Hüsrev-Gerede-Straße«, sagte ich, ganz außer Atem.

Der Fahrer hatte seine Gebetskette ums Handgelenk geschlungen. Mit einer Armbewegung beförderte er die

Gebetskette zu seinem Ellenbogen, legte seine Hand hinter die Lehne des rechten Vordersitzes, drehte sich zu mir um und musterte mich. »Wo ist die Hüsrev-Gerede-Straße, Schwester?«

»In Teşvikiye.«

»Wie kommt man dorthin?«

»Die erste rechts bis Karaköy …«

»Ach ja, ich weiß schon. Dort ist eine Schule, da lang, meinst du.«

Ich hielt den Mund. Mir tat schon der Nacken weh, und meine Augen waren geschwollen – da brauchte ich nicht noch mehr Scherereien.

Als ich aus dem Lift stieg, wartete Hakan an der Wohnungstür schon auf mich. Hinter ihm nahm ich undeutlich eine Gestalt wahr. Ich lächelte, sie grüßte.

»Guten Tag. Sprechen Sie Türkisch?«

»Es geht so.«

Kann man drei Worten entnehmen, ob jemand eine Sprache spricht? »Es geht so.« Ich sagte auf Englisch: »Aber Englisch sprechen Sie.«

»Ja.«

Ich gab ihr die Hand. »Kati.«

»Nigeria.«

»Wie heißen Sie bitte?«

Mit besserwisserischem Habitus klärte Hakan mich auf: »Sie kommt aus Nigeria, und sie heißt auch so. Es gibt ja auch den Frauennamen Türkiye.«

Gibt es wirklich den Frauennamen Türkiye?

O Gott!

Aus irgendeinem Grund erinnerte mich der Frauenname Türkiye an Spanien, Spanien erinnerte mich an Mallorca, und bei Mallorca drängte sich der Gedanke an meine Mutter auf. Aufgrund eines Bewusstseinsstroms, der Virginia Woolf sich hätte im Grabe umdrehen lassen, war mir eingefallen, dass ich meine Mutter schon wieder / noch / immer noch nicht angerufen hatte. Wie konnte man so nachlässig sein? Sie verstehen mich aber. Nach dem Salat war ich gestern Abend um zehn todmüde ins Bett gefallen. Was heute Morgen los war, wissen Sie auch. Ich hatte einfach keine Zeit, an meine Mutter zu denken. Ich musste sie von meinem Handy aus anrufen, ganz egal, was es kostete, jetzt gleich, sofort, in diesem Augenblick.

»Nigeria, ich muss jemanden anrufen. In fünf Minuten bin ich bei dir. Ich möchte mich ein bisschen mit dir unterhalten. Könntest du bitte warten? Mach dir keine Sorgen, ich bezahle dir das Geld für heute.«

Die Frau musste ja bekommen, was ihr zustand, und ich ging davon aus, dass Hakan mir meine Spesen zurückerstattete.

»Kann ich mir einen Kaffee machen?«

Wir standen alle drei im Entree. Nigeria rechts von mir, Hakan leider links von mir. Leider, denn als ich mich ärgerlich zu Hakan umwandte, meinen steifen Nacken vergessend, schrie ich gleichzeitig vor Schmerz auf.

»Hast du einen steifen Hals?«

»Vergiss mal meinen Hals. Hast du ihr etwa nicht erlaubt, sich einen Kaffee zu machen?«

»Ich habe ihr nur gesagt, sie soll nichts anfassen.«

Es gab keinen Grund, ihn anzumachen. Er hatte sich richtig verhalten. Der Kaffee, Nigeria, der Taxifahrer, die Gebetskette, meine Augen, meine Schulter, mein Nacken, Sherlock Holmes in Istanbul – alles drehte sich in meinem Kopf. Wenn ich etwas zur Ruhe kommen, nachdenken, innehalten könnte … Kaum hatte ich das gedacht, klopfte es an der Tür. Ich öffnete. Und was glauben Sie, wer vor mir stand? Armin Arman. Oh, welche Ehre!

In seinem gewohnt förmlichen Aufzug stand er da und säuselte: »Guten Tag!«

Obwohl ich die ganze Zeit den supercoolen Yogi spielte, waren meine Nerven offenbar zerrüttet, jedenfalls begann ich gellend zu lachen. Wie Sie sich denken können, verstummten alle und starrten mich an. Es war beschämend. Ich versuchte, die Sache wieder in den Griff zu bekommen. »Guten Tag. Wenn ich Sie vielleicht später kurz besuchen dürfte … Im Augenblick müssen wir hier wirklich … Wenn es Ihnen nichts ausmacht …«

Während ich noch versuchte, meine Satzfetzen zu ordnen, klingelte mein Handy. Ein Unglück kommt eben selten allein.

»Wann immer es Ihnen genehm ist. Ich bin den ganzen Tag zu Hause.«

»Bis gleich«, sagte ich, schloss die Tür und stürzte mich auf meine Handtasche. Meine Putzfrau. Du fehltest mir gerade, Fatma. Was für ein Sonntagmorgen!

»Was ist denn, Fatma?«

»Ruf mich zurück, ich muss dir was sagen.«

Fatma macht das immer so, um keine Einheiten zu verbrauchen. Daran bin ich schon gewöhnt. Außerdem begnügt sie sich nicht damit, es zwei-, dreimal klingeln zu lassen, nein, sie wartet, bis ich drangehe, um sicher zu sein, dass ich sie zurückrufe.

»Gut, in zehn Minuten.«

Da ich meine Tasche schon mal in der Hand hatte, zog ich den Geldbeutel heraus und gab Nigeria Geld. »Geh uns allen doch bitte Kaffee holen. Ich möchte einen kleinen Filterkaffee.«

»Ich einen Cappuccino«, sagte Hakan. »Und ein Salami-Sandwich.«

Nachdem Nigeria gegangen war, wurde es ruhig in der Wohnung. Ich hatte mich allerdings noch nicht wieder beruhigt.

»Wie sieht's aus? Hast du das Programm gefunden?«

»*Smart Recovery* meinst du? Ja. Du hast schon geschlafen, als ich nach Hause gekommen bin.«

»Und? Gibt es was Neues?«

»Das sieht man nicht sofort. Das Programm läuft noch. Wir werden ja sehen, was es findet. Zieh nur nicht das Laptopkabel aus der Steckdose.«

»Und die Bücher?«

»Hier, guck!« Er zeigte mir seine Handflächen, sie waren rabenschwarz vor Staub.

»In welchem Land bist du angelangt?«

»Ich bin fertig mit den Büchern.«

»Und?«

Er zog eine Schachtel Aspirin aus der Jackentasche. »Das hier habe ich gefunden, sonst nichts.«

»Ist das Aspirin?«

»Nein, da ist Ecstasy drin.« Er öffnete die Schachtel, sie enthielt Pillen in allen möglichen Farben.

»Pfff«, machte ich.

»Warst du eigentlich im Krankenhaus?«

Er nickte. »Ihr Zustand hat sich nicht verändert. Heute Abend gehe ich noch einmal hin.«

»Ich komme mit.«

»Tuna hat angerufen. Heute ist ihr freier Tag, und deshalb möchte sie auch mitkommen.«

Ich nickte zustimmend. Es würde gut sein, Tuna nochmals zu treffen. Noch besser wäre es, Hakan loszuwerden und mit Tuna unter vier Augen zu sprechen.

»Hast du den Hausverwalter erreicht?«

»Als ich gestern Abend gegen acht gegangen bin, habe ich bei ihm geklingelt, aber er war immer noch nicht zu Hause. Soll ich gleich mal gucken, ob er jetzt da ist?«

»Ich muss ein paar Leute anrufen, danach gehe ich zu ihm.«

»Wie du willst. Ich durchsuche mal den letzten Schrank.«

Ich nahm mein Handy und ging ins Wohnzimmer. Wie Sie sich vorstellen können, dachte ich an Armin Arman. Jetzt konnte ich wirklich nicht mit meiner Mutter oder mit Fatma telefonieren. Nach einigem Wühlen fand ich den Spiegel in meiner Schminktasche. Meine Augen sahen noch genauso aus wie zuvor, aber ich versuchte trotzdem, sie ein bisschen aufzuhübschen. So gut das eben ging. Schließlich waren wir hier nicht beim Weltaugenschönheitswettbewerb.

Armin Arman guckte hocherfreut, als er mich vor der Tür stehen sah.

»Bitte sehr, kommen Sie herein.«

Das tat ich und setzte mich auf denselben Sessel wie gestern. Das Halbdunkel brauchte ich heute noch dringender.

»Ich wollte gerade Kaffee machen …« Dauernd ging es um Kaffee. Da ich nicht gefrühstückt hatte, grummelte mein Magen. Wenn man Diät hält, soll man angeblich Hunger vermeiden, denn sonst schwankt der Blutzuckerwert zu stark. Was an so einer Schwankung schädlich sein soll, weiß ich allerdings auch nicht.

»Es sind auch Cremekekse da.« Um Gottes willen! Diese komischen Dinger esse ich auch dann nicht, wenn ich gerade keine Diät mache. Ich esse Butterkekse, Waffeln mit Haselnusscreme und Löffelbiskuits, die ich in warme Milch stippe. Und Mandelschiffchen. Mit Mühe verbannte ich die Familie der ungesunden Dinge aus meinem Kopf.

»Haben Sie vielleicht Toastbrot? Dann könnten wir Käsetoast machen, darin bin ich sehr gut.«

»Ach, Sie mögen Käsetoast? Wie schön, ich auch!«

Im Leben würde ich nicht auf die Idee kommen, dass sich jemand, der eine Taschenuhr trägt und gepflegte Weine trinkt, mit einem simplen Käsetoast zufriedengeben könnte. Was ist der Mensch doch für ein unberechenbares Wesen!

»Wir könnten uns Käsetoast bringen lassen. Vom Marmaris Büfe. Dazu bestellen wir Orangensaft.«

»Bestellen Sie doch lieber beim Bambi Büfe. Doppelte Schicht Käse, gut getoastet.«

»Die Toasts vom Marmaris Büfe sind aber besser.«

»Da irren Sie sich.«

»Haben Sie die vom Marmaris Büfe je probiert?«

Ich muss leider zugeben, dass ich schon wieder ungeduldig wurde. Ich wollte dieses Thema so schnell wie möglich abhaken.

»Gut, dann probiere ich mal das Marmaris Büfe.«

»Es wird Sie nicht gereuen«, entgegnete er mit triumphierendem Lachen.

Immerhin brauchte er nicht lange, um die Bestellung aufzugeben. Er steckte den Kopf durch die Wohnzimmertür und fragte: »Soll ich den Kaffee bringen?«

Diese Picknickstimmung hätte ja ganz nett sein können, wenn nicht so viele unerledigte Dinge auf mich gewartet hätten, aber jetzt verlor ich so langsam die Geduld.

»Sie wollten mir doch vermutlich etwas erzählen, oder nicht?«

»Ach ja, stimmt.«

Ich sah ihn fragend an.

»Nachdem Sie gestern Abend gegangen sind, habe ich ein bisschen gearbeitet.«

Es war süß, dass er bereits anfing, Berichte über seine Aktivitäten abzuliefern, aber andererseits …

»Und das, nachdem Sie schon den ganzen Tag über gearbeitet hatten!«

»In dem Sinne meinte ich das nicht. Diesmal habe ich etwas für Sie getan. Ich habe nämlich versucht, die

Identität des Mannes herauszufinden, den ich vor Nils Wohnung gesehen habe.«

»Und? Jetzt bin ich aber gespannt!« Das war doch erheblich interessanter, als über Käsetoast, Orangensaft und Kaffee zu reden.

»Sie wissen ja, dass man auf den Internetseiten der Zeitungen Fotos von allen Kolumnisten findet, die dort schreiben. Meistens sind sogar Fotos von den Reportern drauf.«

»Und Sie haben diese Bilder Stück für Stück durchgeguckt?« Wie nett von ihm! Wer macht sich in diesen Zeiten für jemand anderen schon so viel Mühe?

Er nickte etwas verlegen. »Ich möchte Ihnen gern helfen.«

Ich vergab ihm den Hickhack in Sachen Büfe. War ja auch überhaupt nicht wichtig. Wenn ich ihn besuchte, würden wir beim Marmaris Büfe bestellen, und wenn er zu mir kam, beim Bambi Büfe.

»Und, sind Sie fündig geworden?«

Er gab ein ersticktes, rasselndes Lachen von sich.

»Wenn Sie wüssten, wie ich aus Archiven völlig unvermutete historische Dokumente zutage fördere, würden Sie das nicht fragen.«

»Wer ist es?«, sagte ich kokett.

»Darf ich Sie mal an meinen Computer bitten?«

Wir gingen zu seinem Arbeitsraum. Sein Schreibtisch stand am Fenster, so dass das Licht von der Seite einfiel. Er hieß mich an den Computer setzen und ließ sich selbst auf einem Puff neben mir nieder.

Er war online, auf der Homepage von *Ayna*. Sie

enthielt eine Liste aller Autoren der Zeitung, mitsamt Passfotos.

»Welcher ist es?«

Mit dem Finger deutete er auf Kerem Dargın. Meine Nase klebte fast am Bildschirm, während ich mir den Typen ansah. Eigentlich musste man gar nicht so nah rangehen. Der Mann auf dem Foto hatte eindeutig Haare auf dem Kopf und trug keine Brille.

»Der entspricht aber nicht so recht Ihrer Beschreibung. Sind Sie sich sicher?«

»Gucken Sie bei Google Images nach, dort sind auch neuere Bilder. Das hier auf der Homepage von *Ayna* ist ein Jugendfoto. Auf Youtube findet man auch die Diskussion, die ich gesehen habe.«

Es klingelte. Das mussten die bestellten Sandwiches sein. Rasanter Service!

Ich gab in Google Kerem Dargın ein. Er war 1962 in Ankara geboren, hatte gute Schulen besucht, im Ausland promoviert und so weiter. Der letzte Satz der Biographie elektrisierte mich. Dort stand: Im März 2008 wurde er zum Chefredakteur von *Ayna* bestellt.

Das heißt, er hatte Nil gefeuert, aber die Beziehung war weitergegangen. Oder ihre Beziehung hatte erst begonnen, nachdem er Nil gefeuert hatte. Undenkbar, dass Tuna von dieser Geschichte nichts wusste. Ich musste sie unbedingt treffen. Unter vier Augen.

»Na, was sagen Sie dazu?« Armin hatte das Zimmer betreten. In den Händen hielt er ein riesiges Tablett mit vier Toasts, zwei Gläsern mit Orangensaft und Kaffee.

»Ich weiß gar nicht, was ich sagen soll. Sie haben sich so viel Mühe gemacht.«

»Ich habe doch nur den Kaffee gekocht«, antwortete er lächelnd.

Während ich in meinen Toast biss, dachte ich nach. Es gab so viel zu tun, ich wusste gar nicht, wo anfangen. Lale würde am Telefon nicht reden. Wenn ich zu ihr auf die andere Bosporusseite fuhr, würde ich Handan nicht treffen können. Und der Hausverwalter? Und Tuna?

»Wie ist der Toast?«

Um ehrlich zu sein, war die Qualität des Toasts im Moment meine kleinste Sorge. Gedankenverloren hatte ich die Hälfte schon gegessen.

»Sehr gut«, antwortete ich.

»Meinen Sie das ernst?«

Ich nickte.

»Übrigens bin ich ein guter Koch. Darf ich Sie einmal zum Abendessen einladen?«

Die Tagesplanung hielt mich so gefangen, dass es eine Weile dauerte, bis mir dämmerte, dass ich soeben eine Einladung zum Essen erhalten hatte.

»Sehr gern«, murmelte ich.

»Heute Abend?«

Heute Abend? Mein Unbehagen war mir offenbar anzusehen.

»Wenn Sie schon eine andere Verabredung haben, dann können wir ja ein andermal …«

Ein Essen mit jemandem aufzuschieben, für den man sich interessiert, ist genauso unsinnig, wie mit jemandem essen zu gehen, für den man sich nicht interessiert.

»Nein, gar nicht. Im Gegenteil, ich freue mich sehr.«

»Um acht Uhr also?«

»Lieber um halb neun«, antwortete ich. Dadurch blieben mir noch etwa sieben Stunden. Wenn ich an den vor mir liegenden Tag nur dachte, war ich schon müde. Ich verspürte den unwiderstehlichen Drang, nach Hause zu gehen und mich ins Bett zu legen.

»Ich gehe jetzt mal«, sagte ich und stand auf.

»Sie haben Ihren Toast gar nicht gegessen.«

Wollte der Typ mich mästen? Dabei gilt das doch als Taktik der Frauen, den Mann, mit dem man zusammen ist, zu mästen und in einen unansehnlichen Zustand zu versetzen, um andere Frauen auf Abstand zu halten.

»Vielen Dank, ich kann nicht mehr. Übrigens: Könnten wir nicht aufhören, uns zu siezen?«

»Sehr gern«, antwortete er. »Gibt es irgendwas, was du nicht magst? Du bist ja wohl nicht Vegetarierin?«

»Nein, aber ich esse kein Huhn, kein fertiges Hackfleisch, keine Würstchen und keine Salami. Ich esse gern scharf und mag Gewürze. Komische Fette wie Maisöl oder Sonnenblumenöl mag ich auch nicht. Nach Möglichkeit esse ich nur Olivenöl.«

Auf einmal hielt ich inne. Was tat ich da eigentlich?

»Rotwein trinkst du auch nicht«, sagte er.

Ich lachte. Es wäre bestimmt von Vorteil, wenn ich den Mann nicht von Anfang an verschreckte.

»So wichtig ist das eigentlich gar nicht«, sagte ich deshalb und lachte erneut.

Beim Abschied sahen wir einander ratlos an. Sollten

wir uns die Hand geben? Oder uns küssen? Was für schwierige Entscheidungen!

Er streckte die rechte Hand aus, ich die linke … Er zog mich an sich, und wir küssten uns. Auf die Wangen natürlich.

10

Hakan öffnete mit einem Kaffeebecher in der Hand. »Dauert es noch lange?«, fragte ich.

»Das Programm ist schon durchgelaufen«, antwortete er. »Nichts. Die einzige Spur, die wir von dem Roman haben, ist die Aufnahme von gestern.«

Roman, Roman. Was für eine fixe Idee.

»Und sonst? Keine Bilder, Briefe ...«

»Briefe?«, fragte er in spöttischem Ton.

Ich schämte mich sofort, dieses Wort überhaupt in den Mund genommen zu haben. Es hörte sich an, als habe Nil mit Rauchzeichen kommuniziert.

»Du hast also nichts gefunden, was uns einen Hinweis darauf geben könnte, mit wem sie in Verbindung stand oder befreundet war?«

»Nein. Ich kann natürlich versuchen, ihre E-Mails zu hacken.«

»Wie geht das?«

»Das kriegt man schon hin.« Er zwinkerte mir zu. »Dafür brauche ich aber eine Weile. Nil war nicht auf Facebook. Auf Twitter schon, aber was nützt uns das?«

»Das weiß man nie«, meinte ich. Allerdings würde ich zuerst versuchen, auf anderen Wegen voranzukommen als per Twitter. »Du wolltest doch noch zum Hausverwalter gehen.«

»Stimmt.«

»Dann geh, ich habe keine Zeit. Bitte ihn um die Aufnahmen der letzten zehn Tage.«

»Zehn Tage? Wie willst du denn die Videoaufnahmen von zehn Tagen durchgucken?«

»Will ich gar nicht. Du wirst sie dir zusammen mit Fofo ansehen. Vielleicht sogar die des ganzen Monats. Lass dir einfach alles geben, was er hat.«

»Bist du verrückt geworden?«, fragte Hakan und wedelte mit der Hand vor seinem Gesicht. »Um eine Stunde Aufnahme anzugucken, braucht man eine Stunde, ist dir das klar?«

»Lass dir erst mal die Aufnahmen geben, dann sehen wir weiter. Wenn er nicht da ist, frag den Portier und lass dir die Telefonnummer geben, damit das endlich erledigt ist.« Ich konnte schließlich nicht alles machen!

Nigeria saß im Wohnzimmer, die Hände auf den Knien.

»Dein Handy hat x-mal geklingelt, während du weg warst.«

»Lass uns zuerst ein bisschen reden, dann gucke ich nach.«

»Dein Kaffee steht auf dem Tisch. Der Küchenfußboden klebt von Honig. Soll ich den mal schrubben?«

»Woher weißt du, dass das Honig ist?« Das war doch eine logische Frage, oder? Hätte ja auch Marmelade sein können oder eingedickter Traubenmost, was weiß ich, irgendetwas Klebriges eben.

»Ich habe es probiert. Außerdem liegt im Mülleimer ein leeres Honigglas.«

»Es wäre besser gewesen, du hättest den Müll nicht weggekippt«, sagte ich und spürte Ärger aufsteigen.

»Habe ich gar nicht. Ihr hattet doch gesagt, ich soll nichts anfassen.«

»Und wie hast du es probiert? Hast du das Zeug mit dem Finger aufgenommen und daran geleckt?« Ich verzog mein Gesicht vor Ekel.

»Genau. Was ist denn dabei?«

Etwas zu essen, was zu Boden gefallen ist, mag ja noch angehen. Aber an etwas zu lecken, das auf dem Boden klebt, ist doch vielleicht ein Tick zu viel, oder? Aber darüber musste ich mir jetzt ja wohl nicht auch noch Gedanken machen!

»Nigeria«, sagte ich mit ernstem Gesicht und setzte mich in eine Sofaecke. »Nil liegt im Krankenhaus.«

»Oh«, sagte sie. »Das tut mir sehr leid. Nil ist eine sehr nette Frau.«

»Wir wollen ihr helfen. Ich würde mich freuen, wenn du uns dabei unterstützen würdest.«

»Was kann ich denn schon tun?«

Die Antwort auf diese Frage war sehr einfach. Eine Menge Dinge konnte sie tun. Zum Beispiel alles erzählen, was sie wusste.

»Nigeria«, sagte ich nochmals, stand dann abrupt auf, um meinen Kaffee zu holen, der auf dem Tisch stand. Ich vermutete, dass mir die Einleitung besser gelingen würde, wenn ich ihr den Rücken zukehrte.

Aber ich irrte mich. Irgendwie fand ich die Worte

nicht. Am besten, ich redete drauflos und stellte Nähe zu ihr her.

»Wie lang bist du schon in der Türkei?« Mit dem Kaffee in der Hand kehrte ich an meinen Platz auf dem Sofa zurück.

»Seit sechs Jahren.«

»Hast du Asyl beantragt?«

Aus ihrem Gesichtsausdruck schloss ich, dass man Leuten nicht näherkommt, wenn diese den Eindruck haben, verhört zu werden. Es bekommt mir eindeutig nicht gut, viel zu schlafen.

Zu Anfang sollte ich wohl besser etwas über mich erzählen. Irgendetwas, das ein Gefühl der Verbundenheit zwischen uns erzeugen würde.

»Ich bin auch keine Türkin. Aber ich lebe seit vierundzwanzig Jahren hier.«

»Hast du einen Pass?«

Diese Frage war mindestens so seltsam wie meine nach dem Asyl, oder nicht?

»Ja, habe ich.«

»Hast du einen Türken geheiratet?«

Das war eine ziemlich komplizierte Angelegenheit. Ich habe das ja bei Gelegenheit schon erzählt: Nachdem mein Vater aufgrund eines der berühmten Hitler'schen Rassengesetze 1941 die deutsche Staatsangehörigkeit verloren hatte und staatenlos geworden war, hatte er die türkische Staatsangehörigkeit angenommen. Deshalb bin auch ich seit meiner Geburt türkische Staatsangehörige. Aber wie sollte ich das Nigeria erklären? Ich fing ganz von vorn an. Wie mein Vater vor dem deutschen Faschismus floh und in der Türkei die Stelle als Professor für Strafrecht annahm …

Sie hörte mir interessiert zu.

»Das heißt, du bist Deutsche?«

Wenn mir diese Frage gestellt wird, lautet meine Antwort normalerweise: »Ich bin weder Deutsche noch Türkin, sondern Istanbulerin.« Diesmal antwortete ich nur schlicht: »Ja.«

»Das heißt, du hast Deutschland verlassen und bist hierhergekommen? Während alle versuchen, dorthin zu gelangen?«

Sie hatte die Stirn gerunzelt und starrte mich an, als wolle sie herausfinden, ob ich verrückt war. Als ob Verrückte einen Stempel auf der Stirn tragen würden.

»Mir gefällt es hier«, antwortete ich. »Warum bist du denn hergekommen?«

»Einfach so«, sagte sie, senkte den Kopf und starrte auf ihre im Schoß gefalteten Hände. Kurz überlegte ich, ob sie wohl aufgrund tragischer Ereignisse in die Türkei gekommen war.

»Und du gehst putzen?«

Sie hob den Kopf wieder. Ihre Gesichtshaut war vor Feistigkeit gespannt wie eine Trommel.

»Zwei Tage die Woche gehe ich putzen, sonst arbeite ich als Hilfskraft in der Konfektion, wenn es Arbeit gibt. Abends passe ich auf eine alte Dame auf.«

Es dauerte eine Weile, bis ich begriffen hatte. Schließlich fragte ich: »Was heißt das? Wie kann man sieben Tage die Woche vierundzwanzig Stunden am Tag arbeiten? Machst du denn nie Urlaub? Und schläfst du nie?«

»Die Madame schläft nachts. Ich stehe nur auf, wenn sie aufwacht. Und tagsüber ist ihre Tochter bei ihr.«

Offenbar sparte sie damit auch die Miete.

»Und in der Konfektion gibt es auch nicht immer Arbeit. Manchmal habe ich nichts zu tun.«

»Was ist dir lieber, die Arbeit in der Konfektion oder Putzen?« Diese Frage ist nicht so blöd, wie sie klingt. Nigeria meinte ganz offensichtlich eine von diesen illegalen Werkstätten in luftlosen, feuchten, stinkenden Kellerräumen, wo die Arbeiter ohne Sozialversicherung zu einem erbärmlichen Stundenlohn schuften. Auch Putzjobs waren zwar nicht sozialversichert, aber die Arbeitsbedingungen waren sicher besser.

»Putzen natürlich. Man verdient mehr. Aber man findet keine Jobs. Ich gehe nur zu Nil und zu Tuna. Kennst du Nils Freundin Tuna?«

»Ja, die kenne ich. Wieso findet man keine Putzjobs?«

»Sie wollen uns nicht.«

»Wen meinst du mit ›uns‹?«

»Uns Afrikaner.«

»Ach was, wieso sollte man euch nicht wollen? Du kümmerst dich doch sogar um eine kranke Frau. Und gehst zu Nil und Tuna.«

Sie zuckte mit den Achseln. Ganz offensichtlich wollte sie dieses Thema beenden. »Man findet keine Arbeit«, erklärte sie abschließend.

»Du hast doch gleich mehrere Arbeitsplätze. Wie kannst du dann sagen, dass du keine Arbeit findest?«

»Soll ich die Küche wischen?«

Ich erinnere mich nicht, beim Versuch, jemandem näherzukommen, jemals so versagt zu haben. Ich habe mich offensichtlich an die redseligen Türken gewöhnt, bei denen weiß ich, wo ich sie packen muss. Außerdem waren Nigeria und ich in keinerlei Hinsicht Schicksalsgenossinnen. Dass wir beide hier Fremde waren, hatte gar nichts zu bedeuten. Sie war eine »afrikanische« Fremde, ich hingegen eine »europäische«. Mir flogen hier die gebratenen Tauben ins Maul. Sie hingegen saß auf der untersten Stufe der Leiter. Wahrscheinlich war sie illegal. Sie konnte jederzeit erwischt und ausgewiesen werden. Wir hatten nicht ein gemeinsames Problem. Von Nil mal abgesehen war es unnütz, nach einer Gemeinsamkeit zu suchen.

»Gut, meinetwegen«, seufzte ich, nur um ein bisschen Zeit zu gewinnen. Eigentlich war mir der Küchenfußboden piepegal, wie Sie sich vorstellen können.

Ich schlürfte meinen Kaffee und sah ihr dabei zu, wie sie sich mit beiden Händen abstützte und ihren riesigen Hintern vom Sofa lüpfte.

Sie öffnete die Tür zum Gästezimmer mit seinen Putzeimern, dem Staubsauger und dem anderen Kram und warf mir dann einen bösen Blick zu. Es gibt etwas, was Putzfrauen aller Länder hassen: Wenn jemand anwesend ist, während sie putzen. Ich lächelte ungerührt. Ganz egal, wie sie das fand – mich würde sie nicht so einfach loswerden.

»Wann hast du Feierabend?«, fragte ich, während Nigeria einen Putzlumpen auswählte.

»Ich gehe, wenn ich fertig bin. Heute habe ich bislang

nur herumgesessen. Wer weiß, wann ich fertig werde«, antwortete sie klagend.

»Du brauchst heute nicht viel zu tun. Wisch die Küche, das reicht.«

»Ich hätte ja wenigstens die Wäsche waschen können.« Sie fuhr mit der Hand in den Wäschekorb am Fußende des Gästebetts – und stieß einen gellenden Schrei aus. Wie ich Ihnen schon sagte, gebe ich zwar gern den coolen Yogi, aber meine Nerven sind schwach. Ich schrie also auch auf und fragte dann, ganz außer mir: »Was ist denn los?«

»Die hier sind auch voller Honig!«

Sie zog einen klebrigen Morgenmantel und ein Knäuel aus Frauen- und Männerunterwäsche aus dem Korb.

Automatisch führte ich meine Tasse zum Mund und nahm einen Schluck kalten Kaffee. Kerem Dargın war also am Donnerstagmorgen hier gewesen!

Man musste nur zwei und zwei zusammenzählen.

Einige Stunden, vielleicht auch nur eine Stunde, nachdem Kerem gegangen war, hatte Nil …

Nigeria stand vor mir, den Wäschekorb im Arm.

»Ich tu die in die Waschmaschine …«

»Bloß nicht«, entgegnete ich und nahm ihr den Wäschekorb ab. Ich musste irgendetwas finden, um die Frau zu beschäftigen. Es würde ihr bestimmt seltsam vorkommen, wenn ich sie dafür bezahlte, dass sie sich mit mir unterhielt.

»Am besten, du machst das Arbeitszimmer sauber.«

»Aber ich sollte doch den Küchenboden schrubben?«

Ich hatte mich umentschieden.

»Darum kümmere ich mich.«

»Dann musst du aber Nil auch sagen, warum ich die Küche in diesem Zustand zurückgelassen habe.«

Ich lächelte traurig. Es würde wahrscheinlich bald keine Nil mehr geben, der ich das sagen könnte.

»Sieh mal, Nigeria«, hob ich an und erzählte ihr dann, dass Nil im Krankenhaus mit dem Tod rang. Als ich geendet hatte, begann Nigeria zu weinen.

»Wird sie sterben?«, fragte sie.

Ich presste die Lippen zusammen. Weder wollte ich lügen, noch hatte ich das Herz, ihr jetzt die Wahrheit zu sagen.

»Sie liegt im Krankenhaus. Ihr Zustand ist ziemlich kritisch. Und da wäre es doch gut, wenn wir herausfinden könnten, was vorgefallen ist.«

»Hat dieser dicke Mann ihr etwas angetan?«

Ist es nicht merkwürdig, dass man, wenn einer Frau etwas zustößt, als Erstes immer ihren Liebhaber oder ihren Mann verdächtigt? Vielleicht ist es merkwürdig, aber wenn man sich die Verbrechensstatistiken anguckt, dann war Nigerias Logik völlig nachvollziehbar.

»Es gab offenbar noch einen anderen Mann«, sagte ich und beschrieb ihr Kerem Dargın.

»Den habe ich hier nie gesehen.«

»Kommst du immer sonntags?«, fragte ich.

Sie bejahte.

Offenbar frühstückte Herr Dargın sonntags mit seiner Frau.

Nigeria schluchzte: »Sie ist so ein guter Mensch.«

»Wo versteckt sie eigentlich ihren Schmuck?« Damit meinte ich den von der Mutter geerbten Schmuck, den Hakan erwähnt hatte.

Sie schniefte.

»Weißt du, wo sie ihn versteckt hielt?«

Sie nickte.

»Zeigst du es mir bitte?«

»Ich wasche mir nur kurz die Hände.«

Ich nahm noch einen Schluck von dem mittlerweile eiskalten Kaffee. Das war ja kaum zu glauben. Offenbar war es gar nicht nötig, Nähe herzustellen, zu plaudern und sich sonstwie zu überschlagen. Man fragte etwas und bekam Antwort. So einfach war das. Waren die Nigerianer alle so? Na ja, jetzt wollen wir mal nicht verallgemeinern. Von Nigeria muss man ja nicht gleich auf die anderen 167 Millionen Nigerianer schließen.

»Komm, es ist in der Küche«, sagte sie.

Die Ecke, die sie mir zeigte, war eine honigfreie Zone. Neugierig sah ich Nigeria dabei zu, wie sie einen mittelgroßen Schraubenzieher aus einem Küchenschrank nahm und sich dann vor der Spüle auf die Knie niederließ. Sie löste die Schrauben an der weißlackierten Sockelleiste, mit der die Füße des Unterschränkchens verkleidet waren. Unsere Blicke trafen sich. Nie im Leben wäre ich auf die Idee gekommen, dass es hier ein Versteck geben könnte. Nigeria versetzte der Sockelleiste auf der linken Seite einen heftigen Fausthieb, so dass sie rechts einen Fingerbreit nach vorn sprang. Nun setzte sich Nigeria auf ihren Hintern, drückte mit dem Fuß die linke Seite hinein und zog mit den Händen die rechte heraus.

Grob geschätzt maß dieser Unterschrank 150 mal 80 Zentimeter, die Sockelleiste war vielleicht 15 Zentimeter hoch. Ich bin nicht gut in Mathe, am besten sage ich Ihnen einfach, was ich dort sah: Es war ein ziemlich großer Hohlraum.

»Hier ist es. Hier liegt der Schmuck.«

Ich war ziemlich beeindruckt, das muss ich zugeben. Wobei nicht leicht zu entscheiden ist, was beeindruckender war: dieser geniale Ort, den Nil für ihren Schmuck gefunden hatte oder der Umstand, dass Nigeria ihn entdeckt hatte.

»Hat Nil dir das hier gezeigt?«

Sie gab keine Antwort und guckte mich nur ausdruckslos an. Klar, auf so eine blöde Frage konnte es nur so einen Blick als Antwort geben.

»Dein Handy klingelt schon wieder«, sagte sie. Ich hörte es auch. Der grelle Klingelton war sowieso nicht zu überhören.

»Macht nichts, in ein paar Minuten rufe ich alle zurück. Du kannst jetzt gehen, wenn du willst. Wie viel bekommst du von mir?«

»Achtzig Lira.«

Ich gab Fatma immer hundert. Aber die Preise variieren von einem Stadtviertel zum anderen. Hier war es offenbar billiger. Ich gab ihr einen Hundert-Lira-Schein und sagte: »Stimmt so.« Am liebsten hätte ich sie umarmt. Was hatte sie nicht alles getan! Am Fußboden geleckt, die Dreckwäsche durchwühlt und mir ohne Umstände das Schmuckversteck gezeigt.

»Soll ich das Arbeitszimmer nicht saubermachen?«

»Lass ruhig. Gib mir aber deine Telefonnummer, bevor du gehst. Vielleicht muss ich dich irgendwann noch mal was fragen.«

Ich ging mein Handy holen, das im Wohnzimmer lag, um ihre Nummer zu speichern. Ein Tagesrekord! Sechs unbeantwortete Anrufe. Im Moment hatte ich keine Lust, mich auf irgendjemanden einzulassen. Ich sah noch nicht mal nach, wer angerufen hatte, sondern verabschiedete mich von Nigeria, schloss die Tür hinter ihr und hastete zurück in die Küche.

Dort kniete ich mich hin, presste meine Wange an den eiskalten Marmorboden, zog alles, was sich in dem Versteck befand, heraus und legte es auf die Arbeitsplatte. Es kam ziemlich viel zusammen: neun Hefte unterschiedlicher Größe. Eine Speicherkarte, die vermutlich eine Kopie des geheimnisvollen Romans enthielt. Eine Kassette. Noch eine Speicherkarte. Drei CDs. In einem edlen Holzkästchen mit Metallbeschlag fand ich den altmodischen Schmuck von Nils Mutter, den Hakan erwähnt hatte. Eine andere Schatulle enthielt ein sehr schönes Armband mit Brillanten. In einer mit Samt ausgeschlagenen Messingdose bewahrte Nil ein Bündel Dollarscheine, ein Pfefferspray und Bankunterlagen auf.

Es klingelte an der Tür. Hakan. Er sah mich an und fragte: »Was ist los?«

»Was soll los sein?«

»Du bist ganz weiß im Gesicht.«

»Komm«, sagte ich. »Das Versteck ist gefunden.«

Als er den Haufen auf der Arbeitsfläche sah, schlug er

die Hände über dem Kopf zusammen und blinzelte, als traue er seinen Augen nicht.

»Meine Güte! Wegen diesen Sachen habe ich seit gestern all die Bücher durchsucht?«

Woher hätte ich wissen sollen, dass es so viele Dinge gab, die Nil verstecken wollte?

Hakan hatte schon eins der Hefte in die Hand genommen und blätterte es durch.

Ich nahm es ihm aus der Hand und fragte: »Hast du die Kameraaufnahmen bekommen?«

»Jawohl! Zuerst wollte er sie nicht herausrücken. Ich habe versprochen, ihm morgen eine Kopie zurückzubringen.«

»Sag mal, wie spät ist es eigentlich?«

»Zehn nach drei. Wieso?«

»Einfach so.« Die Zeit arbeitete gegen mich. Fünf Stunden und zwanzig Minuten hatte ich noch bis zu meinem Abendessen mit Armin Arman. Zwei brauchte ich, um mich schick zu machen, blieben etwas mehr als drei Stunden. Eine Katastrophe! Und wenn ich zehn Minuten zu spät kam … oder eine Viertelstunde? Nein, das wäre gar nicht nett. Noch dazu, wo wir uns gerade mal seit zwei Tagen kannten.

»Du sammele jetzt mal alles hier ein und geh nach Hause. Ich rufe Fofo an, er soll auch kommen. Dann könnt ihr zusammen die Hefte, CDs und Speicherkarten durchgucken.«

»Ruf bitte nicht Fofo an«, sagte er. Die Art, wie er es sagte … als ob er was gegen Schwule hätte.

»Wieso nicht?«

»Ich mach das besser allein.«

»Wenn du willst, ruf ich Tuna an, damit sie dir hilft.«

»Gut, das wäre in Ordnung«, antwortete er und zwinkerte mir zu.

»Hakan! Ist dir eigentlich klar, dass dies hier eine ernsthafte Beschäftigung ist?«

»Dann vielleicht Pelin.« Da ich gerade keine Zeit hatte, schwulenfeindliche Idioten in ordentliche Menschen zu verwandeln, willigte ich ein.

»Gut, wie du willst. Ruf du sie an und triff dich mit ihr. Achtet auf alle Personen, die seit Mittwochabend das Haus betreten haben. Es gibt einen Journalisten namens Kerem Dargın, sucht euch im Internet ein Foto von ihm heraus. Ich würde sehr gern wissen, ob dieser Mann zwischen Mittwochabend und Donnerstag, als Nil das Haus verlassen hat, dort gewesen ist.«

»Ich bin schon weg.«

Tatsächlich hatte er in fünf Minuten alles eingepackt und war gegangen.

An dieser Stelle muss ich Selbstkritik üben. Es ist unprofessionell, während einer Ermittlung zu flirten und sich zum Abendessen einladen zu lassen.

Tief in meinem Herzen bleibe ich eben eine Amateurin.

Ich hatte es wahnsinnig eilig. Noch dazu war ich hungrig. Mein erster Gedanke war, Armin um den Toast zu bitten, den ich bei ihm stehen gelassen hatte. Nein, das war eine blödsinnige Idee. Diese Blutzuckerschwankungen sind schrecklich, sie beeinträchtigen sogar das Gehirn.

Auf der Suche nach etwas Essbarem ging ich über den klebrigen Boden zum Kühlschrank, öffnete ihn und guckte hinein, guckte, guckte …

Auf einmal fing mein Gehirn wieder an zu funktionieren.

Mir fiel eine Filmszene ein: Die Frau kommt im Morgenmantel aus dem Bad und setzt sich vor dem Kühlschrank auf den Boden. »Mach die Augen zu«, sagt der Mann. Dann steckt er ihr kandierte Kirschen in den Mund. Dann Pfeffer. Und dann lässt er Honig auf die Frau tropfen und leckt den Honig wieder ab. Der Zuschauer sieht nicht, bis wohin er leckt, er stellt es sich nur vor. Stellt es sich vor und macht es dann nach. Nil jedenfalls hatte es nachgemacht. Bravo! Ja, und wer war dabei ihr Partner? Wirklich Kerem Dargın?

Mit klebrigen Füßen rannte ich ins Schlafzimmer, hob den Bettüberzug hoch, und – entschuldigen Sie bitte! – legte die Hand aufs Laken. Auch das war völlig klebrig. Jetzt konnte ich mir genau vorstellen, wie Nil die letzten Stunden zu Hause verbracht hatte.

Ich griff nach der Fernbedienung, setzte mich auf den Boden und begann, mir *9½ Wochen* anzusehen.

Der Film war viel besser, als ich ihn in Erinnerung hatte. Aus irgendeinem Grund hatte er mir damals nicht gefallen – von den Sexszenen mal abgesehen. Ich hatte ihn zusammen mit meinem damaligen Freund gesehen. Unsere Beziehung war schrecklich, vielleicht lag es daran. Auch mein Leben war damals schrecklich. Manchmal gibt es so Phasen. Ja, doch. Das geht aber vorbei.

So ist das Leben. Da ist Platz für lange Höhenflüge und ebenso lange Stürze aller Art.

Aber Nils Leben würde nicht mehr lange dauern. Mein Herz füllte sich mit Wut. Was für eine Ungerechtigkeit!

Nach der Kühlschrankszene hielt ich den Film an und kehrte in die Küche zurück. Ich weiß, das ist eklig. Aber ich durfte jetzt nicht nachdenken. Ich musste es tun. Ich öffnete den Küchenschrank unter der Spüle. Vor mir stand der halbvolle Mülleimer. Immerhin fand ich auf der Spülmittelflasche ein Paar Putzhandschuhe. Die zog ich an und begann, im Müll zu wühlen. Inmitten von Zigarettenasche und wer weiß nicht was fand ich, was ich suchte: ein kleines Glas mit der Aufschrift »Wabenhonig aus Neuseeland«. Ich hatte zwar Hunger, aber wenn ich noch ein bisschen mehr Honig sah, würde ich kotzen.

Moment mal! Warte! Honig aus Neuseeland? Das war ja irre. Gestern hatte ich doch mein Jackett und meine Handtasche auf dem Puff im Ankleideraum abgelegt. Und dort hatte ein T-Shirt gelegen mit Schafen drauf und der Aufschrift: *»Be Different New Zealand«*. Wer auch immer mit Nil seine Honigphantasien ausgelebt hatte, musste von dort gekommen sein und Geschenke mitgebracht haben. Und es war, dank unserer Spionin in der Zeitung, durchaus möglich herauszufinden, ob Kerem Dargın in den letzten Wochen nach Neuseeland gereist war.

Wenn ja, hätte ich brennend gern gewusst, was er seiner Frau mitgebracht hatte, aber ich fürchtete, das würde nicht so leicht herauszufinden sein.

Ich warf die Handschuhe ins Waschbecken und rannte zum Telefon. Von den sechs unbeantworteten Anrufen stammten drei von Lale, zwei von Fofo und einer von Fatma. Ich zögerte kurz. Lale würde am Telefon über solche Themen nicht sprechen wollen, die würde herumnörgeln. Vielleicht war es vernünftiger, direkt Nermin anzurufen? Aber nein, eine Frau, die ich erst einmal im Leben gesehen hatte …

»Du hast das Klingeln schon wieder nicht gehört«, beschwerte sich Lale, gleich nachdem sie abgehoben hatte.

»Meine Güte, jetzt krieg dich wieder ein!«, entgegnete ich. Immer kann ich Lale nicht ertragen – selbst sie nicht, und das weiß sie auch.

»Was ist los?«

»Armin hat herausgefunden, wer der Mann ist, den er vor dem Lift getroffen hat.«

Lale hustete, um mich zu warnen. Ich musste verschlüsselt reden, das war mir klar. Aber verschlüsselter als so ging es nicht.

»Lass uns später über dieses Thema reden«, sagte sie.

»In Ordnung. Ich wollte dich etwas fragen. Wer kann uns sagen, ob Kerem Dargın in den letzten Wochen in Neuseeland war?«

»Kerem Dargın sagst du?«

»Genau.«

Sie schwieg kurz, aber es dauerte nicht lang, bis sie den Zusammenhang zwischen diesem und meinem ersten Satz hergestellt hatte.

»Kerem Dargın!«, murmelte sie vor sich hin.

»Genau«, bestätigte ich.

»Du meinst, ob er nach Neuseeland gereist ist?«

»Genau.«

»Das kann ich dir sagen«, erklärte Lale.

»Wieso du?«

»Letzte Woche ist der Staatspräsident mit einigen Geschäftsleuten und Journalisten im Gefolge nach Neuseeland gereist. Wahrscheinlich gehörte auch er zu der Truppe. Ich gucke gleich mal im Internet nach.«

Ach, so leicht war das also? Das hätte ich vielleicht auch noch geschafft.

»Gut, dann guck nach.«

»Ich habe dir auch was mitzuteilen«, sagte Lale.

»Später«, antwortete ich. Ich konnte mich jetzt nicht unterhalten, mir wurde die Zeit knapp.

»Du wolltest doch, dass ich dir die Telefonnummer der Furkan Medien AG heraussuche.«

»Was?«, fragte ich. Was redete die denn jetzt für einen Quatsch?

»Du hast doch eine Nummer gesucht. Ich wollte einen Bekannten danach fragen. Die Furkan Medien AG.«

»Furkan Medien AG«, wiederholte ich. Es dauerte drei Sekunden, bis ich begriffen hatte, was sie sagen wollte. Ihnen muss ich es sicher nicht erklären, Sie haben es bestimmt von selbst entschlüsselt.

»Und was ist die Furkan Medien AG?«

»Eine Firma, die dem Eigentümer der Zeitung *Ayna* gehört.«

»Oh! Es ist also eine Firmentelefonnummer?«

Lale hustete wieder, damit ich den Mund hielt. »Komm

doch heute Abend zu mir, dann können wir darüber reden.«

»Heute Abend kann ich nicht, ich hab was vor.«

»Was hast du vor?«, fragte sie und betonte dabei jedes Wort, damit ich mir ein für allemal klarmachte, dass ich dem Staat vielleicht Dinge verheimlichen konnte, nicht aber ihr.

»Ich gehe zum Abendessen zu Armin«, antwortete ich verärgert.

Kurzes Schweigen.

»Ich gucke mal in Sachen Neuseeland nach und melde mich dann«, sagte Lale und hängte auf.

Das Telefon noch in der Hand, ging ich zum Fenster. Ich spürte eine innere Unruhe, eine Unzufriedenheit. Selbst wenn wir mit Sicherheit wüssten, dass Kerem Dargın am Donnerstagmorgen mit seinen dürftigen Neuseeland-Geschenken vor Nils Tür gestanden hatte – was half uns das? Und wenn er einer der Letzten war, die Nil getroffen hatten – was bedeutete das? Die Allerletzte war Handan gewesen …

Es fiel mir wie Schuppen von den Augen. Jetzt wusste ich, wie ich die Nachmittagsstunden nutzen würde: Ich würde endlich Handan kennenlernen.

Das Telefon klingelte.

»Bingo!«, schrie Lale. »Der gehörte tatsächlich auch zu der Truppe. Eine Fünf-Tages-Reise nach Australien und Neuseeland. Am Mittwochabend sind sie zurückgekommen.«

Der war mir vielleicht einer! Nach so einer langen Flugreise stand er frühmorgens vor Nils Tür. Ich an seiner Stelle hätte mich tagelang im Bett verkrochen. Deshalb wird aus so einem ein Chefredakteur und aus mir nur eine arme Buchhändlerin.

»Was machst du denn bis heute Abend?«

»Ich wollte diese Handan anrufen. Vielleicht treffe ich mich mit ihr.«

»Okey dokey. Ruf an, wenn was ist.«

Sofort wählte ich Handans Nummer. Meinen Sie etwa, dass ich sie nicht gespeichert hätte, als Hakan sie mir neulich gesagt hat? Es klingelte fünfmal, doch niemand ging ran. Ich holte tief Luft. Prominente gehen nicht ans Telefon, wenn sie eine unbekannte Nummer sehen. Vielleicht gehörte Handan auch zu dieser Kategorie. Oder sie hatte das Telefon schlicht überhört. Wie auch immer – ich ließ es noch ein paarmal klingeln. Es ist natürlich nicht sehr fein, es weiterklingeln zu lassen, wenn keiner drangeht. Aber was von all dem, was ich tat, war schon sehr fein? Etwa, dass ich im Müll stocherte?

»Hal-lo«, sagte eine Frauenstimme, als ich schon fast aufgeben wollte.

»Guten Tag. Ich möchte gern mit Fräulein Handan sprechen.«

»Mit wem habe ich die Ehre?«

Leute, die am Telefon so tun, als seien sie ihre eigene Sekretärin, kann ich nicht ausstehen. Und diese Frau fand ich unerträglich, seit ich von ihrer Existenz erfahren hatte – aber das tut hier wohl nichts zur Sache.

»Ich heiße Kati Hirschel. Ich bin eine Freundin von Nil Hatay.«

»Oh, wie geht es ihr denn? Es tut mir so leid, ganz ehrlich!«

»Es geht ihr nicht gut. Sie liegt immer noch auf der Intensivstation. Könnten wir beide uns mal auf einen Kaffee treffen? Ich würde mich gern mit Ihnen unterhalten.«

»Oh, das würde ich sehr gern, aber ich habe keine Zeit, ganz ehrlich. Überhaupt keine Zeit.«

Also so was! Sie hatte mich noch nicht mal gefragt, wann ich mit ihr Kaffee trinken wollte. Hieß das, bis zu ihrem Lebensende würde sie keine Zeit haben? Wie ich schon sagte, diese Frau konnte ich von Anfang an nicht leiden.

»Wann haben Sie keine Zeit?«

Sie verstand die Ironie nicht, oder jedenfalls tat sie so.

»Oh, ich habe keine Zeit, ganz ehrlich. Meine Mutter ist krank. Ich kann sie nicht allein lassen.«

Ich appellierte an ihr Gewissen: »Fräulein Handan, Sie sind die Letzte, die Nil gesehen hat.«

»Ja. Wirklich. Es tut mir sehr leid, ganz ehrlich.«

Wie hatte Nil sich mit so einer Tussi anfreunden können?

»Nicht mal eine halbe Stunde?«

»Ach, meine Mutter ist krank, ich kann nicht weg.«

»Heute können Sie nicht weg, das habe ich verstanden. Und morgen?«

»Ich kann nicht weg, ganz ehrlich.«

»Übermorgen?«

»Auch nicht, ganz ehrlich.«

Das ging mir jetzt über die Hutschnur. Ganz ehrlich.

Ist der Ruf erst ruiniert, lebt sich's gänzlich ungeniert. Wenn sie sich ohnehin nicht mit mir treffen würde, hatte ich nichts zu verlieren.

»Ich weiß, dass Sie den Schlüssel an sich genommen haben«, sagte ich drohend.

Ein langes Schweigen trat ein. Offen gestanden hatte ich erwartet, dass sie mich fragen würde: »Welchen Schlüssel?« Aber das tat sie nicht.

»Das ist Verleumdung«, entgegnete sie mit zitternder Stimme. Mittlerweile brannte ich darauf zu sehen, was für ein Typ Mensch sie war. Rein äußerlich, meine ich. Dass sie doof war, daran bestand kein Zweifel.

»Ich erwarte Sie in einer halben Stunde im Touchdown«, sagte ich mit einer Stimme wie aus einer Erpressungsszene im Film. Gleichzeitig musste ich an mich halten, um nicht herauszuprusten. Warum bloß hatte sie Nils Schlüssel geklaut? So ein Unsinn! Hatte sie dort etwas stehlen wollen? Aber was? Ich blickte auf den Julian Opie.

»Das geht nicht«, sagte sie.

»Was geht nicht?«

»Das Touchdown geht nicht. Sonntags ist es geschlossen.«

»Dann nennen Sie mir ein anderes Café.«

»Das Zanzibar.«

»Um Viertel vor fünf im Zanzibar. Kommen Sie pünktlich«, sagte ich und hängte auf. Im selben Moment reute es mich, den Satz nicht ergänzt zu haben mit: »... sonst gehe ich zur Polizei.«

Dieses neue Spiel begann mir zu gefallen. Ich konnte

doch sofort Kerem anrufen und sagen: »Ich weiß, was Sie Nil angetan haben.« Aber was hatte er ihr denn angetan? Außer dass er vor Liebe den Kopf verloren hatte. Die Sexspielchen waren ja kein Verbrechen. Gut, okay. In den Augen der Moralwächter war er als verheirateter Mann natürlich schuldig. Aber das war's auch schon.

Ich kehrte in die Küche zurück, um den Müll weiter zu durchsuchen. Kaum hatte ich die Küche betreten, stellte ich aber fest, dass mein Hunger das Maß des Erträglichen überschritten hatte. Mein Magen knurrte. Erneut öffnete ich die Kühlschranktür. Auf einem der oberen Glasregale stand ein kleiner Teller mit etwas Schafkäse. Als Notmaßnahme steckte ich mir den Käse in den Mund. Brot gab es auch. Es war schon ziemlich trocken, aber Sie können sich sicher vorstellen, dass ich nicht die Geduld hatte, es zu toasten. Also legte ich dieses knochentrockene Brot zusammen mit ein paar Oliven auf einen Teller, setzte mich auf das Sofa und aß es, mit Blick auf den Julian Opie.

Hoffentlich würde Armin mir abends ein ordentliches Essen vorsetzen. Ordentlich und nach Möglichkeit honigfrei.

Ich zog mir erneut die Putzhandschuhe über. Ich war ja noch nicht fertig mit dem Müll. Es ist nur ein Spiel, sagte ich mir beschwichtigend. Istanbuls Straßen waren voll von Leuten, die im Müll Dosen, Plastikflaschen und Plastiktüten sammelten und damit ihren Lebensunterhalt zu bestreiten versuchten. Es gab Leute, die in Wohnungen voller Müll lebten, und solche, die in Baracken direkt neben Müllhalden kampierten. Was war dagegen das, was ich hier tat? Nichts. Nachdem ich mich auf diese Weise selbst überzeugt hatte, machte ich mich an die Arbeit.

Außer dem Glas neuseeländischen Honigs fand ich in der Mülltüte zwei Maiskolben, ein leeres Glas Erdbeermarmelade, ein Schokoriegel-Papier, das Einwickelpapier von Pistazienschokolade mit extra viel Pistazien, eine hautfarbene Strumpfhose, einige Dosen Energydrinks, eine Shampooflasche, Zigarettenstummel, Bierdosen, zerdrücktes Verpackungspapier, die Speisekarte eines Pizza-Lieferdienstes, eine leere Tüte Fertigsuppe und drei, vier gebrauchte Teebeutel.

Neben der Spüle standen zwei Kaffeetassen und eine leere Dose Energydrink. Offenbar hatte Nil eine Schwäche für solch grässliche Getränke.

Ich legte die Handschuhe wieder unter die Spüle, wusch mir die Hände zur Sicherheit sehr sorgfältig mehrere Male, und genau um 16 Uhr 41 schloss ich die Tür hinter mir.

11

Das Zanzibar lag in der Reasürans-Passage, nicht weit entfernt vom Café Aşşk, in dem ich mich gestern mit Lale und Nermin getroffen hatte. Hohe Büsche in Kübeln schützten die Café-Terrasse ein wenig vor den neugierigen Blicken der Passanten. Ich ging hinter einem dieser Büsche in Deckung und überlegte, welche von den beiden dort allein sitzenden Frauen wohl Handan war. Ein aussichtloses Unterfangen. Blieb nur, nach Versuch und Irrtum zu verfahren.

Zunächst trat ich an den Tisch einer Frau, die völlig in ihr Buch versunken schien.

»Fräulein Handan?«

Sie reagierte mit einem höflichen, verneinenden Lächeln. Ich entschuldigte mich und wandte mich an die Frau am anderen Tisch.

Deren Haarfarbe und Frisur ähnelten der meinen so sehr, dass ich sie am liebsten sofort gefragt hätte, ob auch sie bei Irfan Kundin sei. Das tat ich natürlich nicht, aber ich muss schon sagen, dass es mir schwerfiel.

»Fräulein Handan?«

»Ich habe nicht viel Zeit, ganz ehrlich. Meine Mutter ist allein zu Haus.« Immer noch dieselbe Leier wie vor einer halben Stunde. Gut. Meinetwegen.

»Dann kommen wir doch gleich zur Sache.« Geräuschvoll zog ich einen Stuhl heran und setzte mich. »Sie kennen Nil vom Tangokurs her.«

»Ich habe erst vor kurzem angefangen. Und da wir beide Journalistinnen sind, hatten wir etwas gemeinsam.«

»Sie sind auch Journalistin? Wo arbeiten Sie?«

»Ich bin stellvertretende Chefredakteurin der Zeitschrift *Merhaba*«, antwortete sie und hob dabei in maßloser Arroganz eine einzige Augenbraue.

Von einer Zeitschrift dieses Namens hatte ich noch nie gehört. Allerdings hat das bei mir nichts zu sagen.

»Und wieso haben Sie sich am Donnerstag in Cihangir getroffen, obwohl Sie beide in der Gegend von Nişantaşı wohnen?«

»Weil der Tangokurs dort stattfindet. Wir hatten uns vorher auf einen Kaffee verabredet.«

Das hörte sich logisch an. Sollte ich auch die anderen Teilnehmer des Tangokurses aufsuchen? Nein, das würde mich nicht weiterbringen. Dennoch fragte ich: »Wo findet der Kurs statt?«

»In der Coşkun-Straße.«

»Wie heißt die Schule?«

Sie zögerte. Wollte sie den Namen vor mir geheimhalten? Oder sah ich jetzt Gespenster?

»Café La Giralda«, antwortete sie schließlich.

Als sich ein Kellner mit vor dem Bauch gefalteten Händen neben ihr aufstellte, sagte sie sofort: »Ich nehme nichts, ich gehe sowieso gleich.«

Also musste wohl oder übel ich etwas bestellen. Ich entschied mich für ein Sodawasser.

»Ist Ihnen irgendetwas an Nil aufgefallen, als Sie sich getroffen haben?«

»Was meinen Sie damit?«

»War sie vielleicht fröhlicher oder trauriger als sonst?«

»Im Gegenteil.«

Im Gegenteil zu welchem der beiden? Ich sah Handan fragend an.

»Sie war weder fröhlich noch traurig, sie wirkte eher nachdenklich. Müde. Wir hatten sowieso nicht viel Zeit, uns zu unterhalten. Dann ist diese unglückliche Geschichte passiert.«

»Hat sie sich über irgendetwas beklagt? Sich unwohl gefühlt?«

Sie schüttelte verneinend den Kopf.

»Was haben Sie getrunken und gegessen?«

»Ich kann mich an gar nichts erinnern, ganz ehrlich.«

Nein, diesmal konnte man nicht behaupten, dass ich Gespenster sah. Sie versuchte eindeutig, mich abzuwimmeln.

»Wie kommt es, dass Sie sich nicht erinnern? Es ist gerade mal drei Tage her!«

Mein Handy klingelte. Ich holte genervt tief Luft. Es war Lale. Wenn ich dranging, war es ein Problem, wenn nicht, auch. Ich ging dran.

»Nein, meine Süße, so läuft das nicht. Ich sterbe vor Neugier. Ich komme sofort zu dir. Wo bist du?«

»Im Reasürans. Im Café Zanzibar.«

»Ach, was machst du denn da? Egal, ich komme sofort. Falls es keinen Stau auf der Brücke gibt, bin ich in zwanzig Minuten da. Rühr dich bloß nicht weg!«

Bekanntlich sind zwanzig Minuten in Istanbul eine sehr optimistische Schätzung, aber ich legte auf, ohne zu widersprechen.

Das bisschen Gesichtsausdruck, über das Handan nach diversen schönheitschirurgischen Eingriffen noch verfügte, war inzwischen regelrecht eingefroren.

»Am Telefon ging es um einen Schlüssel. Was meinten Sie damit?«, fragte sie.

Jetzt war der unausweichliche Moment da!

»Nils Schlüssel ist weg«, sagte ich.

Ihre Lippen zitterten nervös.

»Was hat das mit mir zu tun?«

Vielleicht nichts. Konnte natürlich sein. Trotzdem musste ich irgendwie versuchen, die Oberhand zu behalten.

»Wieso macht Sie das so nervös?«

»Wie kommen Sie denn darauf, dass ich nervös bin? Das bin ich nicht. Ich frage nur, was das mit mir zu tun hat.«

»Das stimmt nicht, Sie sind ziemlich nervös geworden. Schließlich haben Sie die Tasche an sich genommen, oder nicht? Ist es vielleicht falsch, wenn wir da einen Zusammenhang herstellen?«

»Wen meinen Sie mit ›wir‹?«, fragte sie.

Genau in dem Augenblick klingelte mein Handy schon wieder. Diesmal war es Pelin. Ich drückte sie weg. Der Kellner, Handys, die dauernd klingeln … Können Sie mir mal sagen, wie ich da vorankommen soll?

»Nils Bruder Hakan und ich«, antwortete ich.

»Sie verdächtigen mich, Nils Schlüssel gestohlen zu haben?« Fragend öffnete sie die Hände.

Dafür gab es keinen Anlass. Leider.

»Wie kommen Sie denn darauf?«, fragte ich, peinlich berührt.

»Das haben Sie doch am Telefon gesagt.« Sie sah mich an. Ich knirschte mit den Zähnen.

»Ich muss nach Hause, ganz ehrlich. Meine Mutter wartet.«

»Sie gehen?«

»Ich muss weg, ganz ehrlich«, antwortete sie. »Alles Gute.« Sie nahm ihre Handtasche vom Stuhl neben ihr und lief davon, als sei der Teufel hinter ihr her.

Ich brauchte ein paar Minuten, um den Schock zu überwinden. Sie hatte noch nicht mal versucht, den Sieg auszukosten, den sie über mich davongetragen hatte. War ihr das egal? Und konnte sie tatsächlich vergessen haben, was Nil und sie drei Tage zuvor bestellt hatten und dass Nil Kaffee trinken wollte, um sich zu stärken? Mit was für blödsinnigen Rätseln ich mich hier herumschlagen musste!

Ich sah auf die Uhr. Kurz nach fünf. Sollte ich wirklich hier sitzen bleiben und auf Lale warten?

Meine innere Unruhe war durch das Treffen mit Handan noch stärker geworden. Wieso bloß hatte Nil mit so jemandem Freundschaft geschlossen? Es war etwas Unangenehmes, Unechtes an der Frau, auch wenn ich es nicht genau benennen konnte.

Mein Telefon klingelte. Am liebsten wäre ich in

die Luft gegangen. Schon wieder Pelin. Diesmal ging ich dran.

»Kati«, sagte sie. »Komm sofort nach Hause. Sofort!« Vor Aufregung überschlug sich ihre Stimme.

»Was ist denn?«

»Das sage ich dir, wenn du da bist.«

Diese Telefonparanoia ging mir langsam echt auf die Nerven. Mit Lale mochte das ja noch angehen, aber wieso sollte jemand Pelin abhören? Wie Sie bemerkt haben, verabreden wir uns ständig mit Leuten, nur weil man am Telefon nicht reden kann. Das hat natürlich auch seine Vorteile: Es stärkt die sozialen Beziehungen.

Andererseits … War es nicht Hunter S. Thompson, der gesagt hat: »Wir leben in den neunziger Jahren, Bruder, da gibt es so was wie Paranoia nicht. Es ist alles real.« In diesem Land sitzen Tausende Schüler, Journalisten, Umweltschützer, Linke, kurdische Intellektuelle und Politiker im Knast nur wegen irgendwelcher Telefongespräche, E-Mails und Trojaner, die jemand auf ihre Computer geschickt hat. Was in den neunziger Jahren noch als Science-Fiction-Welt bezeichnet wurde, ist jetzt Realität.

Ich rief Lale an.

»Du wirst es nicht glauben, aber in zehn Minuten bin ich da«, sagte sie. Pelin und mir blieb nichts anderes übrig, als zu warten. Also wartete ich.

»He, was ist los, erzähl«, sagte Lale, setzte sich und zündete sich sofort eine Zigarette an.

Zuerst berichtete ich ihr von Armins unbezahlbaren Suchaktionen, dann von Nigerias Funden und schließlich von dem, was ich selbst entdeckt hatte. Dass Papi Kerem Dargın war, hatte sie bei unserem verschlüsselten Telefongespräch ohnehin verstanden; was ich aus dem Versteck und dem Müll zutage gefördert hatte, interessierte sie nicht die Bohne.

»Hast du Handan getroffen?«

»Ja, sie hat da gesessen, wo du jetzt sitzt, aber nach nicht mal zehn Minuten ist sie weg. Sie sagt, sie sei Journalistin. Kennst du sie vielleicht?«

»Wie heißt sie mit Nachnamen?«

Diese Frage weckte unangenehme Erinnerungen. Erst vor zwei Tagen war ich wegen dieses Nachnamens mit Hakan aneinandergeraten.

»Ich habe keine Ahnung«, antwortete ich verlegen.

»Wo arbeitet sie?«

»Sie ist stellvertretende Chefredakteurin der Zeitschrift *Merhaba.*«

»Merhaba?«

»Wieso verziehst du das Gesicht?«

»Das ist ein billiges Promiblatt mit Hochzeitsfotos. Was hat diese Nil mit so einer gemein? Und was hat sie mit einem wie Kerem Dargın zu schaffen? Aber darüber reden wir später.«

Sie hatte recht. Total. Trotzdem gab ich ihr gegenüber nicht zu, dass ich von meiner guten Meinung über Nil so langsam abkam. Lale mag sie sowieso nicht, wie Sie wissen.

»Beide besuchen denselben Tangokurs. Die Zeitschrift,

bei der Handan arbeitet, sagt mir nichts, sie selbst ist jedenfalls eine ausgesprochen seltsame Frau.«

»Gucken wir doch mal im Impressum nach, was sie dort für einen Posten hat«, sagte Lale, holte ihr iPhone heraus und ging ins Netz.

»*Merhaba* ist nicht im Internet«, sagte sie nach einer halben Minute. »Gibt es nicht zu Beginn der Hüsrev-Gerede-Straße einen Zeitungskiosk?«

»Ist dir das nicht zu viel Aufwand?«

»Du hast sogar den Mülleimer durchwühlt, da soll es mir zu viel sein, zu einem Zeitungskiosk zu gehen?«

Ich trommelte mit den Fingernägeln auf das Display meines Handys.

»Wenn du unbedingt gehen willst, dann suche mir doch vorher im Internet Kerem Dargıns Artikel raus. Dann kann ich in der Zwischenzeit was lesen.«

Sie sah mich amüsiert an.

»Endlich bist du wieder die Businessfrau, die ihre Zeit effizient nutzt. Das hat mir gefehlt, weißt du?«

»Komisch!«, antwortete ich. »Mir auch.«

Sie zeigte mir, wo ich drücken und wie ich meine Finger auf dem Display bewegen musste, um den Erscheinungstag zu ändern, und ging, war aber schnell wieder zurück.

»Im Impressum steht niemand mit Namen Handan«, erklärte sie mit ironischem Lächeln. »Die stellvertretende Chefredakteurin heißt Elif Sırma.«

»Was heißt: Da steht niemand?«

»Dieser Name taucht dort nicht auf. Entweder heißt sie nicht Handan, sondern Elif, oder aber –«

»Das heißt, sie hat mich angelogen?«

»Das heißt es wohl.«

»Wie kann sie nur so dumm sein, das einfach zu behaupten? Diese Lüge hat so kurze Beine, dass sie gleich das erste Hindernis gerissen hat, das Impressum in der Zeitschrift. Unglaublich!«

Sie zuckte mit den Achseln. »Wenn du wüsstest, was ich mir schon alles habe anhören müssen. Viele Leute sind krankhafte Lügner. Sie verbreiten einfach irgendeinen Unsinn, und es ist ihnen egal, ob hinterher die Wahrheit herauskommt. Ich sage dir, heutzutage bestimmen die Geisteskranken den Lauf der Dinge.«

Ich stoppte ihre Ausführungen mit einer Handbewegung.

»Ach du lieber Himmel. Jetzt stelle doch bitte nicht krampfhaft eine Beziehung zwischen dieser Geschichte und der gesellschaftlichen Entwicklung her.«

»Das tue ich gar nicht. Aber ich bin froh, den Journalismus zum richtigen Zeitpunkt aufgegeben zu haben. Das wird mir mit jedem Tag bewusster.«

»Offenbar hat auch Kerem Dargın den Journalismus hinter sich gelassen«, warf ich ein.

»Wie kommst du darauf?«

»Sein letzter Artikel datiert vom Mittwoch. Seither ist keine Zeile von ihm erschienen.«

»Das kann doch nicht sein! Gib mal her!« Sie nahm mir das iPhone aus der Hand. »Vielleicht ist er auf Urlaub.«

»Guck doch mal schnell nach, ob es in der Coşkun-

Straße ein Café namens La Giralda gibt. Nicht, dass das auch gelogen war.«

»Wie schreibt man das?«

»Gi-ral-da, vermute ich, keine Ahnung.«

Mit dem Blick folgte ich ihrem Zeigefinger, der schnell über das Display hüpfte.

»Das gibt es. Willst du dort anrufen? Soll ich dir die Telefonnummer sagen?«

Ich schüttelte den Kopf. »Ich wollte bloß wissen, ob es diese Tanzschule gibt oder nicht.«

Mit gerunzelter Stirn überflog Lale eine Weile Kerem Dargıns Leitartikel.

»Es ist aber wirklich seltsam, dass seit Tagen nichts von ihm erschienen ist«, sagte sie schließlich und kräuselte die Lippen. »Wenn ein Leitartikler in Urlaub geht, dann wird normalerweise an der Stelle, wo sonst seine Kolumne steht, ein Hinweis eingefügt, dass er gerade in den Ferien ist. Aber hier steht nichts davon.«

»Und stell dir vor, seit Donnerstag hat er auch Nil nicht mehr angerufen. Noch nicht mal eine SMS hat er ihr geschrieben.«

»Ach, die Arme!«

»Was könnte da passiert sein? Ist er vielleicht im Ausland?«

Auf einmal sprang Lale auf. »Los! Lass uns gehen!«

»Langsam, ich habe noch nicht bezahlt!«

»Mach du mal langsam. Gleich am zweiten Tag gehst du zu Armin nach Hause zum Essen?«

»Wechsle jetzt nicht das Thema. Ich frage mich, ob Kerem vielleicht im Ausland ist. Wieso ruft er Nil nicht an?«

»Wahrscheinlich ist er mit seiner Frau in die zweiten Flitterwochen gereist, um die Liebe neu zu entfachen«, höhnte sie.

»Und außerdem: Was ist schon dabei, wenn ich Armin besuche? Hätten wir uns etwa im Teegarten treffen oder zusammen ins Kino gehen sollen?«

»Ist ja gut, meine Liebe. Geh zu ihm essen. Es ist schließlich dein Leben.«

Ich machte dem Kellner ein Zeichen für die Rechnung.

»Wenn Kerem gerade im Ausland Urlaub macht …«

Lale guckte genervt und setzte sich wieder.

»Ist ja gut, ich frage Nermin, wo er ist. Aber wieso findest du das überhaupt so wichtig? Du hörst ja gar nicht mehr auf mit dem Thema. Dabei könnte er auch von Patagonien aus eine SMS schicken. Handys haben schließlich überall Empfang.«

Sie hatte recht.

»Und du meinst nicht, dass das suspekt ist?«

»Mit Sicherheit ist es suspekt.« Sie lachte.

»Sieh mal«, sagte ich. »Sowie der Typ aus Neuseeland zurück ist, fährt er zu Nil, aber dann ruft er drei Tage lang nicht an. Das ist doch seltsam, oder nicht?«

»Sie könnten sich gestritten haben.«

»Du meinst, sie haben *9½ Wochen* geguckt und sich dabei gestritten?«

Hatte nicht Hakan neulich dasselbe gesagt? Ja, das hatte er. Es war sogar mir logisch vorgekommen.

»Könnte sein.« Sie zuckte mit den Achseln. »Was wäre daran so ungewöhnlich?« Kleine Pause. »Meinst du, nur verheiratete Paare streiten sich nach der Liebe?«

»Ja, das glaube ich«, entgegnete ich. »Vor der Hochzeit drehen sich die Männer nach dem Sex normalerweise auch nicht um und schlafen ein.«

Sie lachte laut heraus. »Du bist gemein! Aber dass er nicht angerufen hat, ist tatsächlich seltsam. Was könnte wohl passiert sein?«

»Genau das versuche ich herauszubekommen, falls du es nicht bemerkt haben solltest.«

»Okay, dann versuche ich dir dabei zu helfen. Ich werde Nermin anrufen und sie fragen, wieso Kerem Dargın seit Tagen nichts schreibt.«

»Los«, sagte ich und schlug dabei leicht mit den Fingern auf den Tisch. »Pelin wartet.«

»Ich bring dich nach Hause. Dann können wir uns auf dem Weg noch ein bisschen unterhalten.«

»Komm doch mit zu mir!«

»Nein, das geht nicht. Ich packe gerade die Wintersachen weg. Das Haus ist in einem fürchterlichen Zustand.«

»Na gut«, gab ich zurück und machte mich auf ein neues Verkehrsabenteuer gefasst.

»Genau genommen haben wir nichts in der Hand«, sagte Lale auf dem Weg zum Auto. »Selbst wenn Handan den Hausschlüssel gestohlen hat, wissen wir nicht, ob sie –«

Auf einmal durchzuckte sie ein Gedanke. »Doch. Wir können doch auf den Videoaufnahmen sehen, ob sie das Haus betreten hat.«

Ich grinste.

»Aber wir können nicht feststellen, ob sie etwas geklaut hat.«

»Wir nicht, aber die Polizei. Deren Job besteht schließlich darin, Tatverdächtige zum Reden zu bringen«, sagte ich.

»Was könnte sie denn überhaupt gestohlen haben? Du sagst, die Wertgegenstände sind immer noch vorhanden.« Und, als sei ihr plötzlich etwas eingefallen, fügte sie hinzu: »Sollen wir mal einen Blick in die Wohnung werfen? Ich bin doch zu neugierig.«

»Vorwärts, Lale«, sagte ich und zog sie am Ellenbogen weiter. »Ich habe sowieso keinen Hausschlüssel.«

»Gut, gut. Nur ruhig.« Sie lehnte sich an den Kofferraum und begann, in ihrer Tasche nach dem Autoschlüssel zu suchen. In dem Moment begann mein Telefon erneut zu klingeln. Pelin.

»Ich komme schon. Ich bin mit Lale zusammen, die bringt mich«, sagte ich sofort.

»Oh«, antwortete Pelin. »Lale muss unbedingt mitkommen.«

»Das geht nicht, sie hat zu tun und fährt nach Hause.«

»Kati, du verstehst nicht. Wir sind auf etwas sehr Wichtiges gestoßen.« Ihre Stimme zitterte vor Aufregung. Was konnte das wohl sein?

»Gut, ich richte es Lale aus.«

»Sie will, dass du mitkommst«, sagte ich, während ich auflegte.

»Was ist denn passiert?«

»Die ist genau wie du: Sie sagt nichts am Telefon.«

»Bravo«, sagte Lale aus tiefstem Herzen und legte den

Rückwärtsgang ein. Während sie die Parklücke verließ, fuhr sie fort: »Immerhin wissen wir jetzt, wieso Dikmen, der stellvertretende Chefredakteur, Nil gefeuert hat.«

»Wieso wissen wir das? Ich weiß gar nichts.«

»Ja, klar, das kannst du auch nicht. Man muss wissen, wie diese Dinge funktionieren. Wenn ein leitender Redakteur seine Liaison mit einer jungen Reporterin beenden will, dann wirft er sie raus. Wenn er aber sehr verliebt ist, dann weist er einen aus seinem nahen Umfeld an, sie zu feuern, damit die Sache nicht größere Dimensionen annimmt.«

»Was, so eine Regel gibt es im Medienbereich?«

»Ja, das ist tatsächlich schon fast eine Regel.«

»Das heißt, die junge Frau wird in beiden Fällen vor die Tür gesetzt?«

»Sie weiß das von vornherein, deshalb gibt es da meines Erachtens kein Problem.«

»Und wieso geht eine Frau solch eine Beziehung ein, wenn sie von vornherein weiß, dass man sie am Ende rauswirft?«

»Julian Opie, teure Schuhe, Handtaschen, eine Wohnung in Teşvikiye … deshalb! Und deine Nil ist offenbar ganz besonders scharf auf diese Sachen. So etwas wie die habe ich noch nie gesehen. Dem armen Emir hat sie auch noch Geld aus der Nase gezogen, angeblich nur geborgt …«

Es war höchste Zeit, der Wahrheit ins Auge zu sehen: Nil entsprach dem Bild, das Lale von ihr zeichnete, haargenau. Ich gab's nicht gern zu, aber mein sechster Sinn hatte versagt. Und analytisches Denken ist sowieso nicht meine Stärke, das brauchen wir nicht weiter zu vertiefen. Im Übrigen hatte ich mich nur deshalb täuschen lassen, weil Nil der von mir über alles geliebten Schauspielerin Kate Winslet so ähnlich sah. So viel zu meinem Verstand.

Während ich so vor mich hin gegrübelt hatte, war Lale in Fahrt geraten. »Wenn sie ein solches Verhältnis eingehen, glauben sie wahrscheinlich, dass sie nicht dasselbe Schicksal ereilen wird wie ihre Vorgängerinnen – dass sie nicht gefeuert werden, sondern im Gegenteil Karriere machen. In diesem Land hält sich ja jeder für oberschlau. Und natürlich gibt es durchaus Einzelne, denen es gelingt, nicht gefeuert zu werden und stattdessen aufzusteigen. Aber dafür muss man sehr gewitzt sein. Und solche Mädchen aus der Provinz nehmen gern alles für bare Münze.«

Jetzt übertrieb sie aber! Und die Gefühle?

»Es könnte aber doch auch sein, dass sie diese Beziehung eingegangen ist, weil sie verliebt war.«

Sie lachte bitter. »Kannst du mir sagen, wie man sich in solch widerwärtige Typen verlieben soll? Eine Frau, die sich in so einen Typen verknallt, hat einen Schaden entweder am Hirn oder am Gefühlshaushalt. Gut, lassen wir mal die bürgerliche Moral beiseite. Trotzdem ist doch schon allein die Idee, sich in einen wie Kerem Dargın …« Sie seufzte. »Wechseln wir bitte das Thema, ich ertrage es nicht.«

»Wir können es nicht wechseln«, entgegnete ich. »Du wolltest doch Nermin anrufen und sie fragen. Mach das doch jetzt gleich.«

»Nermin wird bestimmt Verdacht schöpfen.«

»Na, dann schöpft sie eben Verdacht«, antwortete ich gleichgültig.

Nach ein paar Höflichkeitsfloskeln fragte Lale, wieso Kerem seit Tagen nichts mehr geschrieben habe. Als sie die Antwort hörte, wurde sie kreidebleich.

»Was ist los?«, fragte ich und biss mir auf die Lippen. Ich platzte fast vor Ungeduld.

Mit dem Zeigefinger auf den Lippen bedeutete sie mir zu schweigen, dann legte sie auf.

»Was ist?«, fragte ich sofort.

»Sehr merkwürdig«, antwortete sie mit gerunzelter Stirn und wiegte dabei sorgenvoll den Kopf. »Er liegt auf der Intensivstation des Amerikanischen Krankenhauses. In vegetativem Zustand.«

»Soll das ein Witz sein?«, schrie ich auf.

»Das ist wirklich merkwürdig, oder? Am Donnerstagnachmittag ist ihm beim Autofahren in Balmumcu offenbar übel geworden, und dann ist ein Stadtbus mit ihm kollidiert.«

»Am Donnerstagnachmittag?«

Sie nickte. »Offenbar ist die Presse seit Tagen voll davon. Daran kannst du mal sehen, was passiert, wenn man keine Zeitung liest! Ich bin selber wegen Erols Krankheit auch nicht dazu gekommen.«

»Mann!«, sagte ich. »Irgendetwas Seltsames geht hier vor, aber was genau?«

Sie zog den Schlüssel aus dem Anlasser und schlenkerte ihn vor meinem Gesicht. »Los, steig aus!« Wir waren bei mir zu Hause angekommen.

Pelin musste direkt neben dem Türöffner gestanden haben, jedenfalls öffnete sich die Tür, kaum dass wir geklingelt hatten.

»Endlich!«, rief sie uns von oben zu.

»Was soll diese Hektik?«

»Hektik, Aufregung, Panik, Staunen ... Hier machen wir gerade alles durch.« Hatte ich gerade Fofos Stimme gehört? Nein, das konnte nicht sein, Fofo war im Laden.

»Fofo?«, rief ich, während ich die Treppe hinaufstieg.

»Ja!«, antwortete er.

»Was ist mit dem Laden?«

»Wir haben heute früher geschlossen.«

Vor lauter Wut begann ich zu stottern. Diesmal waren alle Atemtechniken umsonst. Lale zog mich am Schoß meiner Bluse und flüsterte: »Nicht!«

»Was heißt hier: ›Nicht!‹«, brüllte ich und nahm den Rest der Treppe in drei Sprüngen.

»Gib uns erst mal zwei Minuten, damit wir das erklären können«, bat Pelin, als sie mich in diesem Zustand sah. Fofo guckte drein wie eine Katze, die Milch verschüttet hat, und schwieg.

»Wisst ihr, wie viel Uhr es ist?«, brüllte ich und deutete auf meine Armbanduhr.

»Kurz vor sechs«, antwortete Pelin kleinlaut.

»Um diese Zeit schließt man doch den Laden nicht!«

»Du hast ja recht, aber hör uns doch erst mal zu.«

Lale war inzwischen auch vor der Wohnung angekommen und strich mir von hinten beruhigend über den Rücken. Auf der linken Seite. Oh, tat das gut.

»In Ordnung«, erklärte ich, marschierte ins Wohnzimmer und warf mich aufs Sofa. »Sagt, was ihr herausgefunden habt. Und du, Lale, massier mir den Rücken. Seit heute Morgen leide ich furchtbar. Ich kann den Kopf nicht drehen.«

»Willst du einen Tee?«, fragte Pelin. »Wir haben gerade welchen gemacht.«

»Hast du Hunger? Soll ich dir einen Toast machen?«, erbot sich Hakan.

»Einen Tee trinke ich gerne.« Mit meiner Einschüchterungstaktik lernten sie offensichtlich, sich zu benehmen. Aber es ist ermüdend herumzubrüllen.

»Und, was habt ihr gefunden? Sagt jetzt nicht: den Roman.«

»Wir sind auf eine Verbrecherbande gestoßen«, antwortete Hakan.

Lale und ich brachen beide gleichzeitig in Lachen aus. Dass wir nach alldem noch lachen konnten, war ein echtes Wunder.

»Was denn für eine Bande? So was wie die Bande von Keyser Söze aus *Die üblichen Verdächtigen*?«

»Nein, eher wie Phil Leotardo.«

»Wer ist das denn?«

»Den kennst du nicht? Das ist die Figur, die in den *Sopranos* vom großartigen Frank Vincent gespielt wird.«

»Kenne ich nicht«, sagte ich. »Was soll's. Also, jetzt mal im Ernst: Was habt ihr gefunden?«

»Wir haben tatsächlich eine Verbrecherbande aufgetan«, sagte Pelin, die gerade mit den Teegläsern aus der Küche kam. »Wir können es selbst nicht glauben.«

»Die Verbrecherbanden sitzen im Knast in Silivri«,

warf Lale ein. Sie meinte damit Ergenekon, eine nationalistische mutmaßliche Untergrundorganisation, deren Mitglieder seit 2003 im Knast sitzen. Die Bande soll durch Terror und Desinformation den Sturz der islamistischen Regierung betrieben haben. Angesichts der Biographien der Verhafteten hegten viele denselben Verdacht wie Lale, dass die Ergenekon-Ermittlungen den Machthabern dazu dienten, ihre Gegner einzuschüchtern.

»Moment mal«, sagte ich, stieß Lales Hand von meinem Rücken und richtete mich auf dem Sofa auf. »Was für eine Bande?«

»Eine Verbrecherbande eben, die bedroht, erpresst und besticht. Zum Beispiel versucht sie durch Bestechung Baugenehmigungen zu erlangen. Willst du es dir ansehen?«

»Sollten wir nicht besser die Batterien aus den Handys nehmen und die Telefone in den Kühlschrank legen?«, fragte ich. »Angeblich kann man die Umgebung abhören, selbst wenn das Telefon ausgeschaltet ist.« Diese Bemerkung fand niemand lustig. Im Gegenteil: Lale begann sogar schon, in ihrer Handtasche nach dem Handy zu suchen.

»Sollte ein Witz sein«, murmelte ich.

»An dieser Sache ist gar nichts witzig«, gab sie zurück, sammelte alle Handys ein und brachte sie in den hinteren Teil der Wohnung.

»Wollt ihr es euch ansehen?«, fragte Hakan ungeduldig.

»Warte noch, bis Lale wieder hier ist«, entgegnete ich.

Ich war äußerst beunruhigt. Ging es hier wirklich um organisiertes Verbrechen? Und was sollte Nil damit zu tun haben?

Lale setzte sich neben mich an den Wohnzimmertisch, vor uns stand der Laptop. Hakan klickte auf »Play«, und die Bilder begannen zu laufen.

Es war eine 32 Minuten lange, unbearbeitete Aufnahme. Vier Männer führten darin einem Mann, den sie mit »Bürgermeister« ansprachen, auf einem Computerbildschirm einen Film vor. Wir konnten das Gesicht des Mannes sehen, nicht jedoch den Film.

Das selbstbewusste Lächeln, das er zunächst aufgesetzt hatte, erstarb innerhalb weniger Minuten. Ganz offensichtlich rang er um Fassung. Vergeblich. Tränen stiegen ihm in die Augen, sein Gesicht lief rot an. Er murmelte etwas Unverständliches und blickte sich um. Dann, als habe er die Ausweglosigkeit seiner Situation begriffen, stützte er seine Ellbogen auf die Knie und presste die Hände vors Gesicht, um den Film nicht weiter ansehen zu müssen.

Für mich war die Sache klar, das sage ich Ihnen ganz offen: Der Film zeigte eine Sexszene mit diesem Mann in der Hauptrolle. Eine Kameraaufnahme als Beweis für ein illegales Verhältnis. In den vergangenen Jahren waren verschiedentlich Videos mit Sexszenen mehrerer Politiker – darunter auch des Chefs der größten Oppositionspartei – und sogar des Oberhaupts einer islamischen Sekte im Internet aufgetaucht. Wenn diese Aufnahme publik wurde, dann erging es dem Mann genauso wie allen anderen: Seine Karriere wäre am Ende.

Auf der Kassette, die wir sahen, forderten die Erpresser den Mann im Anschluss auf, ein bestimmtes Stück Land an einen gewissen Ural Altay zu verpachten. Andernfalls würden sie das Video auf Youtube hochladen. Bei dem Stück Land handelte es sich um ein an der Schwarzmeerküste gelegenes Grundstück von 442 Dönüm Größe. 354 Dönüm gehörten der dortigen Gemeinde und die restlichen 88 dem Staat. Die monatliche Pacht von 100 000 Dollar, die sie bezahlen wollten, stellte ganz offensichtlich nur einen Bruchteil des normalen Preises dar. Auf den Einwand des Bürgermeisters: »Das geht nicht, das ist mein Ruin«, entgegnete ein Mann, den man nicht sah: »Wenn wir das auf Youtube hochladen, ist das auch Ihr Ruin«, und lachte dabei hämisch.

Ich ekelte mich vor mir selbst, dass ich mir so etwas angesehen hatte.

»Hat der Mann, den man hier lachen hört, das aufgenommen?«, fragte ich Hakan.

»Offenbar. Es ist eine Erpressung in der Erpressung. Der hat offenbar vor, die Männer, die den Bürgermeister erpressen, hinterher mit dieser Aufnahme zu erpressen.«

»Aber wie mag er diese Aufnahme gemacht haben?«

»Mit einer Kamera, die in einem Schreibstift, einem Feuerzeug oder in einer Brille versteckt war. Die kriegt man ja fast schon im Supermarkt. Die Batterie hält zwei Stunden.«

»War das Kerem Dargıns Stimme?«, fragte ich Lale.

»An einem einzigen Satz kann ich das nicht erkennen.«

»Und weißt du, wer dieser Ural Altay ist?«

Lale lachte bedeutungsvoll. »Allerdings. Das ist der Eigentümer von *Ayna.*«

Wie auf Befehl starrten wir plötzlich Lale an.

»Das gibt's doch gar nicht!«, schrie ich.

»Doch, das gibt es sehr wohl.« Lale lächelte. Vermutlich dankte sie gerade Gott ein weiteres Mal dafür, dass sie die Arbeit aufgegeben hatte und Hausfrau geworden war.

Ich wandte mich an die jungen Leute: »Wie viele dieser Kassetten gibt es?«

»Insgesamt drei.«

»Worum geht es bei den anderen?«

»Wollt ihr euch die nicht angucken?«

Ich wusste nicht, wie Lale das sah, aber ich wollte nicht noch so eine Aufnahme sehen. Das Maß des Erträglichen war für mich erreicht.

»Nein, lass gut sein. Erzähl lieber, worum es geht.«

»In der zweiten Kassette sieht man einen alten Richter der Abteilung für Schwerverbrechen. Es sind Sexszenen mit einer Prostituierten. Das war jedenfalls unser Eindruck. Sie verlangen, dass er sich für die Haftentlassung einer bestimmten Person ausspricht. Und die letzte zeigt einen konservativen pädophilen Politiker, den sie auffordern, seine Kandidatur vor den Wahlen zurückzuziehen.«

Mir war schlecht.

»Woher wisst ihr, dass er ein Konservativer ist?«, fragte Lale.

»Alle naselang sagt er ›mit Gottes Segen‹ und ›so

Gott will‹. Und auch sein Schnurrbart ist in der Wolle gefärbt.«

Der in der Wolle gefärbte Schnurrbart kam auf die Liste der Worte des Tages. Ich musste lachen.

»Kann man in dieser Erpressungskassette auch sehen, was der Schnurrbärtige sich ansehen muss?«

»Nein. Alle Kassetten sind aus demselben Blickwinkel aufgenommen. Man sieht nur den Mann, der erpresst wird, nicht aber, was er sieht. Wieso fragst du?«

»Um zu verstehen, warum du meinst, dass der mit dem Schnurrbart ein Pädophiler ist.«

»Sie haben zu ihm gesagt: ›Wenn man die Bilder von dir und diesem Jüngelchen im Internet findet, ist das für dich nicht so gut.‹«

Mir wurde wieder schlecht. Jeder hat so seine Empfindlichkeiten. Bei mir sind das Kinder, die sexuell missbraucht und vergewaltigt werden. Diese Kassette konnte man als ein Zeichen göttlicher Gerechtigkeit ansehen. Der kleine Junge hatte zwar nichts davon, aber wenigstens fand ein Dreckskerl auf diese Weise seine Strafe.

»Ja, gut, aber was haben diese Kassetten bei Nil zu suchen?«

»Woher soll ich das wissen? Ich weiß doch auch nicht mehr als du!«

»Du kommst zu spät zu deinem Essen«, sagte Lale plötzlich.

»Was für ein Essen?«, fragte ich, als es mir plötzlich siedend heiß einfiel. Du lieber Himmel!

»Wie spät ist es denn?«

»Zwanzig vor sieben.«

Noch eine Stunde fünfzig Minuten! Das reichte zwar, um mich aufzubrezeln, aber wie sollte ich in der kurzen Zeit innerlich umschalten? Unvorstellbar.

»Ich könnte anrufen und sagen, dass ich ein bisschen zu spät komme.« Oder noch besser wäre es, wenn ich das Essen absagen und Armin dadurch abservieren würde, noch bevor diese Geschichte ernst wurde. Sollte er seine sorgfältig zubereiteten Speisen doch allein verzehren. Mit einem Schlag waren mir das Leben, die Menschen und sogar die Möglichkeit einer neuen Liebe vergällt.

»Hol mir doch bitte mein Telefon, Lale«, sagte ich.

»Ich habe es in dein Schlafzimmer gelegt. Komm, dort kannst du in Ruhe telefonieren.«

Ihrem Blick entnahm ich, dass es Lale nicht darum ging, mir mein Handy nicht zu bringen, sondern dass sie mit mir unter vier Augen sprechen wollte. Ich stand auf, Lale kam hinter mir her.

»Und, was wirst du jetzt tun?«, fragte sie, während sie die Tür meines Schlafzimmers hinter sich schloss.

»Ich rufe Armin an und sage das Essen ab.«

Sie hob den Blick zur Decke, als ob sie von dort Unterstützung erflehe.

»Das meine ich nicht. Was machst du mit den Kassetten?«

»Ich glaube, ich sollte Batuhan anrufen. Der kann uns einen Rat geben. Aber zuerst muss ich Armin anrufen.«

»Du hast ja wohl nichts dagegen, wenn ich währenddessen hierbleibe?«

Sie setzte sich aufs Bett und ließ ihre Finger knacksen.

Wenn sie sehr angespannt ist, entlockt sie ihrem Körper furchtbar gern seltsame Geräusche.

Die Enttäuschung, die ich aus Armins Worten heraushörte, tat mir weh. Ich brauchte mir nichts vorzumachen: Diese Geschichte wühlte mich auf. Die Menschen sind auf etwa sieben Milliarden Weisen unterschiedlich, und es waren ja bestimmt nicht alle schlecht. Ich wollte nicht, dass Armin seine Speisen allein verzehrte.

Jemand klopfte an der Tür. Ich kann geschlossene Türen nicht leiden. Das war Lales Werk.

»Kommt ruhig herein.«

Hakan steckte den Kopf durch die Tür. »Wir gehen ins Krankenhaus und treffen uns dort mit Tuna. Kommst du mit, Kati?«

Ich hätte mich zwar gern mit Tuna unterhalten, aber …

»Ich kann nicht, geht ohne mich«, antwortete ich mit schlechtem Gewissen.

»Offenbar interessieren sich inzwischen auch noch andere Leute für Nils Zustand«, sagte Pelin, deren Kopf nun hinter Hakan auftauchte.

»Wie kommst du darauf?«

»Der Arzt im Krankenhaus hat mich gestern angemeckert. Sie könnten sich nicht mehr um die Patienten kümmern, wenn sie jedem Besucher einzeln Auskunft erteilen müssten, hat er gesagt. Am Morgen sei Nils Bruder da gewesen und kurz vor uns eine Bekannte von ihr. Wir haben gedacht, es sei Tuna gewesen. Aber als Hakan eben mit ihr gesprochen hat, hat sich herausgestellt, dass sie es nicht war.«

Stille trat ein. Lale erhob sich vom Bett und ging zum Fenster. »Leute, ich glaube, es ist am besten, wir erwähnen niemandem gegenüber, was wir in Nils Wohnung gefunden haben. Zumindest eine Weile lang.«

»Das ist sehr vernünftig«, warf Pelin ein. Sie hatte Hakan zur Seite geschoben und stand nun mitten im Zimmer. »Ich bin hundert Prozent deiner Meinung.«

»Am besten reden wir auch untereinander nicht mehr darüber«, mahnte Lale mit einem Blick auf unsere Handys, die auf dem Regal lagen. Ich machte mir nochmals klar: Es gibt keine Paranoia, es gibt nur die Realität. Ruhe sanft, Hunter S. Thompson.

»Wenn wir darüber allen Leuten gegenüber Schweigen bewahren sollen, dann warnst du am besten auch Fofo«, sagte ich. Der war der Geschwätzigste von uns allen.

»Fofooo!«, rief Lale.

Er kam angeschlurft.

»Wir erwähnen niemandem gegenüber, was wir uns hier angeguckt haben.«

»Hm«, machte Fofo.

»Du hast doch verstanden, oder? Niemandem. Und wir sprechen auch untereinander nicht mehr darüber. Vergiss das alles.«

»Ich habe verstanden. Ich habe sowieso mit meinen eigenen Problemen zu tun«, sagte er und schlich wieder davon.

»Was hat er denn?«, fragte ich.

Pelin schnaubte. »Fikret ist wieder aufgetaucht. Hat sich tausendmal entschuldigt. Und jetzt grübelt Fofo darüber nach, ob er ihm verzeihen soll oder nicht.«

»Und was war der Grund?«

»Seine Mutter sei krank geworden, und er sei ins Dorf gefahren.« Sie zuckte mit den Achseln. »Wer's glaubt.«

»Wer ist Fikret?«, fragte Lale.

»Lass uns bitte dieses Thema jetzt nicht erörtern«, flehte ich. »Ein Typ mit gefärbten Haaren.«

»War doch nur eine Frage. Wieso hat mir niemand etwas davon erzählt?«

Sie hängte sich bei Pelin ein, und flüsternd gingen sie zurück ins Wohnzimmer.

Hakan und Pelin hatten sich auf den Weg ins Krankenhaus gemacht, Fofo saß bedrückt in seinem Zimmer. Lale sagte: »Lass uns ein bisschen reden.«

Ich hatte ein muskelentspannendes Mittel und eine Kopfschmerztablette genommen und lag auf dem Sofa. Wenn es so weiterging, wurde auch ich tablettenabhängig.

»Gut, meine Liebe«, sagte ich. »Hast du Hunger? Sollen wir uns etwas kommen lassen? Pizza? Hackfleischbällchen? Kebab? Etwas Chinesisches? Sushi? Was du willst.«

»Hackfleischbällchen.«

Ich fragte Fofo erst gar nicht und bestellte drei Portionen Hackfleischbällchen. Unterdessen rief Lale Erol an und teilte ihm mit, dass es später werden würde.

»Willst du wirklich zur Polizei gehen?«, fragte sie, nachdem wir unsere Plätze in den Sofaecken eingenommen hatten.

»Was ist denn das für eine Frage, Lale? Was sollen wir denn sonst tun?«

»Nichts.«

»Was soll das heißen? Du meinst, wir sollen gar nichts unternehmen?«

Sie nickte. »Erinnerst du dich an den Film *Der Staatsfeind Nr. 1* mit Gene Hackman, den wir zusammen geguckt haben? Ein junger Anwalt findet zufällig –«

»Ja, klar erinnere ich mich«, fiel ich ein. Natürlich erinnerte ich mich besser an Will Smith als an Gene Hackman. »Er stößt auf eine Kassette, die zufällig die Videoaufnahme eines Mordes enthält, und daraufhin machen die Bösen Jagd auf ihn. Ja und? Meinst du, die Bösen werden jetzt Jagd auf uns machen?«

»Genau das meine ich. Und vielleicht haben sie damit schon begonnen. Hast du nicht gehört, dass irgendeine Frau sich nach Nils Gesundheitszustand erkundigt hat?«

Ich brach in Gelächter aus. »Das ist bestimmt eine Freundin von Nil. Das, worauf du anspielst, ist doch bloß ein Film, ein Drehbuch. Wir leben aber in der Realität, falls du das vergessen hast. Wir leben auf der Welt!« Ich breitete meine Arme aus. »Hier gibt es weder unglaubliche Komplotts noch Polizisten, die zu jeder Schandtat bereit sind und harmlose Bürger verhaften, es gibt keine Geheimdienstagenten, keine widerlichen, korrupten Politiker, keine Medientycoons mit einem Haufen Dreck am Stecken und auch keine Journalisten, die sich allem beugen.« Hatte Pelin nicht etwas Ähnliches gesagt? Und hatte ich daraufhin nicht gelacht?

»Das meinst du ironisch, oder?«

Ich schwieg.

»Willst du ein Beispiel aus dem richtigen Leben? Dann denke nur daran, was mit Roberto Saviano passiert ist, dem jungen italienischen Journalisten, der das Buch über die Camorra geschrieben hat. In Italien konnte er nicht mehr bleiben, und er hat seither immer Dutzende Bodyguards um sich. Wenigstens hat er durch das Buch und den Film genug Geld verdient, um sich die Bodyguards leisten zu können. Hast du Lust, deine Wohnung zu verkaufen, um Bodyguards zu bezahlen?«

»Lale! Jetzt übertreibst du aber! Wir führen hier doch keinen Krieg gegen die Mafia! Du glaubst doch nicht, dass diese Leute so mächtig sind wie die Camorra.«

»Wir wissen doch gar nicht, wer diese Leute sind. Sind das Verbrecherbanden, Strohmänner, auf wessen Seite stehen sie, wer steht hinter ihnen, sind das Sektenanhänger, Medientycoons oder schlicht Kleinkriminelle? Gar nichts wissen wir. Aber wenn sie den Mut haben, solche Sachen zu machen, müssen wir daraus schließen, dass sie Macht haben. Die zerquetschen uns wie Fliegen!« Den letzten Satz schrie sie und zerdrückte dabei mit ihrer Schuhspitze eine imaginäre Fliege auf dem Fußboden. »Jetzt begreif doch!« Es war eine beeindruckende Vorführung.

Dann zündete sie sich eine Zigarette an.

»Hrant Dink haben sie am helllichten Tag auf der Straße erschossen, weil er Armenier war. Und? Was ist passiert? Nichts. Diese Leute fühlen sich dadurch doch ermutigt. Und wenn die Glatzen das jüdische Blut, das in deinen Adern fließt, provokant finden, was dann?«

»Willst du mir Angst machen?«, fragte ich empört.

»Nein, ich will nur, dass du deinen Blick für die Realität schärfst. Weißt du, was du in deren Augen bist? Eine Schlampe, die in der Türkei Unruhe stiften will, eine Agentin des Mossad oder auch des Bundesnachrichtendienstes. Und während zahlreiche Einheimische arbeitslos und hungrig sind und im Elend leben, lässt du es dir mit dem Geld, das du in unserem Land gemacht hast, gutgehen, lebst in einer Wohnung mit toller Aussicht …«

»… und esse Hackfleischbällchen«, sagte ich. Zwar hatte ich mir meinen Humor bewahrt, aber etwas legte sich gerade bleischwer auf mein Herz. »Geh mal zur Tür. Das ist wahrscheinlich der Bote mit dem Essen.«

Sie legte ihre Zigarette in den Aschenbecher und stand auf. Ich hörte, wie sie an der Klingelanlage fragte: »Wer ist da?«

»Wir«, lautete die Antwort. Es war Pelins Stimme.

»Hör auf mit dem Thema«, rief ich Lale zu. »Die anderen sollen das nicht hören.«

Hakan trat als Erster ein.

»Wie ging's im Krankenhaus? Und Tuna?«

»Sekunde. Der Reihe nach. Wir erzählen alles, aber jetzt sterben wir erst mal vor Hunger.«

»Wir haben Hackfleischbällchen bestellt, aber drei Portionen sind nicht genug für alle. Bestellt doch noch was dazu.«

»Es ist Wurst im Kühlschrank«, sagte Pelin. »Wir könnten Rührei mit Wurst machen.«

Den Geruch von Wurst konnte ich jetzt nicht ertragen. Meine Leidensfähigkeit hat auch ihre Grenzen.

»Bestell doch bitte Hackfleischbällchen, und Schluss.«

Pelin setzte sich vor den Computer. »Ich bestelle die Hackfleischbällchen bei Ramiz und bezahle mit deiner Kreditkarte.«

»Wart ihr im Krankenhaus?«, fragte Lale.

»Ja, klar. Dort sind sehr seltsame Dinge passiert.«

»Was denn? Wie geht es Nil?«

»Genauso wie zuvor. Keine Veränderung. Der Arzt tut so, als ob es Hoffnung gäbe, aber ... Na ja. So ist das eben.«

Hakan schloss kurz die Augen. Ganz offensichtlich war er erschüttert. Mir ging es nicht anders. Es gelang mir nicht, Lales Worte zu vergessen. Sie hatte ja völlig recht. Es stimmte, dass Hrant Dink ermordet worden war, weil er Armenier war. Und auf den Fotos nach ihrer Festnahme hatten die Mörder vor der türkischen Flagge gemeinsam mit Polizisten in die Kamera gegrinst. Junge Mädchen und Jungen hatten danach, türkische Fahnen schwenkend, gesungen: »Dies ist die Türkei der Türken! Wem's nicht passt, der kann ja gehen!«

Mir wurde eiskalt. War Istanbul nicht mehr meine Stadt? Vielleicht sollte ich meine Nase wirklich nicht überall hineinstecken. Ich durfte nicht zu weit gehen. Wenn ich die Grenzen überschritt, würde man sie mir aufzeigen.

»Und daaann«, sagte Pelin und erhob sich vom Computer, »dann habe ich den Arzt gefragt, wie die Frau aussah, die gestern im Krankenhaus war.«

»Wie kannst du so was fragen! Wie soll er sich daran noch erinnern? Und war das überhaupt derselbe Arzt?«

»Er hatte Dienst, und er erinnerte sich sehr gut an sie. Was glaubt ihr, wie er sie beschrieben hat?«

»Jetzt sag endlich!«, herrschte Lale sie an. Ich hatte den Eindruck, dass sie die Nerven verlor.

Meine kleine Pelin hielt verdattert kurz inne, fasste sich jedoch schnell wieder und erzählte aufgeregt weiter.

»Der Arzt hat Hakan angeschaut und gesagt: ›Neulich sind Sie in Begleitung einer Bekannten gekommen. Die Dame gestern hatte einen ganz ähnlichen Haarschnitt. Deshalb habe ich sie zuerst gar nicht weiter angeguckt und ihr gesagt, wir hätten uns doch erst vor kurzem gesprochen.‹«

Derselbe Haarschnitt? Ich musste so schnell wie möglich meine Frisur ändern. Echt!

»Handan!«, rief ich.

»Genau.«

»Das ist doch mal eine gute Nachricht. Wenigstens ist kein Mafioso hinter Nil her«, warf Lale ein. Dann musterte sie uns alle und fügte hinzu: »Sofern Handan nicht ein Bandenmitglied ist.«

Ich befand mich in einem Zustand emotionaler Katatonie: Ich wunderte mich nicht, freute mich nicht und war auch nicht traurig.

»Heute habe ich mich mit Handan getroffen, aber sie hat mit keinem Wort erwähnt, dass sie im Krankenhaus war«, murmelte ich nur.

»Warte, das ist noch nicht alles«, sagte Hakan. »Wann waren wir gestern im Krankenhaus?«

»Keine Ahnung.«

»Wir sind am Morgen hingegangen, um zehn etwa.«

»Und ich war so etwa um eins da«, sagte Pelin. »Das heißt, Handan war in der Zwischenzeit dort.«

»Und wieso ist das wichtig?«, fragte Lale.

»Dazu komme ich gleich. Nach dem Krankenhaus wollte ich kurz in Nils Wohnung. Pelin und ich sind nach Teşvikiye gefahren.«

»Und Tuna?«

»Tuna ist nicht mitgekommen. Sie wohnt hier ganz in der Nähe, in Talimhane, und ist direkt nach Hause gegangen«, erklärte Pelin.

»Die Software war den ganzen Tag gelaufen. Ich hoffte, dass die gelöschten Dateien wiederauftauchen würden«, sagte Hakan.

»Mach's bitte kurz!«, schrie Lale. »Sind sie wieder da oder nicht?«

Hakan nickte. »An den Dateien kann man auch ablesen, an welchem Tag und zu welcher Uhrzeit sie zum letzten Mal verändert worden sind.«

Die Sache wurde langsam spannend.

»Und? Sind sie gestern um 12 Uhr 40 gelöscht worden?«, fragte ich.

Aller Augen waren auf einmal auf mich gerichtet.

»Um 12 Uhr 24«, antwortete Hakan.

»Dann könnt ihr euch einen Film angucken, während ihr esst. Kontrolliert die Videoaufnahmen des Hauses«, sagte ich und erhob mich vom Sofa. »Liebe Lale, gute

Nacht. Ich nehme ein Bad und gehe ins Bett. Mein Nacken tut furchtbar weh.«

»Um diese Zeit geht man doch nicht schlafen! Und gegessen hast du auch nichts!«, protestierte Pelin. Ich steuerte wortlos das Bad an. Lale folgte mir.

»Bist du sauer auf mich?«

Ich strich ihr sanft über die Wange. »Ich bin furchtbar sauer. Aber nicht auf dich.«

12

Natürlich wachte ich früh auf. Es war erst zwanzig nach sechs. Meinem Nacken schien es etwas besser zu gehen. Aber ich fühlte mich benommen – vermutlich wegen der Tabletten, die ich geschluckt hatte. Und ich war wahnsinnig hungrig. Ich eilte in die Küche. Als Erstes fiel mein Blick auf den Küchentisch: Reste von fettgetränktem Brot mit Zwiebeln. Mir wurde schlecht. Hatte jemand den bösen Blick auf mich geworfen? Meine Mutter! Mit Sicherheit! Bekanntlich wirken die Verwünschungen der Mütter. Aber um diese Zeit konnte ich sie nicht anrufen. Dort war es erst halb sechs.

Ich öffnete den Kühlschrank. Das Müsli, das seit Monaten in einem Fach der Kühlschranktür stand, war noch das Appetitlichste von allem – unglaublich, was? Natürlich war keine Milch da, ich begnügte mich mit Apfelsaft. Auf dem pappigen Müsli herumkauend, ging ich ins Wohnzimmer. Mein Lieblingsplatz auf dem Sofa war besetzt: von Hakans Kopf. Offenbar schlief Pelin im Gästezimmer. Ich ließ mich im Sessel nieder. Ein paar Minuten innehalten, die Morgensonne genießen, ein bisschen an Armin denken und vor mich hinlächeln. Das wär's jetzt. Aber es war mir nicht vergönnt. Zu viele Fragen, die auf mich einstürmten.

Wer war Handan? Hatte sie den Schlüssel geklaut, um an den Roman zu kommen? Und was wollte sie damit? War sie nur eine passionierte Leserin, der Nils Auskünfte nicht gereicht hatten und die nun unbedingt wissen wollte, wie es weiterging? – So ein Quatsch!

Oder war der Roman womöglich gar keiner, sondern eine Enthüllungsgeschichte über den Umgang mit regierungskritischen Journalisten, von denen die Medien, laut Regierungskreisen, unterwandert sind? Arbeitete Handan ihnen in diesem Fall zu, wie Lale gesagt hatte? Und um eine Veröffentlichung zu verhindern, schafften sie zuerst Nil und dann das Buch aus der Welt? Aber wieso sollte der allgewaltige Staat einen Mord begehen, wenn er sich damit begnügen konnte, Nil unter einem Vorwand im Knast verschwinden zu lassen und dadurch zum Schweigen zu bringen? Den Computer und das Material in ihrer Wohnung als »Beweismittel« zu beschlagnahmen, stellte überhaupt kein Problem dar. Allerdings musste man zugeben, dass es ein »sauberer« Mord war – falls es einer war. Nil würde offiziell an Herzversagen gestorben sein. Und bislang hatte sowieso niemand – uns eingeschlossen – den Verdacht, dass es sich um ein Verbrechen handeln könnte.

Auch Kerem Dargıns Verkehrsunfall konnte sehr wohl ein Mordanschlag gewesen sein. Schließlich hatte es in der jüngeren Vergangenheit in der Türkei mehrere verdächtige Unfälle gegeben. Ausgeschlossen war das nicht.

Wenn aber Handan für eine Verbrecherbande arbeitete … Konnte der Handlanger einer Bande so blöd sein, nicht zu wissen, dass keine Datei definitiv von einer Festplatte verschwindet?

Von Handan wusste ich mit Sicherheit nur, dass sie sturzdumm war und log. Angesichts ihrer ausgeprägten Blödheit hielt ich es für höchst unwahrscheinlich, dass eine Verbrecherbande ihr einen Auftrag erteilen würde. Andererseits reißen sich die Absolventen der Technischen Universität des Nahen Ostens und der Bilkent-Universität wahrscheinlich nicht darum, einer Verbrecherbande angehören zu dürfen. Die Mafiosi mussten sich vermutlich mit dem Personal begnügen, das sie kriegten.

Moment, Moment! Hatte ich gerade »Mafiosi« gedacht? Genau! Ich stellte meine Müslischale auf dem Sofatisch ab, schlich mich ans Fenster und linste hinter dem Vorhang auf die Straße. Sie war leer. Kein Kleinbus mit abgedunkelten Scheiben, kein Auto mit dösenden, unrasierten Männern darin, kein blinder Bettler an der Straßenecke, kein Besoffener auf dem Bürgersteig, zu dessen Füßen noch die Bierflaschen lagen. Ich öffnete das Fenster, atmete tief die frische Luft ein und begann, ein paar Dehnungsübungen zu machen. Aber wie sehr ich mich auch beugte oder mich auf die Zehenspitzen stellte – es war nichts Verdächtiges zu bemerken. Am Küchenfenster und am Fenster meines Zimmers wiederholte ich die Dehnungsübungen mit derselben Miene des fröhlichen Frühaufstehers. Aber wieder nichts. Ich ging duschen.

Nach der Dusche war ich wieder normal. Sogar ein neues Motto hatte ich gefunden: Es gibt die Realität, aber es gibt auch Paranoia.

Ich weckte Hakan, indem ich ihn derb schüttelte.

»Steh auf«, sagte ich zu ihm. »Was habt ihr gefunden? Habt ihr euch die Videoaufnahmen angesehen?«

»Was für Aufnahmen?«, fragte er schläfrig.

»Die Aufnahmen!«, wiederholte ich zähneknirschend.

Plötzlich war er wach.

»Wir haben sie durchgeguckt. Handan war tatsächlich dort. Am Samstag. Wir dachten, wir müssten dich deshalb nicht extra aufwecken.«

Na, da war ich ihnen aber dankbar!

»Allein?«

»Was heißt ›allein‹?«

Ich wiederholte den Satz und betonte dabei jede einzelne Silbe: »War Handan allein, als sie das Haus betreten hat, oder war jemand bei ihr?«

»Nein, allein.«

»Und wer hat vor ihr und nach ihr das Haus betreten?«

Er guckte erstaunt. »Darauf haben wir nicht geachtet.«

»Okay, dann guckt ihr euch das heute an«, sagte ich. »Und Kerem?«

»Er ist um 7 Uhr 51 reingegangen und hat das Haus um 12 Uhr 08 wieder verlassen. Die Aufnahmen sind dort, du kannst sie dir ja ansehen.«

»*Du* guckst sie dir an und sagst mir, wer ab Mittwochabend das Haus betreten hat.«

»Das meinst du doch nicht im Ernst!«

»Doch, und wie!«

»Das kann Tage dauern! Wochen!«

»Damit wirst du heute fertig«, entgegnete ich. »Setz dich sofort mit Pelin dran. Es sind doch nur die Aufnahmen von drei Tagen. Wie viele Leute können in der Zeit schon das Haus betreten haben?«

»Ich mach mal Kaffee und wecke Pelin«, sagte er, stand auf und schlurfte barfuß in die Küche.

Ich ging mich anziehen. Ich hatte den Eindruck, dass meine Jeans nicht so eng saß wie sonst. Gestern hatte ich zwar fast nichts gegessen, aber konnte man innerhalb von zwei Tagen abnehmen? Ich war zu faul, mich zu wiegen. Mein Übergewicht rutschte auf der Liste meiner Probleme seit gestern Abend ohnehin immer weiter nach unten.

Diesmal zog ich mir nicht irgendwelche Schlabberklamotten an, sondern warf mich in Schale: Die halbdurchsichtige apfelgrüne Bluse mit dem Volant-Kragen knöpfte ich bis oben zu, darüber zog ich die schwarze Retrojacke, schließlich schlüpfte ich noch in die lila Stiefel mit dem hohen Absatz. Dann schminkte ich mich und zog sogar Ohrringe an. Wer weiß, was dieser Tag bringen mochte.

Hakan trank verschlafen seinen Kaffee. Ich goss mir auch eine Tasse voll.

»War Nils Roman …«, setzte ich an.

Plötzlich öffnete Hakan die Augen. »Willst du einen Blick darauf werfen?«

»Hast du den Buenos-Aires-Roman tatsächlich in den gelöschten Dateien gefunden?«

»Ja klar, was denn sonst?«

»Ich frage ja bloß«, antwortete ich und hob beschwichtigend die Hände. »Hast du ihn gelesen?«

»Ja, sicher. Nicht alles, so etwa fünfzig Seiten. Sehr spannend. Das hatte ich gar nicht erwartet.«

Wieso eigentlich nicht? »Gut, am besten, ich werfe selbst mal einen Blick darauf.«

Derzeit glaubte ich nichts, was ich nicht mit eigenen Augen sah. Diese paranoide Haltung musste ich dringend ablegen.

Hakan stellte mir den Laptop auf die Knie und sagte: »Lies du mal den Roman, ich gehe derweil Sesamkringel kaufen.«

»Wie ich sehe, bist du innerhalb von zwei Tagen zum Istanbuler geworden.«

Er schaute mich an: »Wieso hast du dich eigentlich so aufgebrezelt? Hast du was vor?«

»Nein«, wiegelte ich ab, »mir war nur danach.«

Er zwinkerte mir zu, als teilten wir ein Geheimnis.

»Bringst du bitte auch eine *Merhaba* mit?«, rief ich ihm hinterher.

»Was soll das denn sein?«

»Ein Magazin, für das Handan angeblich arbeitet.«

»Boah, du weißt inzwischen sogar, wo sie arbeitet. Und was hat sie mit Nils Roman zu tun?«

»Genau das will ich herausfinden, Schätzchen«, entgegnete ich spitz.

Sofort verzog er das Gesicht. O Gott! Ich wusste, was das bedeutete. Der Wolfsmensch! Aber irgendwie kriegte er sofort die Kurve.

»Okay. Ich bin dann mal weg.«

Ich fing an zu lesen. Es war tatsächlich ein Roman, und sogar ein guter. Spannend, sehr gut geschrieben. Die ersten zwanzig Seiten las ich mit Vergnügen und überflog dann den Rest. Für mehr reichte die Zeit nicht. Ich ging Pelin und Fofo wecken und überhäufte sie mit Befehlen, und als Hakan zurück war, stopfte ich mir das Magazin *Merhaba* und Nils Wohnungsschlüssel in die Tasche und ging.

Immerhin wusste der Taxifahrer diesmal, wo Teşvikiye lag. Da ich mich nicht mit Wegbeschreibungen abgeben musste, konnte ich auf der Fahrt in Ruhe telefonieren. Zuerst kam Lale dran.

»Ich bin auf dem Weg zu Nils Wohnung. Magst du auch dorthin kommen?«

»Gern«, sagte sie verschlafen. »Ich bin aber gerade erst aufgewacht, es dauert ein bisschen.«

Danach rief ich einen Menschen an, mit dem ich seit fünf Jahren kein Wort gewechselt hatte und von dem ich nicht mal sicher war, dass er sich an mich erinnern würde. Nein, liebe Leserinnen, ich muss Sie enttäuschen: nicht Batuhan, auf den Sie alle gespannt warten, sondern Naz, die im Krankenhaus von Lüleburgaz als Kardiologin arbeitete. Die Schwester von Sani aus *Scheidung auf Türkisch*.

Als das Telefon zum dritten Mal klingelte, begann ich mich zu fragen, ob sie vielleicht eine neue Handynummer hatte. Beim vierten Klingeln war ich mir dessen schon fast sicher. Beim fünften Klingeln hob sie ab.

»Oh, Kati Hirschel!«, sagte sie mit wacher, kein bisschen schlaftrunkener Stimme.

»Du hast also meine Telefonnummer noch nicht gelöscht.«

»Wie kommst du denn auf so was? Dich lösche ich weder aus meinem Telefon noch aus meinem Herzen. Aber ich bin einfach nicht dazu gekommen –«

Ihre Reaktion war ermutigend, und so kam ich sofort zur Sache.

»Ich muss mit dir reden. Genauer gesagt muss ich dich was fragen. Wie machen wir das am besten? Hast du irgendwann mal eine halbe Stunde Zeit für ein Telefongespräch?«

»Worum geht es denn?«

»Um das Herz«, antwortete ich.

»Ist jemandem etwas zugestoßen?« Ihre Stimme klang plötzlich ernst. Ich glaube, sie ist eine sehr gute Ärztin. Auf jeden Fall eine, die ihren Beruf liebt.

»In welchem Krankenhaus liegt der Betreffende? Und wer ist der zuständige Arzt?«

»Sie liegt im Taksim-Krankenhaus. Auf der Intensivstation.«

»Hm«, sagte Naz und seufzte besorgt. »Wir könnten zusammen zu Mittag essen, in der Nähe der Klinik. Was meinst du?«

Meine Güte! Wie sollte ich denn bis nach Lüleburgaz kommen? Ich habe ja noch nicht mal ein Auto. Hatte Naz womöglich auch die Telefonparanoia? Blöde Frage. Gab es überhaupt noch Leute, die sie nicht hatten?

»Könnten wir nicht am Telefon reden?«, fragte ich fast flehend. »Es geht um eine medizinische Angelegenheit, und bis Lüleburgaz –«

Sie lachte. »Ich wohne nicht mehr in Lüleburgaz, sondern in Istanbul. Ich arbeite im Florence-Nightingale-Krankenhaus.«

Wie praktisch.

»Wann isst du zu Mittag?«

»Was hältst du von halb eins? Wir treffen uns vor dem Krankenhaus. Es ist die Klinik in Şişli.«

Das dritte Telefonat galt der Zeitschrift *Merhaba*. Die Nummer hatte ich aus dem Impressum.

»Kann ich bitte mit Fräulein Handan sprechen?«

»Fräulein Handan?«, wiederholte die Frauenstimme am anderen Ende der Leitung.

»Ja, genau.«

»Dies ist die Zeitschrift *Merhaba*«, sagte die Frau. Ihre Stimme klang tonlos, wie eine automatische Ansage.

»Ganz richtig. Fräulein Handan bei der Zeitschrift *Merhaba*.«

»So jemanden gibt es bei uns nicht. Wir haben eine Frau Hande in der Presse- und Kommunikationsabteilung, meinen Sie vielleicht die? Worum geht es denn?«

»Nein, sie heißt Handan.«

»Dann stimmt die Nummer nicht.«

»Ist das nicht die Nummer eines Medienkonzerns? Haben Sie noch andere Publikationsorgane?«

»Die Gama-Gruppe.«

»Vielleicht arbeitet sie in einem der anderen Medienerzeugnisse. Wenn Sie sich eventuell erkundigen könnten …«

»Wie heißt sie denn mit Nachnamen?«

»Den weiß ich leider nicht«, antwortete ich entnervt und listete stattdessen all das auf, was ich über sie wusste: »Sie hat kurze Haare, ist blond, um die fünfzig, hat eine kranke Mutter und wohnt in Maçka.«

»Haben wir hier eine ältere Dame namens Handan, blond, mit kurzen Haaren?«, rief die Stimme.

»Das ist die Assistentin von Alpagut Bey«, war von weiter weg eine andere Frauenstimme zu vernehmen.

»Ach so, die hieß Handan?«, antwortete die Frau, die mit mir sprach, und sagte dann in die Muschel: »Möglicherweise ist das die Assistentin von Alpagut Bey. Ich verbinde.« Ich hatte keine Zeit, mich zu bedanken, da war sie schon aus der Leitung. Während es klingelte, zögerte ich kurz. Wollte ich wirklich mit Handan reden, im Taxi und unvorbereitet? Ganz bestimmt nicht. Ich legte auf.

So, und jetzt kam meine Mutter an die Reihe. Zuerst auf dem Festnetzanschluss in ihrem Zimmer. Keine Antwort. Dann auf dem Handy. Eine Frau ging ran. Mich packte eine Mischung aus Panik und Schuldgefühl. War meiner Mutter etwas zugestoßen?

»Könnte ich bitte mit Rosalie Hirschel sprechen?«, fragte ich mit zittriger Stimme.

»Die ist bei der Osteoporose-Gymnastik. Rufen Sie in einer halben Stunde noch mal an.«

Uff. Ich atmete auf.

»Ich bin ihre Tochter. Könnten Sie ihr bitte sagen, dass ich angerufen habe?«

»Gern.«

Das war ja einfach. Ich hatte angerufen und sie nicht erreicht. Jetzt hatte ich sogar eine Ausrede.

Ich ließ das Handy in meine Tasche fallen. Wir fuhren gerade den Hang neben dem Maçka-Park hoch. Es war ein traumhafter Morgen. Die Stadt lag in einem herrlichen Licht. Ich öffnete das Seitenfenster, atmete tief ein und beobachtete dabei die Autos hinter uns. Wurde ich verfolgt?

In dem Moment, in dem ich im Lift auf Nils Stockwerk drückte, rief Lale an. »Ich gehe jetzt aus dem Haus. Wohin soll ich kommen?«

»Du bist aber schnell«, gab ich erstaunt zurück. Normalerweise kommt sie morgens nicht so schnell in die Gänge. Allerdings war unser Problem ja auch wirklich ernst.

»Hüsrev-Gerede 44. Es ist die oberste Klingel, glaube ich. Am besten, du rufst an, wenn du vor dem Haus stehst.«

Der Lift hielt auf der Etage. Ich stieß die Tür auf. Vor mir stand Armin. Ob er den Lift gehört hatte? Wie auch immer. Jedenfalls stand er vor mir. Wir grüßten einander.

»Guten Morgen. Du bist offenbar beschäftigt«, sagte er.

»Ich habe das Gespräch gerade beendet«, gab ich zurück und wedelte mit meinem Handy.

Da standen wir nun. Ich wartete darauf, dass er mich hereinbat. Er wartete offenbar darauf, dass ich etwas sagte.

»Bitte entschuldige für gestern Abend. Es ist mir etwas wirklich Wichtiges dazwischengekommen.«

»Ich habe mir gerade Kaffee gekocht«, sagte er.

Ich nickte und versuchte dabei, nicht allzu gierig auszusehen.

»Möchtest du auch einen?«

Sofort ging ich hinein, setzte mich diesmal allerdings nicht auf denselben Sessel wie sonst, sondern ließ mich in der Sofaecke nieder, in der er immer saß. Heute Morgen gab es keine Falten zu verbergen.

»Milch? Zucker?«

»Weder noch«, sagte ich. »Kann ich mal kurz ins Internet? Von meinem Handy aus geht das nicht, es ist ein älteres Modell.«

Er sah sich mein Handy an, das auf dem Sofatisch lag, und verzog das Gesicht. »Es sieht aus, als sei es aus einem Überraschungsei gezogen.« Vermutlich hätte ich diesen Satz niederschmetternd finden müssen, aber das tat ich nicht. Der armselige Zustand meines Handys ist Ausdruck meines Widerstands gegen die Technologie.

»Der Computer steht in meinem Arbeitszimmer, wie du weißt«, antwortete er.

Ich googelte den Gama-Medienkonzern. Er gab Kinderbücher, die Zeitschrift *Merhaba* sowie drei Zeitschriften für Kinder heraus. Ich schrieb mir die Nummer der Telefonzentrale auf.

Es gab noch andere Dinge, die ich nachschauen musste. Zum Beispiel, ob ein gemeindeeigenes Grundstück von 442 Dönüm, also 44,2 Hektar, zum Bauland erklärt worden war, bevor oder nachdem es verpachtet worden war. Denn der Wert veränderte sich je nachdem. Und ob tatsächlich eine der Firmen von Ural Altay es gepachtet hatte. Aber dafür reichte die Zeit nicht. Der Flirt rief. Ich ging in die Küche, zu Armin. Dort saßen wir und schäkerten miteinander, bis Lale anrief und sagte, sie stehe vor dem Haus.

Kaum hatten wir Nils Wohnung betreten, fragte Lale mit großen Augen: »Hast du dich etwa am frühen Morgen in diesem Aufzug vor Armins Tür aufgebaut?«

»Was ist denn mit meinem Aufzug?«

»Sieht aus, als ob du zu einem Cocktail gehen würdest.«

»Ich bin aus dem Lift gestiegen, und da stand er vor der Tür. Geht's dir noch gut, Lale?«

Sie hörte mir gar nicht zu. Wie hypnotisiert hatte sie die Stufen angesteuert, die zum Wohnzimmer hinaufführten.

»Das ist ja wirklich großartig hier. Du hast recht, das ist nicht nur eine Frage des Geldes.«

Dann begutachtete sie den Julian Opie.

»Es heißt, dass von lebenden Künstlern keine Fälschungen hergestellt werden. Aber dies hier ist bestimmt eine Fälschung. Das kann doch gar nicht sein.«

»Lale, sei jetzt nicht neidisch!«

»Was heißt hier, sei nicht neidisch! Wenn dieses Bild echt ist, dann ist es mindestens 200 000 Euro wert.«

»Wir wissen doch gar nicht, wann sie es gekauft hat. Vielleicht war der Künstler damals noch gar nicht so berühmt.«

»Oder aber sie hat mit den Kassetten eine Menge Geld gemacht«, flüsterte sie in mein Ohr.

»Genau, darüber wollte ich mit dir auch reden.«

»Hier?« Sie ließ ihren Blick über die Zimmerdecke zu den Gasleitungen, dem Lampenschirm auf dem Sofatisch und dem Lüster über dem Esstisch schweifen.

Konnte es sein, dass überall Überwachungskameras und Mikrofone versteckt waren? Ja, das konnte es. Ich nahm den Kopf zwischen meine Hände und ließ mich aufs Sofa fallen.

Lale ist großartig. Ich habe sie sehr gern. Aber mit Sicherheit wollte ich mich mit ihr in keine Zweier-Psychose hineinsteigern. Ich musste ganz ruhig und logisch bleiben. Es gibt die Paranoia, aber auch die Logik. Als ich aus dem Taxi gestiegen war, hatte ich ein bisschen auf der Straße herumgetrödelt und dabei die Autos beobachtet, die dort parkten. Es war nichts Beunruhigendes zu sehen gewesen. Rein gar nichts.

»Wir können hier nicht reden«, flüsterte Lale, den Blick immer noch auf die Zimmerdecke geheftet.

»Was sollen wir tun?«

»Setz dich ein bisschen hin, ich gucke mich in den anderen Zimmern um, und dann gehen wir etwas trinken.«

»Hör auf mit der Paranoia«, flüsterte ich.

»Auch wenn ich paranoid wäre, könnte ich beobachtet werden!«

Ich gab sofort nach. Mit Menschen, die den Verstand verloren haben, kann man nicht reden.

Wir gingen ins House Café und setzten uns in die hinterste Ecke mit Blick auf den Moscheegarten.

»Sag mir, was du denkst«, bat sie.

»Diese Bande, oder was immer es ist, weiß nicht, dass es uns gibt. Ich glaube, sie wissen noch nicht mal, dass Nil diese Kameraaufnahmen hat.«

»Wie kommst du darauf?«

»Kommt es dir nicht seltsam vor, dass wir hier so völlig ungestört herumlaufen können? Meinst du, das lassen die zu? Das Mindeste wäre, dass uns jemand verfolgt.«

Sie sah mich gedankenverloren an. »Allerdings wissen wir nicht, ob uns jemand verfolgt.«

»Das hätten wir bemerkt. Die hätten uns bedroht, eingeschüchtert und daran gehindert, die Kassetten an uns zu nehmen. Oder es zumindest versucht.«

»Das hört sich logisch an«, antwortete sie. »Aber was glaubst du, wie Nil an diese Aufnahmen gekommen ist?«

»Wenn die Stimme auf der Kassette Kerem Dargın gehört, das heißt, wenn er mit der Sache zu tun hat – und danach sieht es aus …«

»Ja, weiter?«

»Dann ist auch Nil …«

Es war wirklich eine höchst unerfreuliche Geschichte. Ich hatte keine Lust, diesen Satz zu Ende zu sagen. Lale tat es an meiner Stelle.

»Nil ist diejenige, die mit den Männern anbändelt und die Kameraaufnahmen ermöglicht. Es muss eine Frau in die Geschichte verwickelt sein, sonst würden die Männer nie an diese Videos kommen. Das erklärt auch, warum man bei den Aufnahmen, die wir gesehen haben, keine Sexszenen sieht. Nil bleibt unsichtbar.«

»Gut, wir sind uns einig. Lass uns das nicht weiter ausführen«, sagte ich. Ich konnte es nicht ertragen.

»Wieso bist du so empfindlich, wenn es um diese junge Frau geht? Du kennst sie doch gar nicht.«

Seit heute Morgen war ich nicht mehr allein wegen Nils Ähnlichkeit mit Kate Winslet empfindlich.

»Wenn du ihren Roman lesen würdest ... Na ja. Was soll's.«

»Es ist tatsächlich schwer zu verstehen. Wieso lässt sich jemand auf so etwas ein? Wegen des Geldes?«

Ich holte tief Luft.

»Und noch dazu, wenn man so intelligent, kreativ und schlau ist.« Ich holte erneut tief Luft.

»Vielleicht ist sie krank.«

»Wenn du mal aufhören könntest, immer alles in eine Schublade packen zu wollen ... In deinen Augen sind alle krankhafte Lügner, Schizophrene ...«

»Wie soll man das denn sonst erklären? Meinst du, es war nur Geldgier?«

»Ich weiß es nicht«, sagte ich. »Vielleicht genoss sie das Machtgefühl, Einfluss auf eine ganze Reihe von Leuten zu haben. Na, jedenfalls bin ich schwer enttäuscht von ihr.«

»Enttäuscht? Auch Kerem war auf guten Schulen, ist ein respektierter Mann, Chefredakteur einer großen Zeitung, und seine Frau ist sicher überzeugt, dass er auch ein großartiger Familienvater ist. Tags Dr. Jekyll, nachts Mr. Hyde.«

Der Kellner kam, wir schwiegen eine Weile.

»Und warum hast du mich hergeholt?«, fragte Lale, als er gegangen war.

Jetzt kamen wir zum eigentlichen Thema.

»Wir hatten ja beschlossen, über diese Kassette oder Aufnahme Schweigen zu bewahren.«

»Hatten wir das?«, fragte sie.

Glaubte meine Freundin etwa, nach dem Gespräch von gestern würde ich immer noch aufbegehren?

»Hatten wir«, bekräftigte ich deshalb. »Und jetzt ist die Frage, wie wir dafür sorgen, dass auch die anderen die Klappe halten. Tu, was du willst. Jage ihnen Angst ein, behaupte, Hakans Karriere an der Uni stünde auf dem Spiel, Fofo würde ausgewiesen, Pelin ... keine Ahnung, lass dir was einfallen. Aber sie sollen die Sache auf sich beruhen lassen.«

»Und die Kassetten?«

»Die soll Hakan behalten.«

»Nicht doch! Wieso denn Hakan? Vielleicht können die uns ja irgendwann mal nützlich sein!«

Ich sah sie schweigend an. Was war nur los mit dieser Frau?

»Wozu denn, Lale? Du meinst, wir sollen sie behalten für den Fall, dass wir mal jemanden erpressen wollen?«

»Oh, ja gut, okay. Und was macht Hakan damit?«

»Was er will. Er kann sie ins Meer werfen oder vergraben. Oder er versteckt sie irgendwo und bringt sie irgendwann wieder zum Vorschein. Das geht uns nichts an.«

»In Ordnung«, sagte sie ergeben. Sie hatte sich erkennbar beruhigt. »Und wieso bist du so früh am Morgen nach Nişantaşı gekommen? Wegen Armin?«

»Ach was. Ich habe das Gefühl, irgendwas zu übersehen. Und ich dachte, mir würde klar werden, was es ist, wenn ich mich noch mal in der Wohnung umschaue. Aber dem war nicht so.«

Sie zuckte mit den Achseln. »Du hast doch gefunden, was du gesucht hast. Ich weiß nicht, was du jetzt noch willst.«

»Aber du siehst ein, dass mein Verdacht nicht unbegründet war.«

»Du hast dich gefragt, wie sich die junge Frau so ein phantastisches Leben leisten konnte, und jetzt ist klar, wieso. Was willst du jetzt noch?«

Die konnte so viele Krimis lesen, wie sie wollte, es war für die Katz.

»Und was ist mit Kerem?«

Sie zuckte mit den Achseln. »Er hat einen Verkehrsunfall gehabt und liegt im Koma. Was ist dabei? In diesem Land sterben jedes Jahr zehntausend Menschen bei Verkehrsunfällen.«

»Mensch, Lale! So viel Zufall gibt's doch gar nicht! Beide landen an demselben Tag im Krankenhaus. Und nicht wegen irgendwelcher Lappalien, sondern sie liegen beide im Sterben.«

»Das ist tatsächlich seltsam. Ich habe zwar schon mal davon gehört, dass Leute bei gewissen sexuellen Praktiken sterben können. Dass jemand aber erst Stunden danach umkommt, höre ich zum ersten Mal. In den neunziger Jahren ist in England ein konservativer Abgeordneter gestorben, weißt du noch? Er hatte ein Elektrokabel um den Hals … Angeblich wird durch den Sauerstoffmangel der Orgasmus intensiver.«

»Je größer das Risiko, desto größer die Lust. Verglichen damit war Kerems Sexspielchen ziemlich ungefährlich.«

»Ungefährlich schon, aber auch ziemlich schwach. Die Phantasie eines Pubertierenden. Für Schokoladenliebhaber gibt es auch eine Variante mit Nutella, wie du weißt.«

»Ich habe auch gehört, dass es für Franzosen eine Variante mit Pâté de Foie gras gibt und für Araber eine mit Hummus.«

»Gott erhalte dir deinen Humor!«, rief Lale und lachte.

»Wir machen uns jetzt über Kerems Phantasien lustig, aber wenn du dich erinnerst, war ganz schön was los, als *9 ½ Wochen* herausgekommen ist.«

»Ja, aber das war in den Achtzigern. Seither hat sich doch einiges getan auf dem Gebiet!«

»Ach, Lale, sag doch nicht so was.« Wenn ich ihre sexuellen Phantasien nicht kennen würde, würde ich mir das ja anhören, aber so … »Was ich seltsam finde, ist, dass Kerem aus Neuseeland Honig hierherschleppt. Das Spielchen finde ich nicht so abwegig wie die Idee, von so weit weg Honig mitzubringen.«

»Das Gesundheitsministerium ist neulich auf Firmen gestoßen, die Honig panschen. Sie mischen Zucker hinein.« Lale sah mich an und verzog das Gesicht. »Da du keine Zeitungen liest, hast du davon natürlich nie gehört. Vielleicht hat Kerem den Honig dort gekauft, um sicherzugehen, dass keine Zusätze drin sind.«

»Biohonig«, murmelte ich.

»Was heißt hier Biohonig? Man weiß doch gar nicht, auf welche Blüte die Biene sich setzt. Bienen sind so unberechenbar wie die Liebe.«

Sie lachte laut über ihre eigene Bemerkung. Ich fiel nicht mit ein, denn mich hatte ein Geistesblitz getroffen. Das klingt jetzt ein bisschen übertrieben, sagen wir: Ein Lichtstrahl hatte meine Gedanken erhellt.

»Tja«, murmelte ich. »Genau deshalb gab es bei uns zu Hause nie Honig. Wie du weißt, war mein Großvater mütterlicherseits Arzt.« Ich sah aufgeregt auf die Uhr. Noch nicht mal zehn.

»Sollen wir gehen? Um halb eins treffe ich Naz.«

»Welche Naz? Die Ärztin, die Schwester von Sani?«

Ich nickte.

»Wir treffen uns zum Mittagessen. Sie lebt jetzt in Istanbul. Und vorher möchte ich Handan an ihrem Arbeitsplatz aufsuchen. In Mecidiyeköy. Komm doch mit, wenn du magst.«

»Ja, sicher«, antwortete sie und hob sofort den Arm, um die Rechnung zu verlangen.

»Hast du es so langsam satt, immer nur zu Hause herumzuhängen?«

Sie blies die Wangen auf. »Ob ich es so langsam satthabe? Platzen könnte ich. Woran hast du das bemerkt?«

Sagen Sie selbst: Hätte ich das irgendwie übersehen können?

»Wenn das mit dem Laden nebenan klappt, stell ich dich ein.«

»Was für ein Laden nebenan?«

Das wusste sie natürlich nicht. Ich klärte sie auf. Und als wir im Auto saßen, rief ich sofort Fofo an, um zu erfahren, ob es in der Sache etwas Neues gab. Die Pächterin war offenbar den ganzen Tag noch nicht gesichtet worden. Pff.

Der Gama-Verlag hatte seinen Sitz in einem ehemaligen Wohnhaus, das alle Merkmale der siebziger Jahre aufwies. Vor dem Eingang saß ein Mann auf einem Hocker und las in einer Sportzeitung mit vielen bunten Bildern. Ich fragte ihn, wo wir Alpagut Bey finden könnten.

»Im fünften Stock«, antwortete er und wandte sich sofort wieder den Fotos zu.

»Wo sitzt seine Assistentin Handan Hanım?«

»Auch im fünften Stock«, antwortete er und hob die Zeitschrift weit genug, dass sie sein Gesicht verdeckte. Botschaft angekommen. Offensichtlich waren wir auf ein seltenes Exemplar gestoßen: einen wortkargen Türken. Wir nahmen den Lift.

»Was wollen wir der Tussi eigentlich sagen?«, fragte Lale.

»Wir sind doch nicht hier, um ihr was zu sagen, sondern damit sie uns was sagt.«

»Du bist ja cool!«

»Das kannst du ruhig auch sein. Schließlich gibt es so was wie Improvisationstalent. Und das haben wir beide zur Genüge.«

Ruckelnd kam der Lift zum Halt. Lale schob mich vor sich her durch die Tür. Da saß sie – Handan. Bei meinem Anblick wurde sie bleich.

»Wir wollten Sie treffen«, sagte ich mit Quietschstimme, als wäre ich einem Animationsfilm entsprungen – vermutlich stand ich unter dem Einfluss der vielen Filmplakate an den Wänden, von *Ratatouille* bis *Hugo das Dschungeltier*.

»Bei unserem Treffen gestern haben Sie vergessen, mir zu sagen, dass Sie im Krankenhaus Informationen über Nils Gesundheitszustand eingezogen haben. Und da haben wir gedacht, wir fragen einfach mal, ob Sie vielleicht noch mehr vergessen haben.«

Sie schluckte mühsam. Dann packte sie kurzentschlossen ihre Handtasche, die an der Lehne ihres Stuhls hing, und sagte: »Lassen Sie uns rausgehen, hier können wir nicht sprechen, ganz ehrlich.«

»Das glaube ich, ganz ehrlich«, gab ich zurück. Das stimmte sogar. Sie stand vor mir, wie um mir den Weg zu versperren. Ich drehte mich um, ließ mich in einem der Sessel nieder, die vor ihrem Schreibtisch standen, schlug die Beine über und betrachtete genüsslich meine lila Stiefel: Da hatte ich im Winterschlussverkauf ein tolles Schnäppchen gemacht.

Lale setzte sich auf den Sessel mir gegenüber. Sie wirkte ein bisschen verlegen. Klar, sie ist solche Sachen nicht gewöhnt. Schließlich wird man zum Detektiv nicht geboren.

Handan legte die Hände vor ihrer Brust zusammen, wie zum Yogigruß. »Könnten wir bitte rausgehen.«

»Sie haben uns ja nicht mal Tee angeboten, ts, ts, ts«, entgegnete ich. Sie verstehen sicher, dass ich die Situation bis zur letzten Sekunde auskosten wollte. Es war schließlich das erste Mal seit Tagen voller sinnloser Hektik, dass es etwas zum Auskosten gab.

»Ich werde den Roman nicht veröffentlichen, ich schwör's. Ich weiß, dass es ein Fehler war«, flüsterte sie. »Bitte lassen Sie uns rausgehen.«

Was sagte diese Frau da? Ich hatte mich doch bestimmt verhört, oder?

»Sie wollten Nils Roman als Ihren eigenen –«

»Wirklich, ich werde ihn nicht veröffentlichen. Ich schwöre auf alles, was Sie wollen.«

Diese Frau hatte also die Hausschlüssel geklaut, sich vergewissert, dass Nil sterben würde, sich dann in deren Wohnung umgesehen – und das alles, um Nils Roman unter ihrem eigenen Namen zu veröffentlichen. Pfui aber auch!

»Bitte«, flüsterte sie erneut. »Alpagut Bey …«

Plötzlich empfand ich Mitleid. Die Frau war eine arme Seele. Ob sie sich jemals überlegt hatte, was sie in Interviews zu diesem Roman, der nicht ihr eigener war, sagen würde? Und was würde passieren, wenn darauf kein weiteres Buch folgte?

»Okay, lass uns gehen«, sagte ich, unterbrach die Begutachtung meiner lila Stiefel und stand auf. »Wohin?«

Sie führte uns in eine nahegelegene Konditorei. In diesem Stadtviertel überfällt mich immer das Gefühl, die besten Zeiten meines Lebens hinter mir zu haben. Und dieses Café war eine Kopie der armseligen Konditoreien in den Busbahnhöfen der anatolischen Kleinstädte.

»Du wolltest also Nils Roman unter deinem eigenen Namen veröffentlichen«, hob ich an. Ich hatte aufgehört, sie zu siezen.

»Ich brauche Geld. Ich muss mich um meine kranke Mutter kümmern. In der Zeitung stand, die Schriftsteller würden so gut verdienen. Liebesromane würden sich besonders gut verkaufen. Und als Nil mir gesagt hat, dass sie einen Liebesroman schreibt und ihn noch niemandem zu lesen gegeben hat … Und ich meine, sie wird sowieso …«

»… sterben«, ergänzte ich. Das war ja alles verständlich, aber was hatte Nil mit dieser Frau zu schaffen?

»Was hat dich überhaupt mit Nil verbunden?«

Sie sah mich erstaunt an. Was gab es da zu glotzen? Man freundet sich ja nicht einfach ohne Grund mit jedem x-Beliebigen an.

»Sie suchte einen Verlag für ihren Roman. Und ich arbeite in einem Verlag.«

»Du bist Sekretärin in einem Kinderbuch-Verlag«, fuhr ich sie an. Das war zwar nicht nett von mir, aber ich war stinkesauer.

»Stimmt«, piepste sie.

»Und du hast Nil nicht gesagt, dass du Sekretärin bist?«

Erschreckt riss sie die Augen auf. »Meine Mutter ist schwerkrank«, fing sie an, und dann folgten lange Ausführungen, durchsetzt mit »ganz ehrlich« und »bei Gott«. Wahrscheinlich war wieder alles gelogen. Irgendwann hielt ich es nicht mehr aus. Der Teufel flüsterte mir schon die ganze Zeit ein, ihr den Aschenbecher an den Kopf zu werfen.

»Jetzt hör mal gut zu«, sagte ich. »Ich würde dir am liebsten den Mund zuzementieren, damit du aufhörst zu lügen. Vergiss den Roman.«

Sie schrak zusammen. »Bei Gott, ich lüge nicht. Ich schwöre es bei allem, was mir heilig ist.«

»Es reicht!«, rief ich. »Komm, Lale, wir gehen.«

Lale sprang sofort auf und marschierte Richtung Parkplatz. Ich hinterher. Wir waren noch nicht um die Ecke, da klingelte mein Handy. Handan. Ich ging nicht ran. Wozu? Ich hatte gesagt, was ich zu sagen hatte.

»Meinst du nicht, dass du ein bisschen zu hart mit ihr warst?«, fragte Lale, als wir am Wagen angekommen waren, und sah mich furchtsam an.

»Idioten, Lügner und Leute mit schlechtem Charakter kann ich nicht ausstehen«, antwortete ich.

»Kann ja sein, dass sie einen schlechten Charakter hat und lügt, aber blöd ist ihr Vorgehen nicht. Es gibt einen Roman, den niemand gelesen hat und dessen Autorin im Sterben liegt. Und diese Gelegenheit hat sie sich nicht entgehen lassen. Das ist doch sehr logisch.«

»Du meinst wohl, aus ihrer Sicht ist es logisch. Denn wenn du selbst es auch logisch fändest, dann würde das heißen, dass ich ein falsches Bild von dir habe, und in dem Fall würde ich lieber ein Taxi nehmen.«

»Moment, Moment! Reg dich doch nicht gleich so auf. Ich meine natürlich, dass es aus ihrer Sicht logisch ist. Sie wird reich und berühmt –«

»Schluss jetzt! Seit wann werden Schriftsteller denn berühmt? Würdest du etwa Thomas Pynchon erkennen, wenn du ihn auf der Straße sehen würdest?« Ich lachte. Es tut mir gut, Leute zurechtzuweisen. Echt. »Bring mich doch bitte zum Florence Nightingale.«

»Aber klar«, antwortete sie sanft.

Auf dem Weg berechneten wir das Autorenhonorar, das Handan hätte einstreichen können, wenn der Roman herausgekommen wäre. Ich pfiff. Wenn 50 000 Exemplare verkauft worden wären, hätte sie richtig Geld verdient. Selbst 10 000 … Na gut, ich gebe es zu, ich habe mich geirrt: Die Tussi war nicht blöd. Sie hatte bloß einen schlechten Charakter und log und klaute.

Und dann trug ich Lale eine Menge Aufgaben auf. Das hatte sie davon, wenn sie nicht länger zu Hause hocken wollte. Sie sollte erstens alle Kassetten durchgucken, die wir bei Nil gefunden hatten, und herausfinden, wer die Erpressungsopfer waren. Falls wir irgendwann mit denen zu tun haben sollten, konnte es nützlich sein zu wissen, um wen es sich handelte. Zweitens glaubte ich zwar nicht, dass Handan einen Komplizen hatte, aber da ich mich nicht auf Vermutungen verlassen wollte, bat ich sie, zusammen mit Pelin und Hakan die Aufnahmen der Überwachungskamera des Wohnhauses durchzusehen.

Naz lehnte an der Mauer und sah mir mit leuchtenden Augen entgegen. »Du hast dich überhaupt nicht verändert«, sagte sie, als wir einander umarmten.

Das schmeichelte mir zwar, aber dennoch entgegnete

ich: »Wir haben uns doch schon ewig nicht gesehen, seither habe ich mich bestimmt verändert.«

»Deine Frisur – ich weiß nicht. Die hat mir früher vielleicht besser gefallen.«

»Meinst du?«

»Du siehst so fremd aus damit.«

»Das habe ich in letzter Zeit auch gedacht«, räumte ich ein. »Ich werde mir wohl eine neue zulegen.«

»Aha«, sagte sie und zwinkerte mir zu. »Hast du einen neuen Freund?«

»Vielleicht bald«, sagte ich. »Und du?«

»Ich habe geheiratet. Mein Sohn ist letzten Freitag fünf Monate alt geworden. Du kannst mich ja mal besuchen und ihn dir ansehen.« Sie zeigte mir das Display ihres Handys mit dem Foto von einem pummeligen Baby. Sah süß aus.

Sie hängte sich bei mir ein. »Komm, lass uns irgendwo hingehen. Viel Zeit habe ich nicht. Und ich muss etwas essen, bevor ich wieder mit der Arbeit beginne.«

Das Mittagsmenü des Restaurants erfreute sich bei den Angestellten der Umgebung offensichtlich großer Beliebtheit, jedenfalls war es gesteckt voll. »Und?«, fragte sie, kaum dass wir Platz genommen hatten. »Erzähl.«

Ich kam sofort zur Sache. »Du erinnerst dich wahrscheinlich an Pelin, sie arbeitet bei mir im Laden. Eine Freundin von ihr ...«, begann ich und erzählte ihr dann, was Nil zugestoßen war, ohne jedoch die Wahrsagerin, die Kassetten und Kerems Identität zu erwähnen – das hatte mit unserem Thema nichts zu tun. Besorgt hörte sie mir zu.

»Und was willst du von mir erfahren?«

Einen Moment lang schwieg ich und biss mir auf die Lippen.

»Könnte jemand Nils Kammerflimmern verursacht haben?«

»Wie meinst du das? Indem er ihr ein Mittel verabreicht, das die Herzdurchblutung verstärkt?«

»Zum Beispiel«, antwortete ich. Dabei fiel mir der Film *Der Außenseiter* ein, mit Jean-Paul Belmondo. Ich weiß nicht, ob Sie den gesehen haben, jedenfalls bekämpft da ein eigenbrötlerischer Polizist – Belmondo – mit eigenwilligen Methoden eine Marseiller Drogenhändlerbande. Die Bandenmitglieder halten ihn in einem kleinen, schmutzigen Hotelzimmer fest und spritzen ihm Heroin, bis er abhängig ist. Großartig, oder? Natürlich möchten Sie jetzt wissen, wer das Drehbuch geschrieben und wer den Film gedreht hat. Beides war Jacques Deray. Möge er in Frieden ruhen.

»Nil hat offenbar Ecstasy und Haschisch genommen. Aber bei den Drogentests im Krankenhaus haben sie nichts Verdächtiges gefunden. Zumindest hegt der Arzt keinen Verdacht.«

»Warum sollte jemandem mit Gewalt etwas verabreicht werden … Denkst du an Vergewaltigungsdrogen?« Nachdenklich sah sie mich an. »Ich versuche nur, deinen Gedankengang nachzuverfolgen.«

»Ich weiß ja selbst nicht, was ich von der Sache halten soll. Die junge Frau trinkt Kaffee, plötzlich hat sie

Schaum vor dem Mund, und sie fällt in Ohnmacht. Die Leute, die das beobachten, denken an einen epileptischen Anfall. Und bevor sie den Kaffee bestellt hat, hat sie noch gesagt, sie fühle sich nicht gut, sie brauche einen Kaffee zur Stärkung.«

Naz hörte mir aufmerksam zu.

»Zu Hause hatte sie bereits Kaffee und einen Energydrink getrunken. Da ist doch auch eine Menge Koffein drin, oder?«

Sie nickte zustimmend.

»Energydrinks sind reines Koffein. Die allein können einen Menschen eigentlich schon umbringen. Das hat es auch schon gegeben. Eine Zeitlang sind immer wieder junge Leute daran gestorben.«

»Im Müll lagen sieben Dosen Energydrinks. Aber ich weiß natürlich nicht, wann sie die getrunken hat. Eine weitere leere Dose stand auf dem Küchentisch, zusammen mit Kaffeetassen.«

»Koffein beschleunigt in der Tat den Herzschlag. Aber ihr Körper war das wahrscheinlich gewohnt. Wenn sie das immer so macht … Natürlich könnte da einiges zusammengekommen sein: Müdigkeit, Schlaflosigkeit …«

»Ihre Mutter hatte Herzprobleme«, fügte ich hinzu.

»Okay, das verstehe ich alles, aber wieso denkst du, dass da eine dritte Person die Hand im Spiel hat?«

»Von einer Hand im Spiel kann man eigentlich nicht reden. Ihr Freund war an dem Morgen bei ihr. Sie haben die Szenen aus *9½ Wochen* nachgespielt. Kurz nach zwölf ist er gegangen. Etwa drei Stunden später wurde sie ins Krankenhaus gebracht. Und der Typ ist, kurz nachdem er das Haus verlassen hat, von einem Autobus angefahren worden und liegt jetzt in kritischem Zustand im Amerikanischen Krankenhaus. Und ich denke –«

»Moment mal, was heißt ›die Szenen aus 9½ *Wochen*‹?«

»Kennst du den Film etwa nicht? Mit Kim Basinger, Mickey Rourke …«

»Nein. Worum geht's da?«

Gott, die jungen Leute von heute!

»In einer Szene kommt die Frau aus der Dusche, während er in der Küche Frühstück macht. Sie setzt sich vor den Kühlschrank und schließt die Augen, und er steckt ihr Chili, kandierte Kirschen und so weiter in den Mund. Schließlich gießt er Honig über sie und beginnt, ihn abzulecken.«

Sie lachte laut. »Wir könnten uns den Film ja auch mal angucken. Als Anregung.«

»Wie lang seid ihr schon verheiratet?«

»Zwei Jahre.«

Wenn sie schon jetzt nach Anregungen suchten … Egal, ich kümmerte mich lieber um meine eigenen Angelegenheiten.

»Nils Freund hat an dem Morgen Honig mitgebracht, offenbar schon mit der Absicht, diese Szene zu spielen. Der Fußboden vor dem Kühlschrank wie auch Nils Bademantel klebten von Honig. Heute ist mir mein Großvater eingefallen …«

Sie fuhr sich durchs Haar. »Was hat dein Großvater damit zu tun?«

Sie hatte recht. Vor lauter Aufregung gelang es mir nicht, die Dinge in einer logischen Abfolge zu erzählen.

»Mein Großvater war Arzt. Und ihm kam kein Honig ins Haus. Ich selber esse auch heute noch nur sehr selten Honig.«

Jetzt hatte sich meine Aufregung auf sie übertragen. Sie unterbrach mich. »Tollhonig! Haben sie Tollhonig gegessen?«

»Was soll das denn sein?«

»Das ist Honig von einer Pflanze, die im Schwarzmeergebiet, ich glaube in der Nähe von Trabzon, wächst. Er gilt als Mittel gegen Geschwüre und Nervenkrankheiten. Wissenschaftlich nachgewiesen ist das allerdings nicht. Ab einem gewissen Quantum wirkt dieser Honig toxisch. Erst letztes Jahr hatten wir so einen Fall im Krankenhaus. Der Patient hatte ein Geschwür und hat dagegen jeden Tag einen Löffel Tollhonig gegessen. Ich weiß zwar nicht, ab welcher Menge dieser Honig toxisch wirkt, aber das kann ich herausfinden.«

Ich war ein bisschen enttäuscht.

»Lass nur. Mit Trabzon hat das nichts zu tun. Der Honig kam aus Neuseeland.«

Sie hob erstaunt die Augenbrauen.

»Honig aus Neuseeland? Wo hatten sie den denn her?«

»Er hatte eine Reise nach Neuseeland gemacht, von da hat er den wohl mitgebracht. Was für ein Mitbringsel hätte der arme Kerl denn sonst kaufen sollen?«

Sie hielt sich die Hand vor den Mund und lachte. »War das einer der Geschäftsleute, die mit dem Staatspräsidenten dort hingefahren sind?«

Dass jeder außer mir Bescheid wusste, wann der

Staatspräsident mit wem wohin geflogen war … »Es war einer der begleitenden Journalisten.«

»Also wirklich. Sieh dir das an. Da hat er also, während er mit dem Staatspräsidenten unterwegs war, dauernd daran gedacht, wie er nach Istanbul zurückkehren und vor dem Kühlschrank Honig lecken würde!«

Die Sache war wirklich bizarr. Ich lachte.

»Gut, aber selbst wenn der Honig toxisch war, dann leckt doch im Film der Mann den Honig von der Frau, oder?«

»Im Film schon. Aber offenbar haben sie die Phantasie gleichberechtigt umgesetzt. Denn die Unterwäsche der beiden, die im Wäschekorb lag, war völlig verklebt.«

Sie lächelte peinlich berührt und starrte geradeaus. Manche Leute dringen offenbar nicht gern so tief in das Leben ihrer Mitmenschen ein.

Sie zog ihr Smartphone aus der Tasche. »Mal sehen, ob es auch in Neuseeland Tollhonig gibt.«

Während Naz »Neuseeland Gifthonig« googelte, kam mir der Gedanke, dass ich, wenn ich als Detektivin Fuß fassen wollte, meinen Widerstand gegen die Technologie aufgeben sollte. Mittlerweile ist es undenkbar, Todesfälle und Verbrechen aufzuklären, wenn man nicht 24 Stunden am Tag Internetzugang hat.

Sie zeigte mir das Display ihres Telefons: »Guck!«

Ich sah. Neuseeländischer Gifthonig war berühmt.

»Das heißt, man bleibt besser bei unserem einheimischen Honig mit viel Zucker, zumindest solange er nicht vom Schwarzen Meer kommt«, sagte sie laut lachend.

*Fatmas Schwangerschaft mit 47, Nigeria und …
ich habe den Laden von nebenan übernommen!*

Am Dienstagabend lag ich, nach der tagelangen Hektik, endlich in meinem Bett und schmökerte in meinem langvermissten Roman, da klingelte das Telefon. Es war Fatma. O Gott! Erst jetzt fiel mir ein, dass ich vergessen hatte, mich bei ihr zu melden.

»Ich rufe dich gleich zurück«, sagte ich sofort.

»Seit Tagen warte ich schon.«

»Ist ja gut.«

Wir legten auf.

»Morgen kann ich nicht kommen«, sagte sie, als ich sie wieder in der Leitung hatte.

»Na, gut, dann kommst du eben am Donnerstag.«

Die Wohnung war total verschmutzt, schließlich gehen hier, wie Sie wissen, jede Menge Leute ein und aus. Aber ich würde es noch einen Tag aushalten.

»Am Donnerstag kann ich auch nicht.«

»Was ist los? Bist du krank?«

»Ich bin schwanger. Der Arzt hat mir verboten, arbeiten zu gehen.«

»Was heißt hier schwanger, Fatma, du bist 46.«

»47«, berichtigte sie. »Das war Gottes Wille.«

Nach diesem erbaulichen Gespräch stand ich auf und

DB FERNVERKEHR AG
STEPHENSONSTR. 1
60326 FRANKFURT AM MAIN
UID NR. : DE 260656754

Zugnummer:	ICE	000375
Dienstnummer:		040058
Wagennummer:		938058040073

MC #02
REG PETRILLO 24-11-2016 19:16 000054
PLATZNUMMER. 6

RECHNUNG

RECHNUNGSNUMMER. 18

1	BITBURGER -GLAS 0,3 L	EUR 3,30
	TOTAL	**EUR 3,30**
	BAR	EUR 3,30
	NETTO	EUR 2,77
	MWST 19%	EUR 0,53

Es bediente Sie: HERR PETRILLO
Verkaufsort: RESTAURANT

MWST-AUSWEIS: LEISTUNGSORT GEMÄß
ART. 57 RICHTLINIE 2006/112/EG

MEHRWEG STATT EINWEG DER UMWELT ZU LIEBE
SIE BRINGEN IHREN MEHRWEGBECHER MIT.
WIR BEFÜLLEN IHN MIT KAFFEE.
UNTERSTÜTZEN SIE UNS MÜLL ZU REDUZIEREN.

ging ins Wohnzimmer, wo die anderen pausenlos vor dem Fernseher saßen – entweder, um Filme zu gucken oder aber um die Videoaufnahmen von Nils Wohnhaus durchzusehen.

»Fatma ist schwanger und kommt nicht mehr putzen«, verkündete ich.

»Das kann doch nicht sein. Die ist doch schon fünfzig!«, rief Fofo.

»Sie sagt, sie sei erst 47, und es sei Gottes Wille«, antwortete ich.

»Das wievielte Kind ist es?«, fragte Lale.

»Das dritte.«

»Unser Ministerpräsident verlangt doch sowieso, dass wir drei Kinder machen sollen, weil sonst die Bevölkerung der Türkei abnimmt.« Das war Lale. Die schafft es doch, jedes Thema in Richtung Politik zu drehen.

»Mir ist es auch nicht recht, wenn die Bevölkerungszahl unter 36 Millionen fällt«, fiel Fofo ein.

»Die Türkei hat derzeit 72 Millionen Einwohner«, sagte Pelin neunmalklug.

»Schon, aber mich interessieren nur 36 Millionen davon. Und meines Wissens interessierst du dich –«

»Für die anderen 36 Millionen interessiere offenbar nur ich mich«, warf Hakan ein.

»Was seid ihr langweilig«, sagte ich.

»Und was macht ihr jetzt ohne Putzfrau?«, fragte Pelin.

»Ich habe schon eine Idee«, antwortete ich. »Ich rufe mal Nigeria an.«

Am nächsten Morgen weckte mich das Klingeln meines Handys: Fofo.

»Du glaubst nicht, was passiert ist. Komm sofort her! Schnell!«, schrie er mir ins Ohr.

»Was ist denn los?«

»Melis Hanım hat sich auf offener Straße mit dem Teppichverkäufer in die Wolle gekriegt. Er war das offenbar, der sie angezeigt hat, zusammen mit dem Toastmann Gaffar. Die beiden haben offenbar ein Auge auf den Laden geworfen. Und sie hat gebrüllt, sie würde ihnen den Laden nicht überlassen.«

Die Frage: »Wer ist Melis Hanım?«, musste ich nicht mehr stellen. »Du meinst die Pächterin von nebenan?« Ich sprang aus dem Bett.

Als ich vor dem Buchladen ankam, waren weder der Teppichhändler noch der Toastverkäufer Gaffar zu sehen. Melis Hanım saß auf einer Stufe vor ihrem Laden und qualmte eine. Als sie mich sah, veränderte sich ihr Gesichtsausdruck, aber ob das ein Lächeln war, was sie aufsetzte, oder ob sie ihr Unbehagen ausdrücken wollte, konnte ich nicht ausmachen.

»Tut mir leid für Sie«, sagte ich.

»Danke. Ich wollte sowieso mit Ihnen reden. Ich werde meinen Laden nicht diesen Barbaren überlassen.«

Ein Glücksgefühl überkam mich. Das konnte ich doch unmöglich falsch verstanden haben, oder? »Kommen Sie auf einen Tee in meinen Laden«, schlug ich vor.

»Ja gut, hier auf der Straße kann man nicht in Ruhe reden.«

Wenn Sie mich fragen, war sie ziemlich unsympathisch, aber was soll's. Es gelang mir, nichts Falsches zu sagen, bis wir handelseinig geworden waren.

Wenn etwas sehr Erfreuliches eintrifft, ist man meistens verwirrt. Sollte ich jetzt eine Flasche Champagner köpfen? Eine rauchen? Oder vielleicht bei Armin klingeln und, sowie er die Tür öffnete, meine Lippen auf seine pressen? Ach was. Wie kam ich nur auf so eine Idee? Ich rief Lale an.

»Du brauchst nicht mehr zu Hause herumzuhängen!«, zwitscherte ich ins Telefon.

»Was ist passiert? Ich kann jetzt nicht lange reden, ich gucke gerade mit dem Portier Osman Bey die Kameraaufnahmen durch.«

»Wir reden später«, sagte ich eilig.

»Wieso hast du angerufen?«

»Der Laden nebenan gehört jetzt mir. Ich habe mich mit der Pächterin geeinigt. Wahrscheinlich ist die Ablösesumme ein bisschen zu hoch, aber was soll's, Hauptsache, ich hab ihn.« Ich hoffte darauf, dass Hakan mir möglichst schnell mein Honorar auszahlte. Wir müssten uns noch auf eine Summe einigen, aber darin sah ich kein Problem. Ich war in Höchstform.

»Wenn ich hier fertig bin, komme ich«, sagte Lale mit ausdrucksloser Stimme.

Sofort rief ich Pelin und Fofo an, die ich zuvor weggeschickt hatte, um in Ruhe mit Melis Hanım reden zu können. Lale war schließlich nicht die Einzige, mit der ich meine Freude teilen konnte!

Nachdem wir eine halbe Stunde lang gefeiert hatten, ging ich zu Irfan, um meine Haare in Ordnung bringen zu lassen. Sie verstehen sicher, dass ich keinen weiteren Tag mit demselben Haarschnitt und derselben Haarfarbe wie Handan herumlaufen wollte. Und als ich gerade mit färbemittelgetränkten Haaren im Friseurstuhl saß, kam endlich der Anruf, auf den ich seit Montagmorgen wartete. Sie haben sich nicht geirrt. Es war Armin. Ich hatte nicht erwartet, dass er nochmals den Mut aufbringen würde, mich zum Essen einzuladen, aber er tat es. Wir verabredeten uns für Freitagabend. Diesmal nicht bei ihm zu Hause, sondern in einem neuen japanischen Restaurant, über das er nur Gutes gehört hatte.

Als sich Lale, das Notizbuch in der Hand, an dem Abend mit ernstem Gesicht vor mir aufbaute und mir erklärte, sie müsse mit mir reden, hatte sich der Sturm in mir ein bisschen gelegt.

»Gut, erzähl«, sagte ich lustlos. Ich war ein bisschen gekränkt, weil sie nicht gefragt hatte, wie es mit Armin weitergegangen war, und weil sie sich überhaupt nicht über die Übernahme des Ladens von nebenan zu freuen schien.

»Du wolltest, dass ich herausfinde, wer die Opfer der Erpressung waren und ob Handan einen Komplizen hatte.«

Ich nickte.

»Ich habe mir alle Videoaufnahmen der Überwachungskamera vom Mittwochabend bis Samstagabend letzter Woche angesehen«, sagte sie. Ihr distanzierter und ernster Ton ging mir auf die Nerven. »Erstens:

Handan hatte mit fast hundertprozentiger Wahrscheinlichkeit keinen Komplizen. Das ist zumindest mein Eindruck. Zweitens: Keines der Bandenmitglieder, die man auf den Kassetten sieht, hat am Donnerstag oder später das Wohnhaus betreten. Wahrscheinlich haben sie mit den Ereignissen dort nichts zu tun. Und es ist unmöglich herauszufinden, wer sie sind. Das können auch zwei Ganoven von der Straße sein.«

»Bravo! Das hast du toll gemacht!«

»Warte, ich bin noch nicht fertig. Da sind ja noch die Erpresserkassetten. Ihre Hoheit wollten doch wissen, wer da erpresst wurde.«

Ich nickte.

»Das Opfer der Kassette, die wir uns gemeinsam angeguckt haben, ist der Bürgermeister von Beştepe, Muhsin Özak. Er amtiert noch immer und opfert sich für die Bevölkerung auf. Bei dem Perversen, von dem wir annahmen, dass er ein konservativer Politiker ist, handelt es sich um Cihan Durmul. Bei den letzten Kommunalwahlen hat er aus unbekannten Gründen seine Kandidatur zurückgezogen, und gewonnen hat der Kandidat der Faschisten. Der Hohe Richter Ergun Aktan hingegen hat im vergangenen Jahr seine Pensionierung beantragt. Da es sehr außergewöhnlich ist, dass ein Richter sich vor Erreichen der Altersgrenze pensionieren lassen will –«

Ich unterbrach sie. »Der Bürgermeister hat also das Land tatsächlich an Ural Altay verpachtet? Und deswegen konnte er im Amt bleiben?«

»Klar hat er das. Hattest du da Zweifel? Sie haben sogar pro forma eine Ausschreibung gemacht.«

»Das heißt, die Geschäfte laufen.«

»Allerdings. Wie geschmiert laufen sie. Na gut, ich gehe jetzt«, sagte Lale und stand auf.

»Willst du gar nicht wissen, was mit Armin ist?«, rief ich hinter ihr her.

Sie drehte sich um. Die Handtasche schlenkerte an ihrem Arm. »Ach, das war das Problem! Du bist sauer auf mich, weil ich nicht gefragt habe, ob du ihn angerufen hast oder nicht!«

»Und meine neue Frisur hast du auch nicht bemerkt!«

»Die gefällt mir sehr«, sagte sie, zündete sich eine Zigarette an und ließ sich wieder in dem Sessel nieder. »Hat Armin nun angerufen oder nicht?«

Ich lachte laut und befreit.

Nil lag genau eine Woche auf der Intensivstation. Als Hakan am Donnerstagabend vom Krankenhaus zurückkam, teilte er uns mit, dass sie von uns gegangen war. Wortlos zog ich mich in mein Zimmer zurück und dachte über die vergangene Woche nach. Wie seltsam. Manchmal passieren furchtbar viele Dinge auf einmal: Ein Schlüssel geht verloren, eine vielversprechende neue Karriere beginnt, eine Liebe kündigt sich an, ein Laden wird vergrößert, und ein Leben verlischt.

Ich ging nicht zu Nils Begräbnis. Ich brachte es nicht über mich. Eigentlich hätte ich Pelin und Hakan natürlich nicht allein lassen wollen. Und ich hätte gern Tuna wiedergesehen. Aber ich wollte nicht so heucheln.

Am Freitagnachmittag traf ich mich mit Tuna im Teegarten des Gezi-Parks. Zunächst hatte sie mich nicht treffen wollen und nur eingewilligt, weil Hakan nicht lockergelassen hatte. War sie traurig? Es war ihr nichts anzusehen, sie trug ihre Gefühle nicht zur Schau. Als ihr klar wurde, dass ich von Nils Verhältnis mit Kerem Dargın wusste, kniff sie die Augen zusammen und starrte mich eine Weile an.

»Für eine neugierige Nachbarin bist du ziemlich gut im Sammeln von Informationen«, sagte sie schließlich. »Versteh mich nicht falsch, das meine ich nicht abwertend. Auch Miss Marple kann man ja schließlich als ›neugierige Nachbarin‹ bezeichnen.«

»Was heißt hier, man kann? Sie ist der Inbegriff der neugierigen Nachbarin. Ich habe das nicht als Herabsetzung empfunden. Du wusstest also, dass Nil ein Verhältnis mit Kerem Dargın hatte.«

»Wissen kann man das nicht nennen. Sagen wir mal, ich vermutete es.«

»Aber wieso? Wie kann eine junge Frau wie Nil mit so einem …«

»Das fragst du doch nicht im Ernst, oder?«

»Doch, natürlich.«

Sie zuckte mit den Achseln.

»Es ging um Geld. Und um Sex. Wie gesagt, haben wir nie offen über Kerem Dargın gesprochen, aber ich wusste, dass sie einen Freund namens Papi hatte. Sie sagte immer, der Sex mit ihm sei großartig. Wenn Papi Kerem Dargın ist –«

»Das ist er«, bestätigte ich.

Sie nickte.

Einen Moment lang konnte ich mir vorstellen, dass zwar nicht Geld, wohl aber guter Sex ein Grund sein konnte, mit einem Dreckskerl ein Verhältnis zu haben. Aber nur einen Moment lang. Gleich danach erinnerte ich mich an Kerem Dargıns Leitartikel, und ich hatte wieder sein Gesicht vor Augen – jede Pore ein Speichellecker. Selbst der beste Sex der Welt machte diesen Typen nicht erträglich.

»Kerem liegt im Koma. Man hat ihn aufgegeben. Offenbar müssen wir in ein paar Tagen zu seinem Begräbnis gehen«, sagte sie.

»War Emir bei Nils Begräbnis?«, fragte ich.

»Wärst du an seiner Stelle hingegangen?«, fragte sie zurück.

Ich dachte kurz nach und spürte die Kränkung eines betrogenen Herzens. Wäre ich hingegangen an seiner Stelle?

»Nein.«

»Emir war da«, sagte sie.

Eine Weile saßen wir dann schweigend da, den Blick auf den Bosporus weiter unten gerichtet.

Ja, an diesem Abend war ich mit Armin essen. Aber wie es mit ihm weitergeht, wird das Thema eines anderen Romans sein. Eines Liebesromans.

Bitte beachten Sie
auch die folgenden Seiten

Esmahan Aykol im Diogenes Verlag

Hotel Bosporus

Ein Fall für Kati Hirschel

Roman. Aus dem Türkischen von Carl Koß

Deutsche trinken Bier. Und Türken essen Kebap. Kati Hirschel kämpft jeden Tag gegen solche Klischees. Seit drei Jahren betreibt sie in Istanbul ihren Krimibuchladen, und noch immer fallen die Türken in Ohnmacht, wenn sie lacht – Deutsche lachen nicht. Kati Hirschel lässt sich aber nicht festnageln: Sie wächst auch über ihre Rolle als Krimibuchhändlerin hinaus und wird zu einer charmanten Detektivin. Nach dem Motto: Die Buchhändlerin, dein Freund und Helfer.

»Für diesen Roman braucht man starke Nerven. Weil man sich so schön mit Heldin Kati Hirschel identifizieren kann, die einem wunderbar ungebändigten Chaos trotzt.« *Angela Wittmann / Brigitte, Hamburg*

»Ein herrlicher Roman über Istanbul! Die Lebensart der Türken, die Vorurteile, die Männerwelt, die Politik, die Korruption – über all das schreibt Esmahan Aykol mit großer Leichtigkeit und Humor.«
Petros Markaris

»Ein Roman, der vor lauter Genussfreude und Lust sprüht und Lust am Leben, Lesen und Denken verbreitet.«
Annemarie Stoltenberg / Hamburger Abendblatt

Bakschisch

Ein Fall für Kati Hirschel

Roman. Deutsch von Antje Bauer

Chaos in der Stadt, Chaos im Herzen. Kati Hirschel ist gestresst. Nach einem Streit mit ihrem Liebsten stürzt sie sich in die Suche nach einer neuen Wohnung. Kein einfaches Unterfangen in der Millionenstadt Istanbul. Doch Kati erhält ein umwerfendes Angebot: eine Wohnung mit Blick auf den Bosporus. Nur dumm, dass es Zoff mit dem Bewohner gibt.

»Neben der amüsanten Ich-Erzählerin Kati steht die Metropole Istanbul im Mittelpunkt der verwickelten Geschichte. Man verfolgt mit großem Vergnügen die liebevoll-ironische Liebeserklärung, welche die Autorin ihrer Stadt macht.«
Angela Gatterburg / Der Spiegel, Hamburg

Goodbye Istanbul

Roman. Deutsch von Antje Bauer

Um einer unglücklichen Liebe zu entkommen, verlässt Ece ihre Heimatstadt Istanbul und beginnt ein neues Leben in London. Doch beim Tellerwaschen in einem Grillrestaurant stürzen tausend Erinnerungen auf sie ein, schmerzliche, aber auch schöne. Ece erkennt: Für einen Neuanfang ist Vergessen viel, Erinnern alles.

»In *Goodbye Istanbul* gelingt der in Berlin und Istanbul lebenden Autorin Esmahan Aykol die zauberhafte Verknüpfung von alten anatolischen Legenden mit dem Immigrantenalltag von heute.«
Buchszene, München

»Dieser Roman verbindet auf wunderbare Weise anatolische Legenden mit der bitteren Realität der Immigranten von heute.« *Evrensel Kitap, Istanbul*

Scheidung auf Türkisch

Ein Fall für Kati Hirschel

Roman. Deutsch von Antje Bauer

Schon ihr Eintritt in die Industriellenfamilie stand unter einem schlechten Stern: Sani war den reichen

Ankaralıgils nicht gut genug, ihre Hochzeit mit Cem wurde nicht gefeiert. Wenige Jahre danach wird die schöne junge Umweltschützerin tot in ihrer Wohnung aufgefunden. Warum musste sie sterben?
Obwohl die Geschichte sie eigentlich nichts angeht, mischt sich Kati Hirschel in die Ermittlungen ein – das Schicksal dieser Frau scheint ihr exemplarisch für so viele junge Türkinnen zu sein.

»Spannung, Humor und detaillierte Beschreibungen einer Weltstadt im Aufbruch und im Widerstreit zwischen Tradition und Moderne.«
Margarete von Schwarzkopf / NDR, Hannover

»Detektivin Kati Hirschel bleibt ein Gewinn, weil sie nicht so mürrisch und selbstbezogen ist wie viele ihrer männlichen Kollegen.« *Die Welt, Berlin*

Istanbul Tango

Ein Fall für Kati Hirschel

Roman. Deutsch von Antje Bauer

Kati Hirschel begleitet ihren liebeskranken Angestellten Fofo zu einer Wahrsagerin – und kriegt gleich selbst eine Weissagung: Eine Leiche tauche bald in ihrer nahen Umgebung auf. Das ist für eine Krimibuchhändlerin und leidenschaftliche Leserin nichts Ungewöhnliches. Doch als sie hört, dass eine Bekannte von ihr in kritischem Zustand auf der Intensivstation liegt, wird Kati klar, dass die Wirklichkeit ihr mehr abverlangt, als mit einem Buch in der Hand auf dem Sofa zu sitzen: Hier sind ihre detektivischen Fähigkeiten gefragt. Bald findet Kati heraus, dass Nil, bevor sie eingeliefert wurde, an einem Roman arbeitete. Und der ist, obwohl er im fernen Argentinien spielt, gewissen Leuten ein Dorn im Auge.

»Esmahan Aykol ist eine warmherzige, vor allem aber kenntnisreiche Schriftstellerin.«
Angela Gatterburg / Der Spiegel, Hamburg

Petros Markaris im Diogenes Verlag

Petros Markaris, geboren 1937 in Istanbul, studierte Volkswirtschaft, bevor er zu schreiben begann. Er ist Verfasser von Theaterstücken, Schöpfer einer beliebten griechischen Fernsehserie, Übersetzer von vielen deutschen Dramatikern, u.a. von Brecht und Goethe, und er war Co-Autor des Filmemachers Theo Angelopoulos. Petros Markaris lebt in Athen.

»Kommissar Charitos hat längst Kultstatus. Spannung, Humor und Sozialkritik verbindet Markaris zum Gesamtkunstwerk.« *Welt am Sonntag, Hamburg*

»Petros Markaris gefällt mir außerordentlich.«
Andrea Camilleri

Die Fälle für Kostas Charitos:

Hellas Channel
Roman. Aus dem Neugriechischen von Michaela Prinzinger

Nachtfalter
Roman. Deutsch von Michaela Prinzinger

Live!
Roman. Deutsch von Michaela Prinzinger

Der Großaktionär
Roman. Deutsch von Michaela Prinzinger

Die Kinderfrau
Roman. Deutsch von Michaela Prinzinger
Auch als Diogenes Hörbuch erschienen, gelesen von Tommi Piper

Faule Kredite
Roman. Deutsch von Michaela Prinzinger

Zahltag
Roman. Deutsch von Michaela Prinzinger

Abrechnung
Roman. Deutsch von Michaela Prinzinger

Zurück auf Start
Roman. Deutsch von Michaela Prinzinger

Außerdem erschienen:

Balkan Blues
Geschichten. Deutsch von Michaela Prinzinger

Wiederholungstäter
Ein Leben zwischen Istanbul, Wien und Athen. Deutsch von Michaela Prinzinger

Finstere Zeiten
Zur Krise in Griechenland

Quer durch Athen
Eine Reise von Piräus nach Kifissia. Deutsch von Michaela Prinzinger

Jakob Arjouni im Diogenes Verlag

Jakob Arjouni, geboren 1964 in Frankfurt am Main, schrieb mit neunzehn seinen ersten *Kayankaya*-Roman. Für *Ein Mann, ein Mord* erhielt er 1992 den Deutschen Krimi-Preis, und seine Veröffentlichung *Idioten. Fünf Märchen* stand monatelang auf den Bestsellerlisten. Arjouni lebte mit seiner Familie in Berlin und Südfrankreich. Er starb am 17. Januar 2013 in Berlin.

»Seine Virtuosität, sein Humor, sein Gespür für Spannung sind ein Lichtblick in der Literatur jenseits des Rheins, die seit langem in den eisigen Sphären von Peter Handke gefangen ist.« *Actuel, Paris*

»Seine Texte haben Qualität. Sie sind ambitioniert, unaufdringlich-provokativ, höchst politisch.«
Barbara Müller-Vahl / General-Anzeiger, Bonn

Happy birthday, Türke!
Kayankayas erster Fall. Roman
Auch als Diogenes Hörbuch erschienen, gelesen von Rufus Beck

Mehr Bier
Kayankayas zweiter Fall. Roman
Auch als Diogenes Hörbuch erschienen, gelesen von Rufus Beck

Ein Mann, ein Mord
Kayankayas dritter Fall. Roman
Auch als Diogenes Hörbuch erschienen, gelesen von Rufus Beck

Magic Hoffmann
Roman
Auch als Diogenes Hörbuch erschienen, gelesen von Jakob Arjouni

Ein Freund
Geschichten

Kismet
Kayankayas vierter Fall. Roman

Idioten. Fünf Märchen

Hausaufgaben
Roman

Chez Max
Roman
Auch als Diogenes Hörbuch erschienen, gelesen von Jakob Arjouni

Der heilige Eddy
Roman
Auch als Diogenes Hörbuch erschienen, gelesen von Jakob Arjouni

Cherryman jagt Mister White
Roman

Bruder Kemal
Kayankayas fünfter Fall. Roman

Die Kayankaya-Romane in einem Band im Schuber
Happy birthday, Türke / Mehr Bier / Ein Mann, ein Mord / Kismet / Bruder Kemal

Claus-Ulrich Bielefeld & Petra Hartlieb im Diogenes Verlag

Die beiden Autoren verbindet seit Jahren eine heitere deutsch-österreichische Freundschaft. Kennengelernt haben sie sich in Hamburg, wo Petra Hartlieb als Pressefrau für einen Verlag arbeitete und Claus-Ulrich Bielefeld beim Rundfunk tätig war. Die vielen kulturell bedingten Missverständnisse haben ihre Freundschaft nicht getrübt, sondern im Gegenteil dazu geführt, dass sie zusammen ein Buch geschrieben haben. *Auf der Strecke* heißt ihr Debüt, ein Krimi mit zwei Ermittlern, einem eigensinnigen Kommissar aus Berlin und einer temperamentvollen Frau Inspektor aus Wien.

»Die temperamentvoll-chaotische Anna Habel und der melancholisch-zynische Thomas Bernhardt: ein zänkisches und humorvolles Gespann.«
Märkische Allgemeine, Potsdam

Auf der Strecke
Ein Fall für Berlin und Wien
Roman

Bis zur Neige
Ein Fall für Berlin und Wien
Roman

Nach dem Applaus
Ein Fall für Berlin und Wien
Roman

Im großen Stil
Ein Fall für Berlin und Wien
Roman

Anna Stothard
Pink Hotel

Roman. Aus dem Englischen von
Hans M. Herzog und Astrid Arz

Sie ist siebzehn und gerade von der Schule geflogen, als zu Hause in London das Telefon klingelt: Ihre Mutter Lily ist tot. Lily, von der sie seit ihrer Kindheit nichts mehr gehört hat. Zwanzig Stunden und eine geklaute Kreditkarte später steht sie im Schlafzimmer ihrer Mutter, im obersten Stock des Pink Hotels in Venice Beach, Kalifornien. Unten verebben die Ausläufer einer exzessiven Party: Lilys Totenwache. Sie beschließt, ein paar Sachen mitgehen zu lassen, nichts Wertvolles, nur ein paar Kleider, Schuhe, ein Päckchen Zigaretten. Sie wirft alles in einen alten roten Koffer, den sie unter dem Bett gefunden hat, und schleicht sich unerkannt aus dem Hotelzimmer. Doch was sie im Koffer noch entdeckt, ist mehr, als sie zu hoffen wagte: eine Spur in das turbulente Leben ihrer Mutter und zu den Männern, die sie geliebt haben. Aus den geplanten drei Tagen L.A. werden Wochen und Monate – und aus einer Reise in die Vergangenheit der Beginn eines neuen Lebens und einer großen Liebe.

»Das ist richtig gut gemacht. Nicht nur das Ende, der ganze Roman.« *Christine Westermann* / WDR, *Köln*

»In einem Rutsch gelesen: Liebeskrimi mit Suchtfaktor. Anna Stothard ist ein herzzerreißendes Stück gelungen.« *Claudia Kirsch / Brigitte, Hamburg*

»Unglaublich gut. Anna Stothard schreibt vollendet und fesselnd.« *Kate Saunders / The Times, London*